陳芳明作品集
【閱讀卷】
I

孤夜獨書

陳芳明

國家圖書館出版品預行編目資料

孤夜獨書／陳芳明著. －－ 初版. －－ 臺北市：
麥田出版：家庭傳媒城邦分公司發行, 2005
［民94］
面； 公分. －－（陳芳明作品集・閱讀卷；1）

ISBN 986-7252-71-3（平裝）

011.69 94014432

陳芳明作品集・閱讀卷 1

孤夜獨書

作　　者　陳芳明
責任編輯　胡金倫
發 行 人　涂玉雲
出　　版　麥田出版 城邦文化事業股份有限公司
100台北市中正區信義路二段213號11樓
電話：(02)2351-7776 傳真：(02)2351-9179、(02)2351-6320
發　　行　英屬蓋曼群島商家庭傳媒股份有限公司城邦分公司
104台北市中山區民生東路二段141號2樓
讀者服務專線：0800-020-299
服務時間：週一至週五9:30~12:00；13:30~17:30
24小時傳真服務：(02)25170999
讀者服務信箱E-mail: cs@cite.com.tw
郵撥帳號：19833503
戶名：英屬蓋曼群島商家庭傳媒股份有限公司城邦分公司
香港發行所　城邦（香港）出版集團有限公司
香港灣仔軒尼詩道235號3樓
電話：25086231 傳真：25789337
馬新發行所　城邦（馬新）出版集團有限公司
Cite(M) Sdn. Bhd. (458372 U)
11, Jalan 30D/146, Desa Tasik, Sungai Besi,
57000 Kuala Lumpur, Malaysia
電話：603-9056 3833 傳真：603-9056 2833
E-mail: citekl@cite.com.tw.
印　　刷　禾堅有限公司
初版一刷　2005年9月1日

售價：280元
ISBN：986-7252-71-3

自序／緩慢，持續緩慢……

陳芳明

時間的風吹得特別急迫而焦灼，在我的年齡到達世紀交會的關口之際。瞻前顧後，我對自己的書寫突然有了覺悟。長期的書寫，無論是文學的、歷史的、政治的、評論的，都回應著我不同時期的追求。那樣長的歲月已經消逝，我想似乎到了應該寫出較具歷史意識與生命質感的作品。正是在時間烈烈的風聲中，我決定開始動工誓願已久的文學史書寫。

然而，五年過去了，這項書寫工程仍然還在緩慢進行。由於太過緩慢，使許多期待者不免感到焦慮。面對那樣的焦慮，我也不能不對自己的執行能力有所懷疑。深夜獨對滿窗的星光時，總是會情不自禁如此追問：是不是意志力已發生動搖？是不是創造力已開始衰退？不過，檢驗這幾年來的學術研究與文學生產，我自信並不遜於從前的少壯時期。只是遇到文學史書寫時，我的速度與節奏都自然放緩下來。

我第一次感受到時間的流動正次第減速。也許不是時間，而應該是我閱讀與書寫的腳步漸漸慢下。這可能是我在向晚時光逐步發展出來的脾性。較諸過去那種爆發式的書寫與饕餮式的閱讀，我現在是刻意要讓自己知所節制。這樣的轉變，當然有我的理由。

在朋輩之間，我常常被視為「快筆」。這種說法，使我相當無奈。他們並不知道，我在書寫之際，也有絞盡心力甚至無以為繼的時候。只是在山窮水盡的最後，我還是會咬牙堅持把折磨中的文字一一完成。那是一種意志上的抗拒與對決，當我坐困愁城時。我終於不輕言放棄，只因為相信所有的書寫都必須依靠意志去實踐。這樣說，並不意味書寫毫無愉悅可言。我越來越相信，愉悅往往根源於自虐。在凌遲般的構思中，書寫變得猶豫而困頓。正是深陷在推敲、斟酌、鍛鑄的思索過程中，反而會有一絲無法定義的快感從膠著的焦灼深處滲出。痛苦的文字一顆一顆誕生，直到鋪滿整頁紙張時，我的胸膛也漲滿了顫慄的喜悅。我無法承受「快筆」的稱號，但絕對承擔得起伴隨書寫而來的美麗痛楚。

五年來投身於文學史建構的工程，確實改變了我過去的脾性，我仍然相信，緩慢是必須維持的速度。不過，我發現自己還不夠緩慢，尤其在閱讀上應該持續減速。為了整理出較為清晰的敘述，建立起較具內在邏輯的思考，我決心把從前讀過的書籍再閱讀一次。年輕時期涉獵過的文學作品，都是依賴強學博記的方式留存印象。三十餘年來，即使是熟讀的詩與小說，由於經過不斷的遷徙旅行，穿越不同的心情境遇，已使得記憶變得支離破碎。憑藉那樣不可靠的記憶，已經很難撐起文學史的敘述。

再閱讀之於我，形成了極大的挑戰。這不僅僅是記憶發生了鬆動，更為重要的是我的文學品味與審美原則也有強烈的變化。對寫實主義文學的偏愛，對印象式批評的耽溺，曾經支配了我早期的閱讀態度。那種態度，使我的選擇不能開闊，從而對特定的作家與作品竟帶有無可言詮的排斥。有很長一段時間，我刻意縱容這種閱讀上的偏執。然而，往往也是偏執使我錯過許多美好的事物。我終於認識到再閱讀的重要，是因為體悟了文學史書寫並非在於發洩個人情緒的好惡，而在於考驗個人藝術品味的高低。

我的再閱讀，便是把錯肩而過的、莫名憎惡過的作品重新拾起捧讀。再閱讀的過程中，讓我發現自己曾經失落許多。尤其是重新找到一些深感錯愕的作品時，那種失落感簡直就是一種遲到的驚豔。懊悔與訝異，複雜地交織在一起，全然不知如何收拾。生命歷練與知識累積，也使再閱讀的意義變得更加深沉。每當閱讀早年熟悉的書籍，重新走過一次，我又看到從前未曾看到的風景。許多未能弄懂的字句、詩篇、情節，竟在中年以後再閱讀時，瞬間豁然開朗。混沌的世界變得更為明白之際，益加能夠對照出過去閱讀時的輕浮與膚淺。

再閱讀，使我的欲望更加膨脹而貪婪。在來日無多的時光裡，我實在不想再錯過什麼。有了這樣的覺悟，我越來越難滿足於閱讀作者的一本書或一冊選集。近十年來，我熱衷於開發「全集式的閱讀」。把作者的全部作品一字排開置於案頭時，我彷彿可以窺見不同時期躍動的靈魂。青春的作者、成熟的作者、向晚的作者，都同時浮現在眼前。那是極其微妙的閱讀，歷時性的文本竟然化為共時性的生命，齊聲與我展開對話。我沉浸在那樣身歷其聲的演出時，才發現遲到的不再遲到、失落的不再失落。我與作者從最初的原點出發，與他一起生澀、一起成熟，也與他一起播種、一起收穫。他的頓挫、他的飛揚，使我的閱讀激起無窮的想像，更燃燒起不滅的嚮往。

生命是如此漫長而遲緩，能夠完成的作品竟只有那麼多。哭泣的、微笑的、謙卑的、豪放的，各種生命的情調與格調最後都裝進書的容器裡。翻開書頁，形同切換頻道，既可單格前進，也可單格倒退；有時加速換碼，有時靜止停格。正是在這種閱讀的情境裡，我似乎與作者的生命等長同寬。然而，再閱讀的奧祕又不止於此。因為是閱讀曾經閱讀過的書籍，偶爾在書中會發現年少時的眉批注記，一股強烈的陌生與難抵的懷舊猛然襲來。猝不及防地看到已呈蒼老的青春，內心竟湧起一支輓歌，完全無法自處。書中容納的不僅是作者的生命，其實也置放了讀者的死亡。再閱讀，使得逝去的歲月又獲得重生的機會。泛黃的、陳舊的文字，放射著時間的光澤，當讀者以著全新的思維與心情捲土重來。

閱讀若是可以放緩，書寫當然也可以減速。靈感曾經是所有作者的迷信，彷彿那是抵擋不住的創造欲望。對於長期的書寫者如我，靈感已是屬於失靈的情緒。我的書寫憑恃的不是靈感，而是意志。要讓書寫完成，全然存乎一心。把文學史的建構視為一種書寫工程，就在於它不能訴諸暴虎憑河的勇氣，而必須依賴不懈意志的維繫。沒有長期的基礎閱讀，這樣的工程就難以支撐。在構築工事之際，書寫反而不是最耗費力氣，真正使作者竭盡心力的莫過於閱讀。

書寫，只不過是閱讀最後階段的實踐。閱讀本身，其實已包含了研究與詮釋的工作。閱讀中，評價與篩選的手續已同步在進行。一旦開始動工書寫，剩下的只是組織與重整。五年來給我的經驗是，閱讀占去十分之九的時間，最後一分才是用來撰寫。書寫過程中如果還必須回顧翻閱資料，那表示閱讀還未熟悉。何者應寫入書中，何者僅視為參考，在閱讀時就已了然於胸。我被稱為「快筆」，是因為外人只看到我最後一刻的實踐，卻未能目睹閱讀時反覆斟酌的折磨。

浩瀚的閱讀，終於只換來書中的一節，或小小的一個段落。這種春蠶吐絲式的書寫，使我的節奏越放越慢。整部文學史的圖像與結構，已經穩穩架在我的思考裡。我要實踐的，便是拼圖那樣一尺一寸聯結銜接起來。每根梁柱，每塊磚瓦，都是親手獨自打造。為什麼一位作者必須那樣評價，為什麼一篇作品必須這樣置放，都牽涉到文學史流變的光影明暗。我的解釋與品味，自有其內在的邏輯思考。工程藍圖上的虛實線條，都在暗示我的立場與觀點。如果把這樣的歷史透視稱為文學史觀，應該也可以接受。我的視野、理論、審美決定了這座建築的形式，也許未臻完美，卻都在表現我這段時期的思考張力。

五年過去了，滿窗的星光依舊鑑照著我書桌上層疊的稿紙與蜿蜒的字跡。在深邃的孤夜，聽到筆的節奏，速度可能並不規律，卻是我心情起伏的僅有見證。我還在緩慢閱讀，緩慢書寫，而且還會持續緩慢。孤獨在深夜裡踽踽前進，縱然放緩放慢，我似乎已經看到這項書寫工程逐漸逼近盡頭。時間之風吹得特別急促，歲月之顏則顯得蒼勁而飽滿。閱讀與書寫仍然引領我堅實挺進，隱隱中我感受到一股意志粗壯如繩索，抗拒著時間，抵擋著歲月，而且近乎傲慢。

二〇〇五年八月三日　政大台文所

目次

第二輯　夜書雜記

第三輯　文學隨筆

第四輯　歷史手札

第一輯

夜讀經驗

詩的光澤

新詩朗誦會的燈光早已熄滅，迴盪在廳堂裡的聲音也已沉寂，只是那年余光中站在燈下朗誦自己作品時的身影，仍然生動而清晰地留存在我的記憶之中。過了遙遙三十年之後，一些曾經以為是無法擦拭的經驗，如今都逐漸在我的血肉裡淡化褪色。不過，總還會有一些人物與事件在我日益蒼涼的胸懷徘徊不去。必須承認的是，余光中是讓我難以釋懷者其中之一；縱然在過去崎嶇的歲月裡，他與我之間的情誼一度有過斷裂。

奔赴一場由余光中主持的新詩朗誦會，對於六〇年代仍然是黑髮少年的我，無疑是一個重大的事件。把這樣的赴會形容為事件，絕對不是修辭上的誇張。那時余光中才正要結束他的新古典主義時期，他的詩集《蓮的聯想》在嗜詩的青年之間受到廣泛的傳誦。我也是透過這部作品初識余光中的文學靈魂，並且也開始接觸《在冷戰的年代》的系列作品。他的詩節奏明快，意象濃縮，結構周密，頗能牽引我甫入新詩世界的心神。如果每個時代都有它獨特的氣氛與情調，那麼在我的大學時期，余光中作品確實釀造了那時代一定的光澤。

一九六七年的夏天，我聽說台北的耕莘文教院有一場他的詩朗誦。我仍然還記得那天在學校上課時，就已察覺自己的情緒頗不寧靜。現在已不能分辨當時是不是抱著朝聖的心情。不過，比較能夠確信的是，我已經很熟悉他的作品的思維方式與創作技巧。那時，我讀過了他的早期詩集《萬聖節》，散文集《逍遙遊》，以及評論集《掌上雨》。即使未曾謀識，我總覺得他的聲音有時非常貼近我的心靈。那天在黃昏下課後，我搭車從新莊的輔仁大學出發。望著車窗外的樹木與稻田，我暗自默誦著他的詩句。好像預感著生命中將會有什麼事情發生，但是，又好像整個世界與尋常時刻沒有兩樣。那種亢奮而不安的內心活動，第一次讓我證實自己對詩的著迷。

已經記不清楚當晚余光中誦讀怎樣的作品。坐在聽眾席的中間，我發現他的身材比我想像的還要瘦小。我以為他上台後就會立即朗誦，但是，他卻做了一次小小的演講。他的開場白充滿了機智幽默，頗引人入勝。也許就在那個時刻，我感受到他的魅力。等到他正式朗誦詩作時，聲音中傳達出來的磁性與律動，更是使我的情緒無法抗拒。我記得後來還有幾位詩人上台朗誦，還包括一位西班牙神父。只是留在我記憶裡的生動形象，都是余光中的身影。

我無法理解自己對那場朗誦會為何如此牢記不忘。每當我讓時光倒流到六〇年代，那晚的燈光與聲音，就會不期然浮現。循著那模糊的光與細微的聲，我總是能夠記取日後是如何與他認識的。

最初與他認識是透過散文家張秀亞教授的介紹。那是參加一次校園裡的徵文比賽之後，我寫了一篇關於閱讀余光中的心得而被評為首獎。擔任評審的張秀亞注意到我，並且答應把我介紹給余光中。那年我是大三的學生，余光中正滿四十歲。我到達他廈門街的住處時，現在回顧起來，其實是到達了我成長經驗過程中的一個門檻。因為，跨進那個門限之後，從此就啟開我對文學更深一層的探索。一位歷史系的學生，在面對文學教授時，內心多少帶有些許惶恐。他知道我喜歡讀詩，偶爾也寫一些印象式的詩評。許多初次見面的談話，現在已呈模糊狀態。不過，他在日後就常常寫信給我，談他的創作，也列出文學批評的書目，期盼我能夠在詩的領域有所精進。

從大學後期，一直到研究所時期，余光中未嘗稍止地給我許多鼓勵。在長者的身上，我終於體會了什麼是提攜的意義。在那段期間，我看到他廈門街的日式住宅改建成現代式的公寓，這些過程都反映在他的詩與散文之中。時間在他生命裡改造的痕跡，我是清楚見證的了。我瞭解他的心境，從而也能夠掌握他的文學脈動。這也是為什麼我後來寫了一系列討論余光中作品的文字，由於有這樣的書寫，才加深了我對文學的追求。

記得深鎖在書庫尋找歷史資料時，我還是忘情地閱讀文學作品。我從未接受過任何的文學訓練，真正啟發並開導我的，唯余光中而已。縱然傳授給我的經驗是透過書信與對談，但這樣的文學教育較諸課堂上的講授還要來得深刻。我的學生常常對我抱持高度的好奇，他們總是喜歡追問，僅僅接受歷史學的訓練，如何能夠在中文系授課?究竟我主要的文學導師是誰?面對這個問題時，我的回答很不切實際，而只是淡然地說，我是自修學成的。不過，在內心深處，我確切知道在什麼地方一定有我的啟蒙者。每當如此反省時，我不能否認，余光中的影子總會出現在我眼前。如果我說是余光中的學生，他一定不會首肯。生命成長的歷程往往是錯綜複雜，時而曲折，時而迂迴，全然沒有清晰可辨的途徑。

直到我離開台灣之前，我的思考與憧憬，可以說受到他的影響。那樣的影響到底有多大，我無法評估。不過，從他的文字以及對文學的執著，我至少學習了一些意志的鍛鍊與堅持。在追求知識與文學的道路上，有些影響只是雲淡風輕，有些則是注入血肉。當這樣的影響發生效應時，可能會顯現在不經意的文字撰寫之中，但更為深刻的，則倒映在舉止進退的行為之上。我想，余光中應該在我的人格與風格上，有過強烈的感召。

回想這一段情誼，我自然是掩飾不了感傷。我的時代，我的思想，終於為這樣的情誼造成了疏離。如果我在政治意識上沒有開發過，也許仍然會與他保持密切的音信往返。等到發覺自己捲入政治運動的漩渦之後，我才領悟到往昔的友情已漸呈荒廢。在政治場域裡，交心表態是常常發生的事。尤其在接觸社會主義的思想之際，對於自己的情感竟然還淪落到以階級立場來分析的地步。現在我當然知道這是庸俗的幼稚的左派思考。然而，當年在海外我竟認真其事。我斤斤計較著政治立場與信仰，而不惜切斷從前的許多記憶。

恍恍惚惚回到台灣，舊有的眷戀隨著時間的消逝而變黃變老。粗礪的政治經驗，使我對任何事情都不致過於深信。所謂夢想，所謂真理，於我而言，已變得極其遙遠。但是，決定在台灣定居下來後，我的心情開始沉澱下來。有些已經死去的情感與記憶，奇妙地甦醒過來。這時，我才覺悟到所謂逝去的其實並未死掉。在幾個公共場合與余光中的不期而遇，果然證明了曾經被我壓抑的記憶並未全然窒息。

那天，我坐在研究室讀書，突然接到記者的電話訪問，告訴我余光中的七十歲生日即將到來，不知有何感想？我不禁望向窗外默默自問，時間真的過了如此之久嗎？只記得我對著電話的另一端說，到了今天的余光中仍然繼續創作的話，在文學史上就可視為重要的事件。我相信確實是這樣的。一個從年少時期就確立文學信仰的詩人，到了向晚時期還是對詩孜孜營求，這就是一項拚命的事業。在詩的迷宮裡，我知道他有過挫折，也有過冒險，最後竟然開闢道路，造成風潮。我認為這是了不起的成就。我仍然可以預見，跨過七十歲之後，他還是會保持旺盛的創造力，還可以有許多作品問世。這不是事件，是什麼？

三十年到底有多長？我也許不能測量出來，但是能夠確知的是，這樣的時間足夠讓我死去又復活過來。我活過兩次，第一次是未成熟的，第二次則是蒼涼的。但是，冥冥之中，在如此劇烈變化的歷程上，余光中於我生命的意義是非常重大的。在我的第一次生命裡，他為我開路；在第二次生命，他使我反省。即使兩人見面的機會越來越稀少，我還是相信，詩的光澤繼續從他身上放射出來，繼續在我幽暗的內心閃爍發亮。

人間白萩

一

白萩的詩，刺青般鏤刻在讀者的皮膚，帶著細緻的痛楚，並且擦拭不去。白萩的詩，以著紋身的手法，在台灣的土地烙下深刻而苦澀的情感。他的作品絕對屬於台灣的芸芸眾生，詩行之間飽漲著這個島嶼才有的人間性。戰後第一代台灣男人的背叛與哀愁，傳統社會殘存下來的父權傲慢與脆弱，都可在白萩詩中找到見證。

討論台灣詩史的人，往往以白萩創作歷程的轉變，等同於現代詩發展的曲折起伏。倘然把白萩視為台灣現代詩成長的一個縮影，也並不為過。早期追隨過現代主義風潮的他，確曾有一段時期偏離了他賴以生存的土地。但是，生活的試煉與歷練，終於還是鍛鑄了他的創作精神，使他不能不回歸到台灣社會之中。他早期的偏離，毋寧是一種自我追尋的階段，就像每一位初航的詩人那樣，白萩在出籠之際也有過徬徨的心情，甚至也有過不知所終的惆悵。《蛾之死》與《風的薔薇》，這兩冊橫跨五〇年代與六〇年代的詩集，恰可反映出他那段時期的載浮載沉。

以〈羅盤〉一詩奠定名聲的白萩，曾經學習過所謂戰鬥詩的技巧，企圖選取剛毅、堅定的意象，以便襯托他生命的華美與豪放。這種仿製的作品，造就了他的地位，卻也立刻被他自己所放棄。從十八歲完成第一首詩之後，白萩立即就迎接現代主義時期的到來。台灣的現代主義，並不能與西方現代主義直接畫等號。西方現代主義的產生，源自工業文明臻於盛況後釀造的危機感；台灣的現代主義，在很大程度上則是對苦悶政局的一種反動。然而，無論現代主義的背景是以經濟為主，或以政治為重，台灣的現代主義者都同樣呈現了焦慮與自虐的面貌。這種特徵，在白萩詩中尤為顯著。青年白萩極為早熟地陷溺於莫名的生命困頓情境。

當他觀賞金魚，想到的句子卻是「吸不自由的空氣」。在形容飛蛾時，他說：「我竟在惡毒的燃燒中死去」。聽到敲門的聲音，對於白萩竟是「辛勤的木工，裝釘著棺木」。瞭望秋天的蘆花，他看到「母親的牽線斷了」。他的生命，是囚鷹，是落葉，是夕暮。這些黯淡的意象，正好可以解釋五〇年代台灣詩人的流亡與失落。

進入六〇年代以後，白萩更是把自己深鎖在狹小的心靈世界。他曾經寫下令人眼睛為之一亮的句子：「我們像一條鮮活的魚在敗壞」，緊接著他立即補上一長串的疊句：「敗壞敗壞敗壞敗壞敗壞敗壞」。如此錯愕而突兀的鋪陳方式，他以「秋」作為詩題。類似這樣的手法，近乎誇張，但又貼切描繪了那個年代台灣知識分子的處境。來自政治權力的干涉，無疑使許多能夠思考的生物，時時都必須面對生命的危機存在。現代主義的技巧，正好使他與他的時代得到拯救；或者說，得到遁逃。

聲東擊西的象徵策略，是白萩在實驗現代詩創作時慣於使用。因此，在描摹枯葉時，他寫了這樣的詩行：「受刑的人，垂吊在黑溷溷的枝架」。詩句似乎並不使人感到訝異，因為在電影常常看到如此的鏡頭。奇妙的就在於吊刑與葉子聯想在一起，經由類似的聯想，讓讀者窺見了那個時代。白萩探照他的時代，銳利而含蓄。他以「樹」影射台灣人的處境，所以扎根的所在便是「我們的土地，我們的墓穴」。以墓穴的意象，暴露六〇年代台灣的幽暗與窒息。人的生命若是能夠以樹自況，在受到欺侮時，則是「暴裂肚臟的樹」。他以重複十二個「鋸齒」寫下一行詩，暗示「青天白日旗」，然後白萩宣稱「這是我們的刑場」。這種雙關語，既是現代主義，也是寫實主義的。

白萩經過現代主義的洗禮儀式，並沒有使他耽溺於為技巧而技巧的迷信之中。早期的勞作，彷彿是在為日後更為成熟的白萩做捏塑的準備。綜觀他在中年以前的現代主義作品，可以發現他詩中的批判精神，絕不稍遜於後來的寫實傾向。

二

展示白萩豐饒想像力的作品，出現在六〇年代末期。他呈獻了《天空象徵》這冊詩集，在語言使用上刷亮了讀者的眼睛。凡熟悉白萩作品的讀者，無不驚異於他放膽以淺白的語言入詩，而且還以最平淡的生活題材入詩。返歸世俗的勇氣與決心，使白萩能夠重新自我塑造台灣詩人的形象。不斷宣稱要在詩中流浪的他，果然在台灣詩史啟開了厚重的閘門，跨入全新的階段。

中年白萩在新階段營造了一個「阿火世界」，一位可能是虛構的，卻又具體存在於現實中的市民。小市民的生活與情感，從來不曾在台灣現代詩中受到關切。與白萩同一時代的詩人，往往酷嗜選擇國家苦難，生命困局，或人格情操作為作品的主題。這種大篇幅，大格局的經營；通常都被歸類為「大敘述」。然而，大敘述總是偏向粗枝大葉的描述。每當觸及近代史的題材，總會以民族苦痛的抽象字眼來形容。每當採擇都會生活的景象，則會以生命孤絕的聳動詩行來鋪陳。這種主流文學思潮，無可避免會遺漏了許多空隙。這些空隙往往就是真正小市民的生命與生活空間。白萩的阿火世界，便是朝瑣碎的方向去營建。所謂瑣碎，不是旁枝末葉，而是被大敘述忽略的邊緣生命與邊緣文化。

阿火便是現代主義潮流之外的一位邊緣人，在詩中以「一條蛆蟲」的形式呈現。他的情愛並不壯烈偉大，卻真正是「世界的一點」，也是「一點中的世界」（〈世界的一滴〉）。阿火的卑微，沒有人能證明他的存在，但他對自己的存在，竟能宣告「世界空無只有我，我卻空無」（〈形象〉）。白萩擺脫文學主流，而轉向邊緣去尋找詩情，其實是比任何一位作家還更早覺悟台灣主體的重要性。

白萩完成阿火世界的兩年之後，台灣在七〇年代初期才有所謂的鄉土文學，邊緣性的思考才日益受到重視。一旦白萩從邊緣立場建構詩的世界，他的風格變得更為世俗，更為生動。一九七二年出版的《香頌》，恰如其分顯示了瑣碎政治的美學。他捨棄了阿火的形象，而直接以夫妻的生活入詩，為台灣詩史揭開了窺祕的窗口。讀者活生生看到一位丈夫是如何背叛妻子，也見證了一位男人的自私、自傲與自卑。如果把《香頌》視為一部台灣男性的懺悔錄，也不是過於誇張。白萩勇於寫出夫妻之間的性愛，以及對妻子以外的女人所暗藏的邪念，同時又寫出丈夫如何以著內疚的心情向妻子求和求歡。

在稍早的《天空象徵》詩集裡，白萩就已寫成〈牽牛花〉來記錄家庭失和的景況。「負氣地開向不同方位的牽牛花」，是恩怨交錯的夫妻。只有在黑暗裡相互對視的眼，才會觸覺到「一條繫緊的根連」。這種平凡的情感，最後都完整的以「新美街」系列詩作全面表現出來。被家庭繩索縛綁的丈夫，也有精神走私的時候。他面對鄰居的公寓女郎時，傳神而放膽釀造了如此的句子：「而我的門瞄著你／竟似陽具暴漲／一隻雄蜂在下部嗡嗡作響」（〈公寓女郎〉），讀來突兀而粗暴，但畢竟是真正人性的照映。短短的三行詩，三組主要形象跳躍轉接著，從「門」到「陽具」到「雄蜂」，環環相扣，具體而細緻暴露一位丈夫內心世界的微弱情緒與野心。

無論何等倨傲的男人，終究不能征服外面的世界。白萩寫一位中年台灣男子的憂傷與挫敗，能夠拭淨他血痕的，畢竟是他唯一可以依賴的家庭。白萩深沉地吐露了誠實的話語：「只有一個愛要死去一千次地在哀叫著你／全世界只剩一個愛在哀叫著你」（〈煙〉）。新美街是台南市的小小街道，他的家庭是小小的生活空間，他的愛情是微不足道的人間事件。無論是多麼細微，白萩也不能不喟嘆著：「一隻鳥飛進天空，即擁有天空，管它是一直一直地伸到美洲那一邊」（〈天天是〉）。體會了生命的真義之後，即使這樣的生命局促於世界的角落，也能擁有巨大的想像空間。

白萩的傑出身段，就在毫不出奇的生活中表現出來。卓越的想像，新鮮的語言，構成了一個成熟的境界。幾乎生活中的每一細節，都是以一首詩的完成而存在著。白萩的動人處，就在人們感到輕忽的所在發現了生命的奧義。他與妻子做愛，正在享受甜美的果肉之際：

抬頭卻發覺，窗外只有一顆啟明星
單獨投身在夜空裡
讓我整夜解析它的意義
直到黎明不知覺地來臨……（〈呈獻〉）

戰後台灣男子的內心哀痛，沉思，孤獨，透過這種簡單的素描而獲得具體可感的詮釋。白萩採取冷酷而疏離的態度，自我觀照，自我解剖，拉開了歷史上令人驚呼的人間舞台。

三

八〇年代以後的白萩，產量漸稀，僅以《詩廣場》一冊詩集問世。但是，他完成的每一首詩，幾乎都沒有失手之作。這段時期的代表作，便是以「Snowbird」為題的長詩。他追求藝術的純粹，以及生命的純粹，都提煉成晶瑩的詩句排列於長幅作品之中。全詩以兩組「雪」與「鳥」

的意象，反覆探索生與死的主題。《詩廣場》既對現實批判，也對生命探索，頗能反映白萩漸漸揮別中年時期的心境。

如果台灣戰後新詩發展，抒情傳統是一個主流的話，白萩無疑是在這個傳統之外另闢蹊徑的知性詩人。如果近半世的台灣新詩都在追求偉大的主題的話，白萩便是一位朝向邊緣文化營造主體的本土詩人。評價白萩，可能無需從寬闊的角度，更無需過高誇稱他是世界級的詩人。從內戰到後內戰的台灣社會，從冷戰到後冷戰的台灣詩人，也許到了需要總結歷史傷痕的時刻。白萩認真檢視社會內部被忽略的情感，憑藉這份情感，台灣文學才能得到完整的定位。

在一九九一年出版詩選集《觀測意象》的白萩，並沒有退休的跡象。他仍然努力而慎重地在追尋台灣情感。閱讀他的詩，總會無端引起不快或刺痛。那是整個時代的氣息沉澱累積起來的，受傷的歷史創造了白萩這樣的詩人。只要他的詩存在一天，那份痛楚就繼續存在一天。白萩的詩，不在治療，而在傳達。

作家生涯是一種天譴
——葉石濤的文學道路

葉石濤曾經說過，這輩子他所從事的工作，可以分為明暗兩種。在白天，他是一位小學教師；在晚上，才是一位文學工作者。前者是他餬口的職業，後者則是他畢生的志業。在職業與志業之間，他孜孜追求的，唯文學而已。對於文學的尊崇與經營，他無怨無悔，而且也從未有過快樂的歲月。葉石濤甚至說過，走上文學的道路，乃是一種天譴。這種宿命式的文學信念，支配了他一生的寫作。

出生於一九二五年的葉石濤，從十八歲發表兩篇日文小說〈春怨〉與〈林君的來信〉，到他晚年致力於台灣文學史的建構，其作家生涯橫跨六十餘年之久。在年少歲月，由於受法國唯美文學的影響，他的審美品味無非是以浪漫純情的想像為基調。過了中年以後，則因政經環境的變化與曲折生命的歷練，他的美學信仰轉而求諸於寫實主義的精神。在如此漫長的時光裡，文學觀念與創作技巧也許有很大轉變，但是對於作家生涯的執著，他始終如一。

政治權力的挑戰，是他文學道路上的重要課題，在四〇年代於文壇首度登場時，葉石濤面臨的是台灣總督府發動的皇民化運動。在軍事體制統治下的台灣社會，沒有多少知識分子能夠躲過這場狂飆的運動。沉浸在耽美文學的他，受到當時日本作家西川滿的引導，也曾經擁護過皇民化文學。在他的回憶文字裡，葉石濤未嘗有過諱言。少年葉石濤在那段時期誠然沒有確切的國家認同，對於日本殖民者所提倡的大和民族主義，他的文學作品呈現疏離與貼近的矛盾態度。他的游移與猶豫，無疑是戰爭年代殖民地作家的典型心理狀態。

葉石濤浮蕩的國家認同，即使到了戰後的六〇年代，也還是沒有穩定下來。究其原因，在於他見證了一九四七年的二二八事件與五〇年代的白色恐怖。政治權力對文學思考的干涉，他體會得極其深刻，與他同一世代的知識分子，在逮捕與槍決的陰影下，有不少人選擇自我放逐的道路。封筆的封筆，隱居的隱居，葉石濤自己則未能免於牢獄之災。這是因為他在戰後初期逐漸偏向左翼社會主義的道路。他後來曾公開承認，在那段時期，他信奉的是有著社會主義傾向的新自由主義者。具體言之，這種信仰一方面並不掩飾自己的小資產階級立場，一方面又因良心驅使而關心無產階級民眾的生活。在戰後閱讀左翼書籍的同時，他也開始接觸罕見的台灣文學作品，包括賴和、楊逵、龍瑛宗、呂赫若、吳濁流的小說。

社會主義的火花與台灣文學的啟蒙，確立了他日後堅持寫實批判精神的路線。然而，更重要的，這些知識上的觸媒，也相當成熟地孕育了他強烈的歷史意識。如果葉石濤可以被定位為本土文學的理論奠基者，那麼，他的思想淵源應該追溯到戰後初期的歷史環境。從一九五一年到一九五四年，他涉嫌捲入中共地下組織的案件，而被判刑坐牢。這段政治經驗影響他日後的文學生活，卻也更為深沉地釀造他的台灣意識。

到了一九六〇年代，葉石濤保持沉默將近二十年之後，才開始發表小說與文學評論。早年習慣日文思考的他，在長期自我放逐的歲月裡，默默學習中文書寫。這種思想上與語言上的轉變，必定經歷艱難的克服過程。他在一九九一年出版自傳體的回憶錄《一個台灣老朽作家的五〇年代》，曾經如此總結他的掙扎經驗：「從青春初期的日文轉移到中文是一個艱辛的過程；從拋棄法西斯軍國主義的遺毒，到接受科學的社會主義，是一個過程；從科學的社會主義到社會民主主義，又是另外一個過程。」他的自白，顯然穿越了思想上的辯證與批判。台灣知識分子在戰前戰後的心理狀態，幾乎都可在葉石濤的身上獲得印證。

重新出發的文學活動，並非沒有任何矛盾。他在六〇年代完成的小說作品，基本上仍然是青春時期唯美文學的延續。那種閣樓式的幻想，似乎是心靈自我囚禁的投射。然而，他所寫的文學評論卻又以寫實主義為依據。唯美傾向與寫實精神同時存在於他的體內，當可證明他心理世界的不一致，不過，他的這種矛盾是能夠理解的。就小說生產而言，他結集了《葫蘆巷春夢》（一九六八）、《羅桑榮和四個女人》（一九六九）、《晴天和陰天》（一九六九）、《鸚鵡與豎琴》（一九七二）、《噶瑪蘭的柑子》（一九七五）、《採硫記》（一九七九）。全部的作品，大多未嘗觸及台灣社會的變化，而集中於個人想像的開發。尤其是六〇年代的小說，他寫了許多豔情浪漫的故事，其中充滿了意淫與邪惡。他會這樣寫，主要是為了逃避當時的權力干涉與國族認同。在反共文學與現代文學盛行的年代，他的情欲小說自有其特殊意義。

如此汲汲於唯美文學的作家，在從事評論的工作時，竟又求諸寫實主義的審美，這意味著什麼？通過對其他作家的作品之檢討，葉石濤才真正表達自己的文學憧憬。對社會主義的嚮往，以及對台灣文學的期待，他不能不在評論文字中滲透其寫實的價值觀念。從一九六五年發表第一篇評論〈台灣的鄉土文學〉，他就確立濃厚的台灣歷史意識。這種意識，貫穿了他在解嚴之前的評論專著之中。這些包括了《葉石濤評論集》（一九六八）、《葉石濤作家論集》（一九七三）、《台灣鄉土作家論集》（一九七九）、《作家的條件》（一九八一）、《小說筆記》（一九八三）、《文學回憶錄》（一九八三）、《沒有土地，哪有文學》（一九八五）等等。他的評論文字產量，遠超過小說創作。這個事實顯示，他對台灣文學的期待，抱持著過人的焦慮與迫切。幾乎從一九六五年發表中文作品之後，他便立誓要建構一部台灣文學史。朝向這個目標而努力之際，他非常謹慎而仔細閱讀在報刊雜誌上發表的每篇小說。不僅如此，他也勤奮地收集文學史料。他的每篇文字，大約都可以視為構築文學史的一磚一石。直到一九七七年，鄉土文學論戰的硝煙臻於高峰時，葉石濤適時發表〈台灣鄉土文學史導論〉，正式宣告他的史觀已到達成熟的階段。這篇文章引來陳映真的強烈質疑。然而事實證明，葉石濤的觀點得到普遍接受，並且也是依據這篇文章，他開始著手撰寫台灣文學史。

〈台灣鄉土文學史導論〉的重點，不在於確立「鄉土文學」這個名詞，而在於葉石濤高舉台灣意識的旗幟。在那風聲鶴唳的年代，他首度揭示「台灣的鄉土文學應該是以『台灣為中心』寫出來的作品」。他的見解乃是建立在台灣近四百年歷史發展的事實之上，而不是壓縮到中國近百年的歷史軌跡之上。同時，他以移民史與殖民史的雙軌史實來定義台灣文學所賴以生存的台灣社會。這種歷史經驗，與中國文學的歷史過程並不相同。縱然他的觀點被陳映真指控為「分離主義的議論」，但八〇年代以後的文學研究者大致都捨陳就葉。

完成了打造文學史觀的基礎之後，葉石濤便積極著手他自我期許已久的台灣文學史。就在鄉土文學論戰後的第七年，亦即一九八七年解嚴的前夕，葉石濤向文學界繳出一份輝煌的成績單，那就是《台灣文學史綱》終於完稿成書。這部史綱極其簡要地勾勒台灣文學的演變，重點則放在一九二〇年代以後，新文學發展的事實之上。儘管有些學者批評這部史綱過於簡單，甚至也有人認為這只是一本書目提要，但無法否認的，這是一部開山之作。細心閱讀史綱的文字，當可發現幾個重要的特徵。第一，沿著寫實主義的路線，葉石濤在書中反覆強調台灣作家反封建、反殖民批判精神，同時也強調文學作品與社會現實的互動關係。第二、站在左翼史觀的立場，他特別重視台灣作家對弱勢階級的關切，並且特別注意文學作品中的抵抗精神。第三，在確立「台灣文學」一詞的同時，他認為所謂本土精神絕對不是保守而封閉的，而應該開放並容納各個族群的多元性文化傳統。

葉石濤的文學歷程發生最大變化的關鍵，便是一九八七年的台灣社會開始邁入後戒嚴的時期。雖然在這年他完成了文學史綱，唯其中心思考基本是戒嚴時期的產物，在文化意義上寓有政治抗議的意味，但並不表示他的心靈已得到鬆綁。必須等到解嚴之後，他才真正走出精神的囚房。獲得釋放的魂魄，帶領他繼續從事另一項書寫工程的營造，那就是歷史記憶的重建。記憶的建構，應可視為解嚴後知識分子最艱難的自我挑戰。畢竟戒嚴的時代，每一個別的主體都曾遭到扭曲或壓制。許多知識分子不敢面對已經受到醜化或窄化的文化傳統。葉石濤便是最佳的例子。他在耽美的豔情小說中，隱藏畏縮的、恐懼的自我。倘然他繼續沉淪下去，則文學史的書寫只不過是一種退卻靈魂的假面。

進入八〇年代末期，葉石濤的文學生涯有了很大的翻轉。在朝向記憶重建的工作上，他毅然揮別浪漫的小說創作，而開始回歸到五〇年代的歷史現場巡弋搜尋。這段時期他進行兩項書寫，一是自傳體回憶錄的重整，一是有關五〇年代的政治小說之開發。在回憶錄方面，他寫出《一個台灣老朽作家的五〇年代》（一九九一）、《府城瑣憶》（一九九六）、《從府城到舊城》（一九九九）、《追憶文學歲月》（一九九九）。這些瑣碎的片段的紀錄，彷彿是私生活的揭露，在字裡行間卻富有高度的抗議意味。對於日本的殖民體制與戰後的戒嚴體制，他以等量齊觀的態度給予批判性的評價。從他拙樸卻深刻的記憶長卷，可以窺見台灣作家在困難的年代是如何掙扎走過來。他不厭其煩地重複敘述權力干涉的可畏與可憎，那種平淡的文字背後，其實是蘊藏了義憤與悲情。正是這種不斷面對醜惡歷史的勇氣，而終於使受到玷污的靈魂得到洗滌，從而也使抑鬱的精神獲得昇華。

在小說創作方面，他完成了《紅鞋子》（一九九〇）、《台灣男子簡阿淘》（一九九〇）、《西拉雅族的末裔》（一九九一）、《不完美的旅程》（一九九三）、《異族的婚禮》（一九九五）。值得注意的是，唯美情調在這些小說中已呈退潮，寫實主調則篤定浮現。戰後以來唯美文學與寫實評論的雙軌現象，至此終於合而為一。這些短篇小說集有兩位主角人物不能輕易忽略，一是以辜安順為主的系列小說，一是以簡阿淘為主的系列故事。辜安順是戰爭末期一位知識青年的成長史，簡阿淘則是五〇年代一位社會主義青年的心路歷程。這兩個系列雖然不必是葉石濤本人的影射，但文本的敘述注入了他自己的生命經驗則毋庸置疑。把他的小說當作台灣的後殖民文學來閱讀，應該可以探測到葉石濤長期投入去殖民化工作的苦心。以已出版的著作來看，他在歷史記憶的重建方面，較諸同世代或後起的作家，可以說不遑多讓。

社會解嚴帶給他文學的生產力，誠然旺盛驚人。在重建歷史記憶之餘，葉石濤的文學評論也並未鬆懈下來。試看他在九〇年代展現的評論作品，就可推見辛勤不懈的身段。他的著作包括《台灣文學的悲情》（一九九〇）、《走向台灣文學》（一九九〇）、《台灣文學的困境》（一九九二）、《展望台灣文學》（一九九六）、《台灣文學入門》（一九九七）；另外又有三冊翻譯作品，《台灣文學集》（一）（一九九六）、《台灣文學集》（二）（一九九八）、《西川滿小說選》（一九九七）。這些成果足以證明葉石濤文學意志之頑強。他的評論與翻譯，旨在實踐自己的文學信念。在近期的文學史觀中，他再三強調台灣文學是屬於多族群、多元文化的延伸。因此，他的努力便是透過這樣的介紹與評價來追求。事實上，從他最近的書寫可以發現，在一九八七年完成《台灣文學史綱》中部分觀點，正慢慢受到修正與填補。他不再只是集中在國族與階級的議題，而是嘗試擴張其史觀，而與性別議題的脈絡銜接起來。他的思想版圖之不停展開，恰好也暗示了台灣社會的開放與寬容。

走過半世紀以上的文學道路，繳出著作等身的文學成績，葉石濤似乎並未快樂過。今年（二○○五）八十歲的他，仍然還是相信作家生涯是一種天譴。這種信念，可能是悲觀的。然而，悲觀也是他生產力量的重要根源。他勇於克服，勇於抗拒，終於為台灣文學樹立了雄辯的證詞。他的敵人，常常在枝節的問題上抨擊他；然而，葉石濤所要關切的，卻是整個時代，整個歷史。生命中許多蒼蠅的營營之聲已經隱沒在歷史之中，葉石濤的戰士姿態則從未有任何的傾斜。

未完的文學工程

——寫在「葉石濤專輯」之前

葉石濤的文學生涯橫跨日據與戰後兩個時代，前後綿延六十年的光陰。他出發得那樣早，而又堅持得那樣久，在同輩作家中可謂絕無僅有。把文學當作一種信念、一種志業、一種象徵，正是葉石濤精神的具體浮現。如果要尋找一位作家來概括台灣文學發展的性格，葉石濤無疑是恰當的人選。

台灣文學的成長，與殖民地歷史的經驗密不可分。殖民地文學的重要特徵，表現在文學語言的駁雜與混融。日文與中國白話文，都不是台灣作家的母語。必須穿越痛苦的語言學習過程，殖民地作家才能夠較為準確地表達他們的思考。葉石濤曲折迂迴的語言探險並非只有經歷一次，而是在戰前戰後遭逢了兩次屈辱性國語政策的試煉。葉石濤的文學思考，強烈蘊涵著這種殖民文化的特質；亦即在中文書寫裡滲透著日文語法，並且也混合著台灣母語的表達方式。

從十八歲就發表日文小說〈林君的來信〉與〈春怨〉，已經預告了一個早熟靈魂的誕生。他的日語思考，在這段時期就顯得非常成熟。一九四五年日本投降後，葉石濤仍然必須使用日語從事文學創作。在戰後初期的四年中，他的文學散見於當時的《中華日報》與《台灣新生報》。一九四六年行政長官公署頒布法令，禁止報刊雜誌使用日文。已經習慣日語書寫的葉石濤只能依賴別人翻譯他的日文作品為中文，才有繼續發表的機會（這些作品已在最近結集成《三月的媽祖》）。五〇年代初期，由於社會主義信仰的問題，他被判刑而入獄三年，日文思考至此宣告終結。

他在獄中展開自修中文的歷程，嘗試以台語與日語的表達方式來書寫中文。那種克服語言障礙的掙扎與焦慮，都在他日後的文字裡留下深刻痕跡。然而，也正是憑藉了殘缺不全的語言能力，他終於在出獄後覓得了一個小學的教職。他以中文發表的第一篇小說〈青春〉與第一篇論文〈台灣的鄉土文學〉，是在一九六五年，距離一九四五年日本投降整整二十年。殖民地作家必須耗費如此漫長的時光才能使用全新的語言，代價不可不謂慘重。

葉石濤的重登文壇，自始就帶有強烈的流亡性格。一位具有社會主義傾向的作家，理當創造出寫實風格的作品。但是，葉石濤在六〇、七〇年代發表的小說竟然都是耽於幻想與情欲。他悖離自己的美學思考，專注於建構浪漫、唯美而感傷的文學世界；其內心深處所不能抒發者，只能歸諸於政治大環境的局限。流亡精神原是殖民地文學的另一重要特徵，葉石濤文學的抑鬱與變貌恰恰就是這種精神的延續。透過想像，他把心理的深層結構挖掘出來，對於肉體的解放與自由的嚮往，以愛情故事鋪陳渲染。然而，愛情並非是他終極的追求，卸下思想上的束縛與精神上的枷鎖才是他真正的憧憬。

在他營造夢幻式的愛情小說之際，葉石濤也開始走向文學批評的道路。以台灣本地作家的作品為中心，他建立了寫實主義的審美原則，從此積極建構日後引人矚目的本土文學論。對於一位背負流亡宿命的殖民地作家而言，本土理論的追求毋寧是他回歸精神的一種浮現。限於戒嚴體制的權力干涉，葉石濤在小說創作方面極力掩飾自己內心願望。但是，從事文學批評時，他藉由作品的分析，深刻地探索本地作家的鄉土想像與現實反映。當時以中原為取向的文藝政策，幾乎主導並支配整個台灣文壇的發展。葉石濤的批評力道，便是逆著官方政策的方向而顯現出來。

從六〇年代大力鼓舞本地作家，到七〇年代鄉土文學蔚為風氣，葉石濤誠然是本土文學論的重要推手。直到一九七七年鄉土文學論戰發生時，他已然成為本土論的重鎮。通過不斷的實踐與持久的堅持，他點點滴滴累積文學觀點的詮釋。那種工作看來是那麼緩慢而靜態，一旦卓然成家時，葉石濤的發言位置已是不動如山，無可搖撼。

二

葉石濤最具規模的文學工程當推台灣文學史的營造。早在一九六五年發表〈台灣的鄉土文學〉時，他已表達內心存在一個「熾烈的願望」：「我渴望著蒼天賜我這麼一個能力，能夠把本省籍作家的生平、作品，有系統的加以整理，寫成一部文學史。」構築一部文學史的願望，並非始於葉石濤。在他之前，日據時期作家黃得時、王詩琅都有過撰史的企圖。不過，真正使這樣的願望付諸實現，則始自葉石濤。他在一九七七年發表的〈台灣鄉土文學史導論〉，已隱然透露台灣文學的詮釋觀點，那就是以台灣意識為歷史的主體。這種意識不是僵化而教條的，而是活潑的，具有動態觀點的。

葉石濤的台灣意識代表兩種意義：一是空間意識，亦即「以台灣為中心」；一是時間意識，也就是指台灣歷史的延續性。就空間意識而言，自來存在島上的政治權力體制都是以邊緣化的觀點來看待台灣。荷蘭、滿清、日本、國民政府毫無二致地視自己的本土為「內地」，台灣永遠扮演「邊區」、「外地」、「支流」的角色。葉石濤的史觀在於強調，以台灣社會作為主體來思考文學的發展，為的是對抗並批判霸權論述的強勢干涉。他的史觀並非在於排斥晚期的移民；相反的，正是認識到台灣是一個移民社會，並且也體認到歷代移民決定要在台灣生根的事實，「以台灣為中心」的史觀才獲得了有力的基礎。就時間意識而言，殖民者始終都在散播錯誤的觀點，亦即台灣歷史的起點乃是以統治者為中心。因此，日本人與國民黨都以為他們為台灣創造了歷史。葉石濤認為，這種立場所詮釋的歷史，無疑是斷裂的、斷層的。他以連續發展的觀點來看待歷史，認為台灣文學史應該是起源於原住民文學，歷經古典漢語文學、日據新文學，一直到今天的戰後現代文學。他的觀點，乃是以台灣社會為主體，而在這個主體內部也涵蓋了不同族群的文學。

要理解葉石濤的台灣文學史觀，就必須釐清他的台灣意識的真正內容。他的台灣意識論與本土文學論，正是凸顯台灣文學的多元性與包容性。然而，葉石濤在一九七七年發表的〈台灣鄉土文學史導論〉，並在一九八七年完成《台灣文學史綱》之後，便不斷遭到惡意的扭曲與攻訐，認為「一九四五年台灣變成中國的一省，台灣文學就消失在中國文學裡」。這類毫無歷史知識、毫無物質基礎的唯心論，正好證明葉石濤的觀點是相當雄辯的。

《台灣文學史綱》一書的成立，等於使台灣歷史的視野與思考又往前推進一步。這部書的問世，強烈挑戰過去橫行學界的中原史觀、帝王史觀與殖民史觀。葉石濤素樸的民間觀點，值得注意的地方，不僅在於他所提倡的多族群文學，而且也在於他所堅持的左翼分析方法。他的左翼立場，表現在他對文學史所進行的結構性分析，亦即從政治、經濟、社會的角度考察文學作品；同時也表現在他照顧弱勢族群的關懷，亦即對原住民、女性、農民、工人等文學題材的重視。葉石濤第一次公開揭露自己的社會主義信仰，必須等到解嚴以後的一九九一年完成回憶錄《一個台灣老朽作家的五〇年代》，才有深入而透明的自我剖析。他在撰寫《史綱》時，只能以隱晦、含蓄的方式，在書寫中實踐他的左翼思考。書中對於三〇年代的左翼文學與七〇年代的鄉土文學，他刻意從寫實主義的觀點銜接起來，並且進一步與第三世界的反殖民文學聯繫在一起。那種用心良苦，顯現了戒嚴時期的思考誠然充滿了難以言喻的焦慮。一方面是高壓政策的封鎖，另一方面是台灣社會現實的召喚，這構成了葉石濤的內心世界中存在著流亡與回歸的兩種張力。在反共社會裡堅持左翼的理念，既是水火同源，也是水火不容；其中暗藏的辯證邏輯，正是《史綱》的思想核心所在。無疑的，這部《史綱》反映了戒嚴體制下台灣作家的心理狀態，同時也是禁錮時期的一部反霸權的思想結晶。

葉石濤的文學思考，伴隨著解嚴時期的到來而有盛放之勢。他大量書寫回憶自傳體的文字，也不停在文學批評方面穩定開拓。回憶的作品，是為了重建歷史記憶；批評的工作則是為了實踐本土理論。要而言之，葉石濤在解嚴後的追求方向，都專注於台灣文學主體的重建。《紅鞋子》、《一個台灣老朽作家的五〇年代》、《府城瑣憶》、《台灣男子簡阿淘》、《從府城到舊城》都是屬於自傳體的作品。《西拉雅族的末裔》、《馘首》、《異族的婚禮》，則在呈現台灣社會多族群的文化現象，至於《台灣文學的悲情》、《走向台灣文學》、《台灣文學的困境》、《展望台灣文學》，全然是在實踐本土論的文學批評。跨入七十歲以後的葉石濤，他的文學生涯反而邁向了豐收的階段。相對於過去所經驗的殖民文學論述，葉石濤畢生堅持的身段可以說非常雄辯而傲慢。

三

葉石濤榮獲二〇〇一年的國家文藝獎。這項桂冠，可能已經遲到，卻是恰如其分的。與他一生的志業、精神、風格相較之下，文學桂冠的榮耀可能是卑微的。這個時代，這個國家，能夠向他行注目禮的儀式，大概也只有這麼多。

為了表達對他的敬意，《聯合文學》特地推出「葉石濤專輯」，邀請四位學者寫出他們的見解與評價。彭瑞金教授是當前國內的葉石濤研究專家，他與葉老過從甚密，目前正在編輯《葉石濤全集》。他也是《葉石濤評傳》的作者，是罕見的權威之作。他為專輯所作的〈撰寫《葉石濤評傳》的想法與寫法〉，透露他對文學大師的研究過程與內心感受。葉石濤文學的意義與影響，都在文中顯現出來。

彭小妍教授長期以來在《台灣文學史綱》這部作品上下過很多工夫。〈《台灣文學史綱》與本土化〉一文，既是在勾勒這部史書的精神面貌，也是在發抒她個人對「本土化」一詞的看法。這是一種對話式的討論。她通過《史綱》一書，重新為「本土化」命名定義，值得台灣文學研究者共同思考。

從事翻譯研究與翻譯實踐的李奭學教授，為葉石濤的文學「在地觀」進行深入的詮釋。他的論點活潑而生動，一方面呼應了彭小妍的「本土化」之再定義，一方面也另闢蹊徑，擴充葉石濤本土精神的內容。李奭學結合當前的政治現象，為文學在地觀的範疇劃出極為廣闊而多元的疆界，頗能點出葉石濤的思想精髓。

林瑞明教授偏離嚴肅的學術規律，以隨筆、隨想的方式寫出〈葉石濤印象記〉，是一篇充滿感性的記錄。葉石濤在成功大學獲頒榮譽博士學位，並且也在該校台灣文學研究所授課，林瑞明是背後的促成者之一。這篇動人的文字，讓讀者窺見了文學大師的人間性。林瑞明很久沒有寫出這樣動情的作品，在這次專輯中能夠推出，葉老當會心一笑。

最後一篇的訪談錄〈文學之葉，煥發長青——葉石濤專訪〉，是他獲獎後最近一次的公開談話。他的文學理念與文學品味，完整地展現出來，是他文學生涯最佳的自我詮釋。時常以「受到天譴的作家」自況的葉石濤，回顧他的生命歷程，絲毫不帶憤懣，也並沒有任何自負。談話傳達出來的信息，是自主與自信。對於邁向八十歲高峰的他，文學志業仍然還是未完的工程。

樹猶如此，而況乎人？

——閱讀白先勇

精湛的白話文總是出自白先勇的筆下。但是，他的筆並非僅止於文字的經營，他藉助平順的語調、平凡的修辭、平靜的情緒，刻畫他熟悉的朋友、鄉土、記憶，以及生活。《樹猶如此》（台北：聯合文學）的出版，再次證明白先勇的散文絕不稍讓於他的小說。這冊文集輯錄白先勇近四年來的文字與訪談，包括他的創作生涯與文學理念。凡是涉獵過《臺北人》與《孽子》的讀者，都可在這冊散文集所呈現的思考裡獲得參照印證。書中第三輯尤可注意，白先勇以大量的書寫與談話，對愛滋病的蔓延表達深沉的關切。文學家的入世行動，顯現出白先勇近年來的心情。他不再只是停留於撰寫小說的階段，而是進一步以文字與行動來干涉現實。

白先勇在台灣文學中的意義，可以追溯到一九六〇年他所創辦的《現代文學》。他集結當時傑出的年輕寫手，共同為他們所建構的新感覺、新想像命名，這就是文學史上所豔稱的台灣現代主義文學。在這場前所未有的文學運動中，如果把白先勇的名字拭去，就不可能使整個格局看來是那樣恢宏而澎湃，白先勇幾乎就是現代文學的同義詞。他不僅推展運動，而且以炫麗的小說協助台灣社會釀造出一個文學的黃金時期。

散文集裡的許多文字與演講，大多集中在他自己小說創作的回顧與反省。這方面的自我詮釋，有助於文學史家重新整理一些被固定化的歷史記憶。

自鄉土文學論戰以降，「現代」與「鄉土」這兩種觀念一直都被對立起來。白先勇顯然有意要翻轉這沿用許久的偏頗看法。書中的兩篇文字〈花蓮風土人物誌——高全之的《王禎和的小說世界》〉與〈六〇年代台灣文學——「現代」與「鄉土」〉，突破了坊間存在許久的僵化詮釋。白先勇認為，王禎和小說非常雄辯地挑戰這種對立的說法。他的創作技巧誠然富於現代主義精神，然而他塑造的小說人物卻是花蓮的鄉土小人物。他的作品既是現代文學的，也是鄉土文學的。中國的魯迅，美國的福克納，愛爾蘭的喬艾斯，他們的文學工作都在鄉土與現代之間取得了平衡。白先勇說：「一個有民族特色的作家，也必然是『鄉土』的。如果『現代』解釋成為創新求變的時代精神，那麼，不甘受拘於僵化的傳統習俗的作家，也必然會嚮往『現代』了。」如此開闊的解釋，顯然為台灣文學史上的長期爭論提供了一個答案。這種無需訴諸高深理論的說理方式，使台灣現代文學獲得厚實的註解。

白先勇的散文，並不全然訴諸於理，在很大的部分上他純然動之以情。與書名同題的散文〈樹猶如此〉，是近年來難得一見的摯情之作，他毫不掩飾對朋友王國祥的情愛。長達四十四年的交往，從高中二年級的青年時期，到五十五歲的中年後期，始終維繫著不墜的同性之愛。然而，他們之間的愛情並非只是以時間來衡量，而是以生活中的瑣碎、甜美與苦痛漸漸累積起來。最能撼動人心之處，便是白先勇以冷靜的字句描述他如何付出心力挽救病中的王國祥。兩人攜手承擔一顆傾斜的生命，明知那種頹勢是無可抗拒的，白先勇仍然心有希望，四處索求偏方。那種焦灼的關懷，已超過世間的愛情。然而，他們的不捨與難捨，終於還是要割捨，王國祥在一九九二年告別人間。白先勇往後需要十年的時間治療傷痛，才寫出了散文〈樹猶如此〉。

白先勇是第一位把同志小說攜入文學殿堂的作家。從早期的短篇小說〈月夢〉、〈寂莫的十七歲〉、〈孤戀花〉，到八〇年代完成的長篇小說《孽子》，都成為現階段文學研究的重要作品。他創造出來的藝術高度，使台灣文壇不能不注意到這樣的文類所具備的文化意義。在這冊文集，白先勇捨棄了過去的華麗文字與繁複想像，終於展現難得一見的素樸身段。他以尋常的語言，描摹愛情與生命的真摯。欠缺關懷，一切生命都會凋萎。樹猶如此，而況乎人？

情欲優伶與歷史幽靈

——寫在施叔青《行過洛津》書前

一

禁錮的肉體，緊纏的小腳，壓抑的情欲，碎裂的夢想，構成傳統歷史書寫的主軸。在幽黯的時光甬道裡，埋藏了多少苦痛與折磨。這些被扭曲、被鞭笞的靈魂一旦化為官方歷史紀錄時，卻反而是以貞烈、聖潔的文字呈現出來。在儒家思想支配下的歷史，道德與正義終究是得勝的。所有受到禁錮的與壓抑的生命，終於在潔淨的史書中全然化為烏有。鏤刻在史書裡的文字寫得越崇高越昇華，那些作為傳統文化祭品的人們就越失去他們的聲音。生前受到囚禁，死後遭到消音的情欲、感官、想像、欲望，根本不可能在歷史上留下絲毫痕跡。

施叔青的《行過洛津》，再次為發言權被剝奪的社會底層生靈發出聲音。那種歷史的召喚，雷霆萬鈞，在時光裡展現了無與倫比的動力。擅長使用以小搏大策略的施叔青，在最細微的地方窺見了未曾為史家所發現的生命力。對於她的文學生涯而言，這部小說不僅在翻轉底層人物的記憶，而且也是在改寫台灣社會的歷史。一九九七年完成了《香港三部曲》之後，施叔青重整心情，又擘畫了另一部頗具格局的歷史小說。從「我的香港」到「我的鹿港」，那種轉身回眸的姿態，等於是為台灣文學預告一個全新的可能，同時也暗示她自己的藝術追求又將邁入全新的階段。

洛津，係鹿港舊名。這是施叔青夢魂縈繞的原鄉，也是她靈魂深處最為牢固的據點。十六歲就在文壇登場，發表第一篇小說〈壁虎〉於《現代文學》，而這正是來自故鄉鹿港的最初藝術追求。啟程之後的施叔青，便開始涉入無盡無止的遠航。從鹿港到台北，爾後到紐約又到香港，投身在如此漫長的旅行，其實是在經驗一場聲濤拍岸的心靈探險。她的美學道路，穿越過六〇年代的現代主義，七〇年代、八〇年代的女性主義，以及九〇年代的後殖民主義。幾乎每經過一個轉折，她就創造出生動而迷人的小說。每個時期都有典型的代表作，包括《約伯的末裔》（一九六九）、《拾綴那些日子》（一九七一）、《常滿姨的一日》（一九七六）、《愫細怨》（一九八四）、《完美的丈夫》（一九八五）、《情探》（一九八六）、《韭菜命的人》（一九八八）、《維多利亞俱樂部》（一九九三）、《香港三部曲》（一九九三～一九九七）。漂泊的生涯未嘗損害她的藝術生命，反而使她的小說創作有了豐收。

直到折回她的生命原鄉之前，廣闊的世界已經為她鍛鑄一枝敏銳的筆與一顆果敢的心。她的文字，可以華麗到令人感到心悸，即使是肉體最為細膩的感覺都能從小說中直逼讀者的官能。當她觸及性別議題時，她全然不做表象的描述，而是另闢蹊徑直抵神祕的，不為人熟悉的無意識世界。她的小說技藝專注於探測人性的幽微，為的是要挖掘出人的真實。

二

在情欲與歷史之間，施叔青選擇站在真實的那一邊。

《行過洛津》的書寫策略，猶似《香港三部曲》的手法，仍然是採取以小搏大的路數。施叔青的這部小說工程較諸她的香港時期還要精微而細膩。她從鹿港的歷史著手，企圖建構一部驚心動魄的台灣移民史。然而，不同於男性史家構築大歷史（grand history）的思維模式，施叔青避開帝王、英雄、將相、事件等等的雄偉敘述，而是抽絲剝繭從名不見經傳的梨園戲優伶切入，針腳細密地編織一幅錯綜複雜的台灣歷史圖像。這種小歷史（petite history）的建構方式，全然不去更動原有的歷史事實；而是在史實與史實之間的縫隙中，穿插小人物的生命流動。具體而言，朱一貴事件與林爽文事件，是台灣史上所豔稱的農民起義故事。凡是撰寫台灣史的史家，必然都是以這兩個事件作為移民社會的轉折關鍵。在施叔青筆下，這兩個事件只是小說中遙遠的背景。她拉近鏡頭，放大歷史事件背後微不足道的庶民形象。

她的歷史鏡頭，不斷縮小焦距。從台灣移民史移鏡到鹿港開發史，又從鹿港小鎮運鏡到梨園戲班，更從戲劇舞台聚光於男扮女裝的旦角，爾後把小說的重心置放在優伶歌伎的肉體情欲之上。故事從此開啟，沿著閩南梨園戲經典《荔鏡記》的劇情，次第暈開了豐富的想像。戲夢人生，亦真亦幻。陳三五娘的愛情故事，究竟是歷史的虛構，還是歷史的真實，正是施叔青的小說最為魅惑之處。如果是虛構的，為什麼陳三五娘的形象竟能風靡閩台兩地。如果是真實的，陳三五娘又存在於何時何地？辯證的故事敘述，不斷使歷史幽靈受到情欲的召喚而轉化成有血有肉的生命。在每位生民的心靈角落，都供奉著陳三五娘的形象。這對惹人議論的千古情人，變成了台灣移民社會的集體記憶，變成了共同的歷史無意識，甚至變成了超個人的現實（transpersonal realities）。

小說始於泉州七子戲班的來台演唱，主角許情的優伶生涯，渲染著移民社會的歡樂與悲情。許情三次前赴鹿港演出，分別是在嘉慶、道光、咸豐三個時期，也是他從伶童到旦角到鼓師的成長階段。在移民的農業社會，旦角一律是男扮女裝。這個可疑的身分，正好使許情登上了歷史舞台。施叔青巧妙地讓陳三五娘的私奔故事，成為台灣移民史的隱喻。舞台上的悲歡離合，與歷史中的恩怨情仇，在小說中雙軌同步進行。

被邊緣化的台灣社會，一如許情之被陰性化，都同樣被權力支配而喪失主體性。擁有男性身體的許情，在嚴酷的身段訓練下必須維妙維肖演出女身的小旦。當他忸怩作態，猛拋媚眼而現身於舞台時，縱然沒有遭到閹割，卻是儼然成為去勢的男人。他的命運，猶似歌伎出身的珍珠點與阿婠。一位藝妲的誕生，也是從慘無人道的纏足塑造出來的。直到她們能夠柳腰輕擺搖曳生姿時，腳下足踝也已扭曲得傷害到骨肉不分了。優伶與藝妲的鍛造過程，竟然就是男性審美經驗的培養過程。男體與女體都是在稚齡階段，開始依照傳統男性的美感標準精心雕塑。童伶必須練習夾緊雙腿，歌伎則是被迫緊纏小腳。變態的美，構成了男性藝術文化的主調。

施叔青極其傳神地點出台灣歷史是如何有計畫地被陰性化。優伶與藝妲的被虐，終於轉化成床笫的快感。他們能夠享受傳自肉體深處的快感時，男性的人格與女性的肉體已經淪為扭曲變態的存在。但是，歷史上的台灣永遠是邊緣的角色嗎?至少從官方的眼光來看，這個被扭曲的島嶼既要繼續扮演陰性化的角色，又同時必須接受正統文化的收編。這種既要收攬又要遺棄的相剋態度，都投射到優伶歌伎的命運之上。

小說的另一條軸線，便是當權的同知朱仕光，抱持維護倫理道德的立場，有意要為陳三五娘的故事改寫出一部潔本的《荔鏡記》。中原文化的干涉，正是進行權力收編的典型反映。如果陳三五娘的舞台劇不加以改編，則男色的頹廢文化就要腐蝕大清帝國。有多少匹夫匹婦觀看《荔鏡記》之後，竟然模仿戲碼而演出淫奔醜行。對於泉州語言全然陌生的朱仕光，在劇本中凡遇到粗鄙與色情的對白，必毫不保留予以刪改。他對潔本《荔鏡記》的期待是，讓粗魯無文的庶民藝術回歸到端正敦厚的傳統。這正是他作為父母官的天職。

然而，朱仕光的體內也與庶民沒有兩樣，充塞著過於飽滿的七情六欲。藉著對劇情的理解，他下令泉州七子戲也在衙門演出。這位飽讀詩書的官員，在觀賞愛情故事之餘，終於也無法抗拒男色的姿態之美。戲幕落下時，竟也是朱仕光向許情求歡的高潮。握有權力的官員，縱然可以改寫劇本，甚至也改寫歷史，卻全然不能改變他的追求色欲於絲毫。小說發展到這個階段時，施叔青事實上已經在挑戰所謂歷史的真實。如果歷史是屬於帝王將相、正義道德的紀錄，則曾經爆發的洶湧情欲會是歷史的虛構嗎？

三

歷史書寫權長期掌控在男性手上。或者，確切地說，台灣歷史發言權長期受到中國男性史家的壟斷。他們編造出來的歷史盡是堯舜禹湯，然而生涯中的私密行為卻是男盜女娼。施叔青早已窺見男性歷史書寫的陷阱。盡信書，不如無書。盡信男性史，不如改寫男性史。如果歷史早就受到男性的竄改，為什麼女性就不能重新改寫回來？《行過洛津》累積她長年以來的小說技藝，為台灣歷史提出全新的證詞。如果把小說中的敘事觀點倒轉過來，就可發現過去的台灣史是如何被塑造出來的。從優伶歌伎看庶民社會，從鹿港小鎮看台灣歷史，從島嶼命運看中國權力，層累造成的史觀鋪陳出整個陰性化過程的弔詭。也就是說，嘗試把施叔青拉近的鏡頭再重新拉遠，就可透視到優伶的命運、女性的命運、台灣的命運，其實是同條共貫的。

《行過洛津》是施叔青另一項書寫工程的開端。這部小說完成時，台灣移民史的詮釋已經獲得翻新。她將繼續建構預設的《台灣三部曲》。台灣人的移民史、殖民史、生根史，必將成為這部大河小說的主軸。對於台灣文學而言，施叔青憑藉她豐富的歷史知識，熟悉的故鄉記憶，以及純美的文字鍊金術，已經拓出了開闊的想像空間。迥異於過去男性作家所構思的大河小說，《行過洛津》並不受到英雄人物與歷史事件的羈絆，全然超脫官方的、男性的史料紀錄，形塑了完全屬於她個人的女性史觀。多少被禁錮的、緊纏的、壓抑的靈魂，都因為她的書寫而獲得釋放。情欲比歷史還來得真實，庶民比官方還來得真實，女性比男性還來得真實。細細觸摸她鑄造的文字，都可感受到無可抑制的生命力。

孤獨是一種倨傲

——細讀楊牧散文〈亭午之鷹〉

孤獨是內心的情境，倨傲是人格的情調。這兩種抽象的氣質，都具體轉化成為鷹的形象。深不可測的天空，邈無邊際的海洋，無端飛來了一隻鷹，又無端揚長而去。鷹的獨來獨往，以寬闊的天地詮釋牠的生命。那種豪華的格局，是不能輕易理解的。但是，鷹的孤高卻昇華成楊牧文學的隱喻。當他完成〈亭午之鷹〉這篇散文時，似乎就在概括自己的天涯之旅。

半生的漂泊，未嘗有過可以信賴的依靠。楊牧的生命力與創造力，全然來自對於文學的堅毅信仰。他的散文風靡三十年，藉助的不是作品裡所散發的異國情調，而是他在不定的時空移動之際為台灣擴張了美感經驗。那種美感經驗，突破了台灣早期感時憂國的五四傳統，也突破了官方文藝政策所設定的政治框架，更是突破了以寫實主義為主流的鄉土情感。他勇於汲取浪漫主義的想像，繼而又鎔鑄了現代主義的思維，終而造就他的藝術結構。

散文並非是楊牧僅有的藝術追求，他應該是更加偏愛作為一個詩人。然而，事實證明他在詩與散文的成就，幾乎無分軒輊。詩，依賴的是濃縮的意象；散文，訴求的是擴散的想像。在詩與散文之間，楊牧顯然並不偏廢二者的特質與技巧。他毫不懈怠實驗詩與散文如何互通，一如他的耳朵同時向高雅與庸俗的聲音開放，予以轉化、攪拌、過濾、沉澱。當他拾起意義貧瘠的文字時，便積極在詩的分行藝術裡，在散文的渲染藝術裡，尋找一個恰當的位置安放。對他而言，為文字覓放精確的位置是一種冒險的行為。

如果最初的兩冊詩集《水之湄》（一九六〇）與《花季》（一九六三），可以視為語言的實驗時期；則他在一九六六年同時出版的詩集《燈船》與《葉珊散文集》大約就是實驗階段的豐收，並且也鋪好了日後的語言軌道。楊牧文學生涯在這個時期就已確立方向，誠屬早熟。同時在詩與散文兩種文體上展開追求，一方面是為了拓展藝術的版圖，另一方面則是作為生命的鑑照。通過兩種文體之間的對話，楊牧呈露了他纖細的情感與敏銳的思考。那種纖細與敏銳，都表現在他對文字的選擇與安置之上。

從十六歲就開始寫詩的楊牧，遵循的就是浪漫主義精神。生命的謳歌，愛情的頌讚，哀愁的色調，喜悅的氣氛，都穿梭在他的詩行之間。那種屬於感性的狂想，在東海大學時期可以說臻於高峰。然而，浪漫情懷發揮到極致之際，他開始兼收象徵主義與現代主義的冷靜與內省。他漸漸轉向內心潛在意識的挖掘，把各種被壓抑的，被折磨的欲望次第釋放出來。面對六〇年代越戰烽火的日益升高，以及美國青年的反戰、反體制運動不斷崛起，身為一位異國留學生的他，終於完成了詩集《傳說》與散文隨筆《年輪》。性愛的象徵與戰爭的意象，在這兩部作品中表現得極為深刻。沒有經過這段劇烈的精神轉向，就不可能使他到達像《北斗行》、《禁忌的遊戲》、《海岸七疊》那種節奏穩定、詩風醇厚的境界，也不可能使他的散文到達像《搜索者》、《飛過火山》、《交流道》那樣行雲流水、收放自如的律動。七〇年代跨向八〇年代中期的楊牧，在詩與散文方面同樣有了豐收，而確實使他的文學定位更為明晰。

這種美學定位對他極為重要。縱然在異鄉的土地，在陌生的時間不止不休地旅行遊蕩，他仍然以浪漫主義為基調，持續開發內在世界的不定與未知。他讓許多讀者意識到，幾乎每部完成的詩集就是一個大象徵，每部營造出來的散文就是一個大主題。《有人》與《疑神》，分別以詩和散文的形式探索人間的關懷與宗教的懷疑。在神與人之間，楊牧並不抱褻瀆或輕蔑的態度。神所帶來的困惑，人所帶來的困難，正是每個生命都無以逃避、無以解決的問題。他這樣那樣叩問人的情欲、情緒與情操，同時也這樣那樣質問神的信仰、信念與信心。楊牧可能終於沒有提出確切的解答，但隱約中卻有意傳達一個信息：唯詩是最崇高的信仰，唯美是最無可輕侮的境界。

這種詩的覺悟也許失諸抽象而空幻，但仔細推敲他在《疑神》時期留下來的心影，讀者可以在詩與散文中理解楊牧的用心。他從事的文學建構，從來就不是遠離塵世或逃離現實。文學家時時都必須諦聽來自社會來自鄉土的種種聲音。即使是何等苦痛何等創傷，都可嘗試將之轉化為詩的力量。他懷疑神，並不否定神；藉由文學的形成，神的意旨以詩的節奏、暗示、隱喻而含蓄漫開。文學是神與人之間的一個銜接。神從彼岸渡過來，人從此岸渡過去，可能是毫不經意地藉助了一篇散文的小小段落，甚至只是藉助了一首詩的短短一行。

以《山風海雨》為起點所構築而成的文學回憶錄《奇萊前書》，顯然是在總結他的家族歷史與藝術生涯的整體反省。這種總結的方式，並非等於在結束什麼，而是在印證他的文學是有具體的信仰與依靠。渺茫的記憶可能只剩下吉光片羽，卻是生命深處所留存的最真實感覺。一個人物、一冊書籍、一樁事件，再也不是那麼鮮明，但印象縱然是模糊的，一切卻可昇華成詩與散文。神的力量、文學的力量，催生了一個全新的生命。

完成於一九九二年的小小散文〈亭午之鷹〉，是一個象徵性的作品，也是一個抽象的思維。這是楊牧偕夫人旅居九龍時的不滅記憶，這永恆的記憶卻發生於短暫的鷹的邂逅。見證過蛇行也聽聞過狼嗥的楊牧，寫過令人難以忘懷的詩行。〈亭午之鷹〉則是與小鷹的不期而遇，因而寫出足堪回味的散文。這篇作品僅及二千字，在楊牧散文中僅屬小品，然而燃燒起來的想像竟遠遠超越它的格局。

現實中的鷹，楊牧全然不甚了了。整篇散文始終沒有確切提供牠屬於什麼品種，只是速寫式交代了素描幾筆。例如鷹的頭腦「是青灰中略帶蒼黃」；牠的雙眼「凝視如星辰參與商」，而羽毛色澤鮮明，「順著首頸的紋線散開」。然而，這些都不是重要的。具體的形象往往不會帶來明確的定義，重要的是它帶來具體的感覺。

楊牧在散文中，並不那麼在乎現實（reality），而是比較重視真實（truth）。因為現實只是表象，而真實才是本質。透過現象的誘發，而釀造了內心的騷動，藝術的感覺於焉產生。在尺幅有限的這篇散文裡，楊牧相當成功地照顧到兩個時空面向。在空間方面，散文有意闡釋什麼叫作孤獨。在時間方面，它顯然是在定義什麼叫作永恆。

鷹從何處來，往何處去，全然是不可解的。然而，鷹神祕地來到高樓陽台，與詩人偶遇之際，展現出來的氣象完全是睥睨的風姿。睥睨，使詩人變成無物：「彷彿完全不在乎地，這鷹隨意看我一眼，目如愁胡，即轉頭長望閃光的海水」。楊牧注意到鷹的這種神態時，內心無疑是落空的。他是多麼期待鷹能夠調轉身子，與他對視，即使是剎那的一刻也好。然而，這種期待又再度落空：「久久，又轉過頭來，但肯定並不是為了看我」。緊接著，楊牧以倨傲、剛毅、果決、凜然等等的字眼來形容牠的英姿，鷹當然是完全不理會這種想像。

楊牧果真遭逢過這樣一隻鷹嗎？沒有誰能夠找到證據，包括楊牧自己在內。然則鷹不再是現實中具體的鷹，當他以各種想像來概括鷹的脾性與姿態時，這隻傲慢的飛禽已經昇華成為楊牧內心的一個象徵了。

鷹揚長而去的那則傳說，或多或少已在隱喻楊牧自己的漂泊生命。維持著高度的孤獨，就像那隻鷹「迎著千萬支震撼的金陽」，楊牧自年少以來就已決絕地、悲壯地選擇了獨行的道路。這篇散文，縱然以鷹為主題，並未真正進入鷹的生命內裡。文中的語氣透露的孤獨與倨傲，投射的正是楊牧的生命形象。與其說這篇作品是散文，倒不如說是詩的。由於是詩的，它濃縮了楊牧在旅途上多少孤寂的歲月。

所謂永恆，並不必然需要長期的追求。一個意念，一個事件，如果造成內心雷鳴的衝擊，則前者何等輕微，後者何等沉重，在藝術的份量上可能是等值的。楊牧在〈亭午之鷹〉的後記〈瑤光星散為鷹〉也承認，他與鷹的邂逅是：「倏忽之間，幾乎比一首殘缺的六行詩更短」。這種剎那的永恆，一旦化為散文，升格為詩，則無可動搖。鷹的記憶，不斷在他往後的日子裡渲染暈開，而終於凝鑄成無可擦拭的感覺。或如楊牧自己所說：「所謂筆墨尺素足可以留駐天地之色相，化瞬息為長久，變渺小為無窮大。」文學的力量，竟有至於此者。

未曾旅行過的地方

——序張瑞芬《未竟的探訪》

閱讀張瑞芬時，我彷彿到達一個未曾旅行過的地方。閱讀她的閱讀，我發現了許多美好的景觀與事物。她的涉獵是那樣豐富，她的視野是那樣多元，我才知道自己錯過太多生動的旅行。

初識瑞芬時，她寫書評已有一段時日。我訝異於她的專注與投入，畢竟在這荒涼的閱讀時代，還有多少人願意如此莊重地撰寫書評？每冊書籍，原來都是一片稀罕的土地。沒有閱讀，所有的書籍都是屬於陌生之境。瑞芬扮演的是一位負責而盡職的嚮導，協助讀者穿越黑暗森林，涉渡可疑的漩渦與險灘，而終於通過充滿神祕符碼的迂迴迷宮。她是那樣的盡職，以致陌生土地上的探索最後都變成喜悅之旅。最初與瑞芬不期而遇時，我便樂於跟隨她去旅行。我的未竟之旅，由於有她的引領，都獲得了柳暗花明的驚喜。

書評制度在台灣，始終都不能建立起來，這是因為專業的書評家從未誕生。瑞芬以專業精神做自我要求，與同時代的書評現象相較之下，她總是能夠使用貼近閱讀（close reading）的方式審慎辨識文本。所謂貼近閱讀，近乎精讀。她尊崇每位作家的書寫，仔細揣摩文本所放射出來的信息，並且也鄭重賦予每一符碼以深刻的意義。精讀的時代可能已經逝去，但是瑞芬的書評卻使我對閱讀又重拾信心。我對精讀懷有強烈的鄉愁，便是因為只有透過這樣的閱讀方式，才能開發文學作品中的奧祕世界。

我在政治大學開授「文學批評」，第一章的標題正是：「給我閱讀，其餘免談。」以閱讀作為文學批評的起點，已是公認的基本義務。閱讀本身，就是再詮釋與再創造的實踐。離開閱讀，文學批評的活動就立刻宣告終止。捨棄閱讀，所有的文學作品都是神祕大陸，都是祕密花園。就像雕刻家的斤斧，企圖從頑石中呼喚出藝術生命；從事閱讀，也是要從靜態的文字符號裡喚醒生動的想像。對於閱讀，我懷抱著幾近崇拜的心情。瑞芬的書評，正是這份崇拜的具體印證。

在她的文字裡，我察覺到她交互使用著兩種閱讀的方法：一種是密集閱讀（intensive reading），一種是延伸閱讀（extensive reading）。這兩種不同的方法，構成她的繁複思維與深度書寫。她的書評所以能夠如此吸引我，關鍵正在於此。

她在《明道文藝》書寫的「新書櫥窗」專欄，每期介紹三冊新書。這三冊作品，既是相互獨立，也是相互聯繫。所謂相互獨立，指的是每本書的主題與內容基本上都毫不相干；所謂相互聯繫，則是指她能夠在這些新書裡尋找到不同作者之間的共通思維。這是非常不容易的閱讀。面對每月出版的眾多新書，可以想見，她必須先做選擇的工作。一旦她開始做選擇時，閱讀其實已經展開了。

為什麼三冊內容不同的新書可以並置在一起，並且置放在相同的書評題目之下？這似乎是很神祕的決定。然而不然，她決定把三冊新書放在一起時，就已展現了她敏銳的閱讀能力。這種神奇的能力，需要依賴長期的閱讀經驗，這是因為一方面她熟悉許多作者的思維方式與書寫風格，一方面則是對於現階段的文學景觀與出版動向瞭若指掌。閱讀的工夫，就在她為不同書籍進行內在聯繫時彰顯出來的。

三冊書籍羅列在一起時，她的密集式閱讀於焉展開。她不僅挖掘作者在新書中的文字技巧與藝術思維，甚至還能夠對同樣作者的早期文風交代得如數家珍。在尺幅有限的短文裡，她已經為作者找到一個恰當的定位。但是，她的閱讀並不止於此。她進一步做延伸閱讀的工作，在適當的地方不經意提到主題相近的另一位作者，或者內容迥異的另一部作品。她若無其事地參酌比較，或鄭重其事地相互對照。因此，讀完一篇書評時，讀者的收穫絕對不會只停留在一冊書上，而是同時橫跨了好幾部作品。瑞芬的書評，絕對不能視為尋常的書評，而應該是一場心靈的饗宴。

多少靈光一現的智慧在書評裡隱隱閃爍，縱然說得平淡無奇，卻是長期閱讀經驗的累積。例如，她說：「世界寫散文的人有兩種，一種是從來也不曾天真過的老人，像魯迅、周作人；一種就是從來不會老去的兒童，如徐志摩、琦君、豐子愷。」沒有經歷深厚的閱讀，絕對得不到這樣的論斷。再如她在介紹美籍華裔作家張墀言時，寫了如此撼人的句子：「只需要一代的時間，就可以失去中國；幾代的時間，才能贏得美國？」如果不是具備透澈的觀察，她並不可能如此輕易寫出美國華人移民兩頭落空的困境。又如她寫作家隱地的坎坷生涯，動用了如下的句子：「對隱地而言，生命像一場驟雨，青春更是一張落葉。」動人的書評，往往也能動情。瑞芬的文字，既宜淺嘗，亦宜深酌，端賴讀者如何在她精練的書評中開發潛藏的信息。閱讀張讓的散文之後，瑞芬為讀者留下如此深情的沉思：「當淚水已不再是悲傷唯一的形式，終於明白白日不和夜晚告別，夏天不和秋天告別，陸地不和海洋告別，每一個逝去的時刻不和下一個時刻告別。」反反覆覆咀嚼這段文字之後，才發現瑞芬的書評已昇華成為一篇絕美的散文。

每一個深度閱讀，都是一次深度旅行。瑞芬是近年來少見的導讀者。她的導讀，是一種遠洋的導航。她熟悉水性，也確知方位。即使身處在較為艱難的水域，她的掌舵全然不失方寸。困難的閱讀，如高行健的作品；輕鬆的閱讀，如愛亞的散文，她都能夠為讀者找到一個恰到好處的觀察位置。在茫茫海洋裡的航行，終於都能尋找到靠岸。瑞芬之值得信任，就顯現在可以依賴的文字中。

與瑞芬一起旅行的經驗，有歡愉，也有沉鬱，但是最後都是屬於喜悅的。隨著文本的流動，她會創造快樂，也會釀造悲傷。在陌生的文本裡，她有時觀照自己，有時也鑑照別人。跟隨在她後面進行再閱讀時，也會情不自禁，複製快樂與悲傷。閱讀她的書評，我從來不會拒絕她的邀約，隨她走入書中，走入符號中，走入豐盛的想像中。我並不掩飾對瑞芬文字的期待與好奇，因我明白，每當接觸她的書評，就再一次讓我到達一個未曾旅行過的地方。

她的絕美與絕情

——周芬伶的《汝色》及其風格轉變

當她不再偏執，一切都為她開放。

青春、愛情、婚姻，曾經是周芬伶堅持的迷信。她緊擁青春，只因不甘老去。她尊崇愛情，只因眷戀浪漫。她固守婚姻，只因害怕背德。抱持著這些迷信，使她活在太多的恐懼之中。她越擔心失去，反而失去更多。然而，她終究還是從自囚的牢籠裡釋放出來。穿越痛苦糾葛的道路，她果敢選擇了捨棄。一旦捨棄，她的生命重新開展。

周芬伶散文技藝的提升，就在她勇於割捨。《汝色》這冊散文集問世時，她已完成靈魂的再提煉與再鍛鑄。在掙扎割捨的過程中，難道她沒有承受任何痛楚與折磨嗎？不是的。那些凌遲的感覺，都在她的文字裡飽滿地膨脹著。她的文體就像她的身體，負載著各種看得見與看不見的侵蝕衝擊。她的青春、她的愛情、她的婚姻，一塊一塊崩解剝落，而漸漸裸裎真實的自己。面對真實，她變得澈悟豁達。對於發生過的傷害，她反而能夠自我調侃，並且能夠自我消解。年齡並不必然使人成熟，唯傷害才能，唯背叛才能，唯抗拒才能。經過傷害之後，她終於學習背叛，也懂得如何抗拒，從而成就了她圓熟的文字。

她的散文書寫，應該是在一九九六年出版《熱夜》與《妹妹向左轉》時而開始出現轉折。在此之前，她對許多事物抱持虔誠的信仰。在她早期的文字中常常有一股看不見的喜悅湧動在行距之間。那種喜悅，很難給予明確的定義。不過，生命的光澤確確實實閃現在她修辭與造句的深處。她恭謹地選擇文字描繪初戀與熱戀。隱隱約約的歌聲，兀自在她筆下流淌。帶著調侃的語氣，卻又不失尊崇的心情，她毫不掩飾對情人表達溫柔的眷愛；而這位情人成為她後來的丈夫。就像她的青春歲月與情愛。從一位酷嗜歌唱的少女，變成一位充滿母性的妻子，周芬伶的書寫幾乎是在刻畫幸福甜美的軌跡。

然而，發生過的幸福，終究都注定要消逝。《絕美》、《花房之歌》、《閣樓上的女子》等作品流露出來的明朗節奏，都在《熱夜》時期的散文中黯淡下來。幸福謀殺了她的青春，甜美腐蝕了她的肉體，周芬伶終於聞嗅到婚姻深處的腐臭之味。她開始寫出內心的擔憂與焦慮：「婚姻的沉悶跟童年的沉悶不一樣，童年的沉悶是無意造成的；而婚姻的沉悶是有意造成的。孩童的沉悶是清風徐來水波不興，婚姻的沉悶是黃河結沙暗潮洶湧」（〈紙氣球〉）。在美好的假面下，原來還隱藏著驚濤駭浪的衝突與折磨。席捲而來的痛苦情緒，迫使她不能不提出質問：「已婚的人可能會再愛，卻沒有談論戀愛的資格，不管是自己的或別人的，絕口不提才符合身分，可以做不可以說，說了也沒人同情，這是已婚者的禁忌，禁忌越多，陰影越多，誘惑也越多」（〈蓮蓬乾枯以後〉）。對婚姻有了懷疑之後，她的世界遂發生鬆動，所有的信仰也跟著崩解。

《汝色》正是她對自己的懷疑提出的一個具體答案。對照在此之前的散文，這冊作品無論是形式或內容都出現了劇烈的轉變。在形式上，這是一冊結構完整的長篇散文。尤其是第一輯的「Eve」與第二輯的「彩繪」，顯然是語氣連貫的思維。她採取獨白的形式，向一位特定對象的朋友發出聲音。這種形式的突破，似乎暗示了她有意捨棄過去那種即興式的、印象式的書寫。就內容而言，周芬伶可能是第一位作家利用散文形式，對情欲、情緒、情感等等私密的議題進行深挖、鑽研、追索。

自剖性的散文，在文學發展史上並非罕見。但是，像她這樣敢於把不堪的、禁忌的思維呈現出來，可能就是台灣女性散文值得注意的現象。背向溫柔、婉約的傳統女性風格，她選擇了正視自己的欲望與感覺，採取挑戰與挑釁的態度，跨越男性設立的準則規範，而創造一個完全屬於女性私密的空間。她無需顧慮道德裁判，無需計較形象包裝，更無需在乎世俗眼光，極其自然寫出她的生命經驗。

周芬伶式的自剖，最值得注意的是，她已拒絕歌頌男女之間的歡愛。男性的身影，在她的文字裡越來越淡，終至消失。她第一次承認這樣的事實：「從小我就覺得與父系的血源格格不入，周圍的人大多溫和保守，知書尚禮」(〈與沉重的黑〉)。能夠寫出這樣的字句時，她已經受到太多的傷害。父權文化的無所不在，就在於通過知書尚禮的教育而獲得傳播。知識水準越提升，思考模式就越封閉。庸俗的世間特別偏愛道德禮教，因為非如此就不足彰顯人格與教養。強調人格教養者，往往擁抱道德如膠似漆，從而保守閉鎖的心態也就鮮明無比。手持道德尺碼的男人，便頗具信心對女性採取歧視與壓制。周芬伶顯然在這方面吃盡了苦頭，所以她不再相信男人，或者說，她認為男性是不安全的，男性是極端文明的保守者。男性既是不可靠，異性之愛當然也不可靠。

她的絕情，在此表露無遺。生命中曾經走過的愛情，再也沒有留下任何痕跡，「我們不必瀏覽過去，也不必幻想未來，就以隻眼燭照現在，一切所有心證意證，生命終將化為雲煙，……」（〈與失落的照片〉）。她並不是要創造歷史失憶症，而是她已捨棄生命之所託的信仰，亦即她曾深情穿越過的青春、愛情、婚姻。正如她所說的：「到現在我仍然無法面對那場毀滅性的婚變，只要一觸及便會自動閃躲，只能繞著懸崖徘徊，……」（〈與夜〉）。在愛情裡，毀滅與幻滅是孿生體。陷入那樣的境地，傷害比任何創口都來得巨大。

絕情並不等於絕望，她對兩性感到失落之餘，反而更加珍惜來自女性的情誼。寫給一位名叫Eve的女性朋友的散文連作，清楚告訴世人，愛情是黑暗的，而且充滿了蝕破的洞。她能夠傾訴的對象不再是異性，而且可以信賴的女性。Eve可能是一位真實的朋友，也可能是一位虛擬的人物；但這都無妨，她寧可向這位朋友傾談許多私密的語言。她談自己的失眠與服用藥物，談女性與女性之間的愛戀、談金錢、談食物、談沉重的黑、談各自的故鄉。在無盡的獨白中，男性已不再是她重要的關切。

面對著同性朋友，她非常放心定義什麼叫作信賴。所謂信賴，指的是毫無畏懼，毫無虧欠，毫無罪惡地說出自己內心的愛恨喜憂。要到達這樣的境界，當然必須完成許多的克服與超越。她的努力，明顯易見。在思想上，她已不再遵循賢妻良母的典範，縱然她還是熱愛自己的兒子，只因她終於回歸自己固有的女性身分。模仿男性，學習男性，畢竟只能成為男性的附庸。與男性競爭比賽，最後還是受到男性的權力支配。疲憊地追逐著傳統所預設的女性形象，她覺悟到那是喪失自我的過程。她決定塑造自己，而塑造的途徑便是悖離男性的道路。能夠覺悟到這點時，她已是傷痕累累。經過前後五年的舔舐傷口，她才發現過去忠實謹守的道德規範與美學原則終究屬於徒然。對於同性的信賴是這樣產生出來的，她不再忌諱自己的好惡，不再顧慮自己的美醜，當然也不再隱瞞自己的年紀。她成為自己肉體的主人，靈魂也是屬於她自己。

在語言上，她更是洗盡鉛華。如果還生活在甜美的歲月裡，她必然要全力以赴去尋找華麗雕琢的字句來形容情緒與感覺。美好的日子，當然需要美好的修辭來裝飾。如今，她已不必費神去鍛鑄文字。只要感覺在那裡，文字就會出現在那裡。真正的散文，不是索盡枯腸去追逐字句，而是字句隨著感覺與情緒自然湧出。讀到她底下的這段文字，不能不令人為之動容：「人必須活到無路可出，逼至某種極限，痛苦至極虛無至極，那是一種病，病而至於死，在此時返歸自我，確認人身的孤獨，並感受到這是人類共同的痛苦」（〈月桃花十七八〉）。這樣的文字不是向壁虛構，而必須是生命真正的體驗。人被逼到痛苦至死的境地，文學並不會死亡，相反的，文學由此再度發生。以生命書寫出來的文字，無需刻意措辭造句，它本身就是絕美。

周芬伶的散文不再尊崇傳統美文的形式，不再尊重庸俗道德的模式，而自有一番格局。她不必執著於曾經有過的迷信，內心就不會存在任何蔽障。她看透了兩元論的虛妄與虛矯。因此，她不相信絕對的男，也不相信絕對的女。同時，她也不相信絕對的愛，更不相信絕對的恨。她瓦解一切壟斷的、封閉的思考。當她不再偏執，一切都為她開放。《汝色》寫的是她的絕美與絕情。絕，不是絕望，而是絕處逢生。

沉默的歷史・發聲的小說

——平路《椿哥》新版序

歷史底層的小人物會說話嗎?平路的小說《椿哥》提供了一個弔詭的答案。小人物是不會說話的,至少小說中的主角椿哥,自始至終都不曾說過一句話。但是,小人物也是會說話的,他的高度沉默竟然記錄戰後台灣社會的起承轉合。所謂說話,指的是發言權,是歷史記憶,是個人主體的確立。

《椿哥》是平路創作生涯中一個奇異的嘗試。她選擇透過一個小人物的人生悲歌,來觀察戰後的台灣是如何走過來的。熟悉台灣經濟奇蹟的人,都知道中小企業的貢獻、技術官僚的決策、美援文化的協助等等這類的大歷史。但是,在歷史縫隙中,存在著多少不為人知的困頓、掙扎與苦悶。平路把歷史焦距投射在外省難民椿哥的身上,這位小說人物在一九四九年隨著逃亡潮在基隆登陸時,就已預告往後有一段曲折歷史即將開展,而這樣的歷史注定是要被遺忘的。

十一歲來台灣尋父的椿哥,從來就沒有受到任何祝福。他是社會的畸零人,是大歷史的棄兒。包括他父親在內,許多人並不歡迎他來相認。椿哥畢竟是父親不堪回首的歷史殘餘,他的存在妨礙他父親追求新的感情生活。這一個時代多餘的生命，終於被迫必須與他的祖父、叔叔一起生活，父親決定要遺忘他。然而，遺忘他的又豈止是父親而已。他的親人、他的時代、他的國家，都棄絕了他。椿哥存活下來，彷彿是許多生命的一個註腳而已。由於他的卑微，而對照出其他親人的昇華；由於他的謙遜，而對照出別的生命的競逐；由於他的沉默，而對照出整個時代的喧囂；更由於他的謹守本分，而對照出歷史的騷動跌宕。

平路的小說，讀來是如此尋常無比；但是，她在細微處竟能刻畫台灣社會的大轉折。她的文字透露一個信息：歷史並不是由大人物創造出來的，在許多重大事件的背後，暗藏多少無聲無息的靈魂。他們點點滴滴的生活細節，都匯成歷史的巨流。時代往前躍動時，這些瑣碎的生命其實也是無可欠缺的推手。椿哥從經營手工饅頭的小事業開始，一直到投入機器麵條的製造，都足以呈現社會的轉型。那種轉型的速度可能是緩慢的，可是節奏縱然緩慢，對於椿哥這種小人物卻造成強烈的衝擊。

《椿哥》提出了一個嚴肅的問題：什麼是歷史？在傳統的觀念裡，歷史是由戰爭、條約、帝王、領袖、產業、政策……等等銜接起來的。這樣的歷史，似乎是一條連綿不斷的時間主軸環環相扣。在環節與環節之間，全然不容小人物介入。這種歷史敘述的方式，帶出了另一個問題：誰在寫歷史？

以戰後台灣社會的演變史為例，歷史是如何書寫出來的？從政治層面來看，坊間的說法是二二八事件、五〇年代白色恐怖、黨外民主運動等等，一連串事件連綴起來。而官方的立場則是反共抗俄、中美協防條約、八二三砲戰等等重大史實串接起來。無論是坊間官方的觀點，都強調本身在歷史中的重要地位。這是歷史發言權的爭奪，是歷史地位的自我評價。不過，在不同立場的發言者之間，凡是未能介入重大事件的人物，往往就輕易被遺忘了。椿哥這個小人物，無論如何都不能在這樣的歷史中找到一席之地。

平路的小說企圖翻轉這種歷史記憶的建構方式。一個在時代洪流中被推擠到台灣的外省小人物，是如何在人地生疏的新土地上維持一條活命。在台灣經濟最為蕭條的年代，他見證了自己父親如何努力擦拭曾經在中國有過的歷史記憶。就像同時代的一些外省人那樣，只有掩飾過去發生的歷史，才能在台灣重新建立身分。在感情婚姻上，在官位追逐上，有不少人是以「洗心革面」的方式改造自己的人格。這種真實的歷史，在許多官方檔案裡是不可能記錄下來的。平路透過椿哥的眼睛，看到了歷史這一幕，一段不為人知的「竄改身世」的歷史。

椿哥不可能是歷史的創造者，卻是一位默默的見證者。他是一具歷史攝影機，把台灣社會的轉型攝入鏡頭。並不是所有的外省人都是當權者，在時代巨輪下，大多數的外省族群毋寧是權力的受害者與犧牲者。他們看不到未來發展的方向，不知道自己身在何處，更不能理解究竟在社會裡扮演了怎樣的角色。然而，也正是在最平凡的生活中，這些蜉蝣般的生命相濡以沫，也相互取暖，而終於建造了極其細微的一些些尊嚴。憑恃著這微不足道的尊嚴，他們堅強地活下來了。

於無聲處聽驚雷。這是魯迅留下來的詩句，正好可以用來詮釋歷史沉默者的意義。椿哥投靠他的叔叔，以幫傭的身分協助克服生活中的種種困難。稍長之後，他發展了一個小小生意，而終於有了些許儲蓄。他曾經也有過感情上的漣漪，卻因自卑而退卻。在如此掙扎的遭遇中，他的父親從未對椿哥有過任何眷顧。他父親再婚後所養的兩個孩子，努力往上爬，最後完成出國留學的願望。父親竟然向椿哥提出要求，希望他以僅有的儲蓄資助同父異母的弟弟留學深造。椿哥內心頗覺震撼，體會到父親的絕情殘忍。善良的椿哥，最後也還是伸出援手，以換取日後家人對他的承認。留學的風潮，是台灣社會具有文化深層意義的歷史現象。但是，在如此湧動的風潮中，竟然發生了不被察覺的許多小故事。對照這種巨大的潮流，這些小故事並不具備特別的意義。不過，一種文化現象的形成，畢竟是在太多的傷害、折磨、凌遲的過程中鍛鑄出來的。椿哥正是看不見的歷史傷口的具體見證。

在歷史上占據沉默位置的椿哥，經歷了台灣社會從蕭條年代逐漸跨向輕工業經濟的階段，又從加工業經濟過渡到高速公路時代的到來。他的生命經驗，無疑是戰後歷史的一個縮影；他奉獻青春，提供勞力，卻並不能在社會中留下些微痕跡。平路選擇這樣一個畸零的邊緣人物，為沉默的歷史發出聲音。究竟歷史是虛構的，或小說是虛構的?也許不會有確切的答案。但是，能夠在歷史空白的地方，挖掘暗潮洶湧的記憶，正是《椿哥》的動人之處。在小說中不說一句話的椿哥，已經道盡一切。冠冕堂皇的歷史假面下，覆蓋著許多等待被發覺的真實。平路的幽微之筆，彷彿譜出一支輓歌。但細聽之下，卻又是一支頌歌，在被遺忘的地方熠熠散放一絲人性的微光。

大河與細流

——序東方白短篇小說集《魂轎》

寫完大河小說《浪淘沙》之後的東方白，究竟還有什麼可以創造的？他可能也有面臨文學思考上真空狀態的時刻吧。至少作為一位讀者，我曾經為他如此擔憂過。他是那種情感特別纖細，而想像又非常豐富的作家。如果遇到創作上的瓶頸，恐怕會為自己帶來精神上無比的壓力。

當他還在構思《浪淘沙》的尾聲之際，我常常在長途電話中，感受到看不見的另一端所傳送過來的緊張情緒。從事這部耗時十年的百萬字小說創作過程中，據說他也有過數度精神崩潰的紀錄。在氣勢磅礡的結構裡，在行雲流水的文字中，讀者當然不會察覺作者的焦慮與挫折。那種對藝術的專注與尊崇，在我同世代作家的身上應屬罕見。每次想到在冰雪的北地，有一位台籍作家獨對孤燈，為已經遠逝的台灣歷史注入血肉靈魂，我幾乎可以體會到他胸懷裡所抱持的一份苦情。近乎自虐式的書寫，終於鑄造了一位不容忽視的作家，也終於形塑了一部不容輕侮的作品。擁有這冊大河小說，台灣文學的歷史證詞變得強悍而雄辯。

這部小說可以視為他生命中的里程碑，在我看來，那不是同世代作家能夠輕易企及的目標。

我曾經有過兩次與他一起旅行的經驗，都是在這個鉅大的書寫工程完成之後。豪情與憂傷，是他特有的氣質。這是在兩次的旅行中，我能感受到他投射過來的兩種異質情緒。然而，我卻又覺得那並不僅是屬於他個人的人格特質，而應該是整個時代氛圍的一種反射。在海外飄泊如許長久的東方白，思故鄉之日遠，思生命之日暮，總會在內心底層沉澱一些被壓抑的、難以排解的欲望與想像吧。

曾經在紐澤西的農場，與他共同瞭望北美的夜空。在那點點螢火微燃的村莊，談話不免發出喟嘆的他，回憶他的台灣歲月與留學生涯，也追述他文學創作的艱苦辛酸。朝著虛幻的夜空，他的身影看來極其孤獨。就在他的俯仰之間，我見證了一顆自囚的靈魂，如何在時間的鞭笞中追求他的藝術。從來沒有一種藝術是在群居終日中獲得的，也從來沒有一種可貴的文學是在相互取暖的環境裡誕生。他把自己鎖在一個偏遠的角落，與山光水色相偕寂滅。故鄉可能距離他特別迢遙，朋友於他也非常疏遠。正是在這樣遺失的世界裡，他所有被壓抑的欲望終於能汩汩湧出。對他而言，孤獨並非是封閉，反而是一個巨大的出口。他的歷史想像，就是通過這樣的缺口而建構起來的。

孤獨，是傲慢，也是挫傷；我在往後的日子中逐漸悟出這樣的道理，既然做了孤獨的選擇，就得一併接收。我早在離開北美之前，就已發現東方白在咀嚼孤獨滋味時的神情。迂迴的旅行經驗，讓我理解到一位小說藝術的營造者是如何為自己畫出一條自我封鎖的疆界。他發展出來的歷史敘述，自然也鋪陳了不為人知的終極關切。

我後來閱讀《浪淘沙》時，清楚看見他構築台灣人身分的游蕩與流離。歷史自有它的召喚與遺忘，站在邊緣位置的東方白，絕對明白台灣人的憧憬與失落。以著十年的時光，描繪出近代史上三個家族的故事，在書寫的背後當亦潛藏了東方白個人的理想寄託。遠離鄉土的人，才能體會文化認同的微妙啟示。因為，依賴那樣的認同，人的存在意義就會顯現。尤其像東方白的歷史意識特別濃厚，更加無法抗拒鄉土散發出來的魅力。他描摹的家族史，其實就是台灣國族史的縮影；個人在時代洪流中的跌宕，毋寧就是家國命運在歷史長河中的浮沉。我閱讀他的巨幅小說時，大約可以撫觸到他胸中積壓的憤懣。

他會是一位悲情作家嗎？戰後台灣中年以上的男子，氣質中不免會挾帶一些模糊的憂傷，那是生命中歷史光澤的迴照。但是，並不是所有的男人都必然自我沉浸在悲哀的色澤之中。我比較相信的是，東方白並不適宜劃入悲情作家的行列。他的視野與氣度，預告了台灣文學的一些可能。

一度以為他是不可能繼續再寫下去了。即使不再書寫，也並不影響他已獲得的文學評價。然而，我的擔憂與預測畢竟都落空。他不但沒有停止追求，書寫的速度反而越來越快。在他的大河小說問世十年之後，台灣社會又見證了他完成另一部長篇的文學傳記《真與美》。這部鉅構，可能是台灣作家中規模最為寬闊的記憶展現。在他之前，張深切的回憶錄《里程碑》，是公認的最長的文學自傳。東方白的文思並未枯竭，大河小說反而為他累積更為厚實的衝勁。全書共六冊的文學回憶，重新建構一位戰後作家的成長史。他的博聞強記，不能不令人嘆為觀止。

東方白的心路歷程，混合著太龐雜的文化質素。他熟悉中國古典文學，廣泛閱讀中國新文學的經典作品，並且涉獵近代西方的詩與小說。吸收的所有這些文學知識，最後都融入他的本土精神。而這樣的精神，絕對不能等同於坊間的「本質論」的本土。他的回憶錄清楚顯示，所謂本土論是不斷累積、不斷生長、不斷擴張的文化價值。更精確地說，他所定義的本土乃是屬於「建構論」，一種有機的、動態的、活潑的本土論。

因此，把他的文學定位在寫實主義的脈絡裡來檢驗，恐怕會產生很大的落差。他的回憶錄提供了重要的證詞，在他的文學藝術的鍛鑄過程中，終究也經歷了深厚的現代主義的洗禮。他的小說，挖掘許多被壓抑的歷史無意識與政治無意識。他小說中釋放出來的能量，可能必須從現代主義的角度去評估才比較恰當。他的思維與創造，已透過具體的實踐，既回歸了本土，又為本土啟開了大門。戰後台灣知識分子的回家方式有許多種，有的是精神回歸，有的是肉體回歸。鄉土的呼喚，形成了龐大的認同運動。不過，有的人回家之後便關起大門，也有回到家後又啟開門窗出走。閉鎖式的認同與開放式的認同，構成某種程度上的緊張關係。這種困境，顯然對東方白並未造成障礙。他直接跨越過去，以文學書寫作為他回家的證詞，又以他的回憶書寫作為開放的儀式。台灣文化主體的構造，不能以一種單一的、壟斷的論述去理解。複雜的記憶與複雜的書寫，就足以指出台灣文化主體內部存在著太多複雜的異質成分。把《浪淘沙》與《真與美》並置齊觀，恰恰可以佐證台灣文化主體建構的複雜歷史性格。他文字中的微言大義，我深深體會過也覺悟過。

懷著訝異的心情，讀完他新近完成的短篇小說集《魂轎》，我確知東方白的人文關懷未嘗稍止。族群、省籍、身分、認同等等糾葛的問題，在他的短篇小說中形成重要的主題。認同的困擾，是台灣歷史殘留下來的包袱。東方白不厭其煩，從最細微、最枝節的生活中進行解套。他的用心良苦，似乎暗示了台灣社會的進程又到達另一個關鍵時刻。在《浪淘沙》時期，他處理的是台灣本地人在歷史上的認同困境。如今，《魂轎》則聚焦於台灣外省族群在現階段的認同處境。我並不認為東方白準確掌握到這個敏感問題的癥結，在小說的處理上似乎也掩飾不住他自己的緊張情緒。不過，他小說所呈現的關切，反映出東方白對當前台灣社會的觀察之敏銳。遠離台灣，並沒有切割他與島上社會的脈搏之同步躍動。

我無法忘懷十年以前紐澤西夜空下他的孤獨側影，也無法釋懷自己在海外時的那種寂寞歲月。我比東方白較為幸運的是，我的精神與肉體都同時回到台灣。我比東方白較為不利的是，我再也無法以疏離的、清晰的角度觀察台灣。投入自己的鄉土，就必須接受各種有形無形的斤斧之絕情敲打。我的靈魂因此而殘缺，而損壞，而傾斜。我現在的形象，便是在憤怒的時代之錘撞擊之下塑造出來的。我的殘缺，使我認識到生命的本質原就不是完整的。也正是因為不完整，我必然需要不斷去追逐，去填補，去修正。東方白站在遠處，當可理解我是一顆被貶謫、被詛咒的孤星心情。比起海外時期，我變得更為孤絕而孤傲。那種境界，簡直可以比擬冰天雪地裡東方白的心情。在文學生涯裡，他是大河，而我只是細流。見證他的文學書寫不絕如縷地問世，我無法不鼓起追趕之志。強烈想起東方白時，豪情與憂傷竟同時降臨我身上。

寫實主義未了
——寫在《天機》之前

現代主義與後現代主義的浪潮，並未撞歪履彊文學航行的方位。在七〇年代末期崛起的他，見證了台灣社會從晚期農村經濟到晚期資本主義的急劇轉變。這裡所謂的晚期農村經濟，是自創的名詞，指的是台灣農業社會在資本主義的衝擊下，走上凋敝崩解的道路。而晚期資本主義，則是沿用西方左翼理論的觀念，指的是台灣社會在九〇年代被迫整編到全球化趨勢的網絡之中。在如此跌宕動蕩的歷史轉型，履彊從未偏離寫實主義的路線。他的文學思考，始終貼近這種社會演化的軌跡而延伸擴張。

熟悉台灣文學生態的履彊，不可能不知道文壇流行的風氣與時尚。同輩與後輩作家耽溺後設小說的實驗，並浸淫在各種西方文學理論風潮之際，他未嘗稍改其寫實主義精神。然而，他又不是僵化的、窄化的本土文學論。他與本土作家最大歧異之處，就在於他能夠超越本土的立場來反觀本土。他保持活潑的想像力，同時又密切注視著台灣社會的變與不變。就變的層面來看，他已意識到整個社會風氣越來越向功利傾斜。就不變的層面來看，他似乎相信如此劇烈起伏的社會仍然還保存著救贖的力量。變與不變的兩種思維，構成了他小說世界裡的緊張力量。

他對寫實主義所持的信念，顯然與自己的生命經驗牢牢銜接在一起。他出生並成長於雲林褒忠，從小就已熟悉農民的生活。縱然後來定居於台北，城市文化並未淡化他對故鄉的情感。農村是他的精神原鄉，也是他的世界觀與價值觀的依據。但是，他也不是自囚於鄉土的牢籠。早期在《三三集刊》的經驗，也使他有過中國禮樂的嚮往與薰陶。也許，履彊不再提起這個階段的成長過程。不過，《三三集刊》在那段時期正好站在鄉土文學運動的對立面，履彊可能因此而能夠擁抱鄉土，卻又不偏執於鄉土。這種辯證式的思想洗禮，使他常常能夠抱持較為寬厚的態度來看待台灣土地上發生的一切事物。

履彊文學的另一重要特色，建基在他長期的軍旅生涯經驗之上。在他小說裡，常常出現老兵與榮民的形象。他總是能夠從外省老兵的立場來建構歷史記憶與社會經驗。在他之前，早逝的作家鍾延豪曾經完成一部《金排附》，也是敘述老兵在台灣的飄泊生活。不過履彊是職業軍人出身，對老兵的心情與表情有過密切的觀察並體會。

對於變動不居的台灣社會，履彊固然是堅守著寫實主義的路線，但他並不遵循傳統的反映論（reflection），而是採取再呈現（representation）的方式來描繪社會現象的轉折。最能表現這種傾向的莫過於《天機》所收的兩篇小說〈天機〉與〈某年某月第七日〉。前者在於批判現代的社會仍然停留在迷信的階段，尤其是批判利用迷信而墜入賭博狂潮的畸形現象。後者則是從老兵的眼睛，透視台灣社會上升與下降的兩種力量，並凸顯出兩岸婚姻的歷史悲劇。幾乎可以說，履彊在文壇登場以後的人文關懷，都可在這兩篇小說找到具體的線索。

隨著資本主義的高度發展，台灣農村已不可能保有傳統淳樸的風氣。〈天機〉這篇小說揭露了民風的日益惡化，無論是知識分子如教育界的校長與教師，或農村裡的匹夫匹婦，都捲入了投注六合彩的漩渦裡。即使經歷了天災人禍，農村裡的怪力亂神仍然是支配人心的主導力量。諷刺的是，所謂天機並非是來自鬼神，而是來自邪惡的人心。竭盡心機進行誑騙、欺壓，卻以神的名義取得合法性，正是現階段賭博習氣的典型寫照。履彊的小說顯然是在喟嘆，台灣的傳統文化已經不能抗拒功利主義的沖刷。

在敘事技巧上，履彊從未訴諸華麗的文字，也未依賴濃稠的故事密度。他總是讓文字以最簡單的形式慢慢暈開，然後渲染出人物的性格與故事的輪廓。他酷嗜使用素描的方式，線條拙樸，卻頗能營造氣氛。彷彿是互不相干的圖像，隱隱中是相互對應、相互連接，而構成了完整的敘述。在風格上，他毋寧是較接近鄭清文的小說。不過，鄭清文側重在情緒與感覺的挖掘，而履彊則偏愛外在事物的觀察。他們都不憚使用透明、淺白、平淡的語言，甚至俚語、方言都可寫入小說之中。較值得注意的是，鄭清文往往只是一篇小說處理一個故事，履彊較勇於把多重的故事匯集在一篇小說裡。

〈某年某月第七日〉便是從一位老人的眼中看到的多重世界。這篇小說有三條主軸，一是老人的身世，一是他的兒媳們的浮世繪，一是兩位叛逆青年男女的故事。小說的發展既怪誕又合理，相當完整地鋪陳老人從病到死的故事。老人因兒媳「不孝」而離家出走，在群眾運動中巧遇叛逆的原住民阿德及其女友。跟隨這對男女回到部落之後，老人竟然病逝。這位老人的幽魂，回顧自己的一生，而戀戀不忘者是他生命中的妻子，一位早逝的卻為他創造再生的台灣女性。

這篇小說讀來像極一首老兵的輓歌，然而其中流淌的溫暖記憶，道出了他的挫折與憧憬。尤其在族群互動的議題上，老人的開闊胸懷，似乎也暗示了履彊長期不懈的關懷。正如在稍早的其他作品顯示的，他有意強調這個島嶼的命運必須由各個族群一起來承擔。履彊最為細膩之處，便是體認到台灣文化的主體絕對不是單一的、特定的族群所能壟斷。漢人中心論或福佬中心論，都只會帶來文化的傷害與內耗。他的小說不斷指出，台灣文化的內容係由多種族群傳統與歷史記憶所構成。族群與族群之間的差異，並不構成彼此的優劣。台灣社會逐步朝向開放、開明、開朗的境界邁進之際，所有島上的各種文化記憶都應該得到恰當的尊重。

從最早的《鑼鼓歌》、《楊桃樹》出發，履彊就已致力於對「鄉土」、「本土」的重新命名。他從未輕易高舉庸俗的鄉土文學的旗幟，然而，在表達土地的情感上卻極為誠摯深刻。對他而言，鄉土的內容是一種加法，而不是減法。任何族群來到這塊土地，都不約而同注入了情感。履彊所珍惜的，便是這些不同的情感鑄成了磅礴的鄉土之愛。他寫出的福佬人、客家人、外省人、原住民，都各自有其傷痛與歡愉，卻都是台灣文化主體的重要構成因素。履彊不畏後現代主義浪潮的衝擊，仍然信奉七〇年代以降寫實主義的信念。變動的是，整個社會價值觀念不斷在調整更易；不變的是，履彊始終以寫實文學兌現他對這個島嶼的承諾。

光之舞踊

——吳明益自然寫作中的視覺與聽覺

蝶翅的光，花蕊的香，蟲鳥的歌，是我們共同的鄉愁。水澤之畔，山谷之蔭，草上之風，曾經是我們豐饒的精神原鄉。只是我們遭到放逐了，集體被草木魚獸徹底放逐了。人類的心靈變得空洞，感覺變得遲鈍，似乎已經失去回歸的能力。我們看不見草叢泛起的微光，也聽不見林木傳來的召喚。當我們把回不去的原鄉稱為荒野時，所有的心靈其實已淪為廢墟。

在我們中間總是有人不甘受到離棄，懷著謙卑與虔敬，重新造訪失去的原鄉。他們是如許專注地傾聽森林，凝視蟲鳥，彷彿是在接收另一個遙遠星球傳送回來的信息。他們看見的光，聽見的聲，絕非尋常的我們能夠輕易辨識的。但是，從他們接收的語碼中，確實證明那陌生而遙遠的原鄉充滿了生命。我們一度認為寧靜的，那裡竟然是遍地喧囂；我們誤認是死寂的，那裡其實是處處生機。真正死去的，是人類的心。

離開原鄉那麼久之後，我認識了吳明益。一位膚色有著光澤的青年，語帶沉默，眼神如炬，似乎懷有無可抗拒的魅力。從他那裡，我發現自己對於自然寫作的誤解與偏見。我曾經以為，所有的書寫都是不自然的，包括自然寫作在內。或者更為誠實地說，我是比較傾向於相信所有的文字都是虛構的。我的偏見是，文字書寫縱使是真實的，卻都是死的，能夠使文字復活過來，全然必須依賴讀者的想像。因此，自然寫作在台灣蔚為風氣時，我只斷斷續續閱讀了劉克襄、陳列、廖鴻基、凌拂的散文。我偏愛他們的文字才情，全然偏離了文字背後的沉重鄉愁。正是吳明益，協助我克服了存留已久的盲點。

天地何其之大，生物何其之繁，吳明益只是聚焦於蝴蝶的生命。閱讀他的《迷蝶誌》時，我的內心有了警醒：原來生死瞬息的蝶類，牠們的世界比我的想像還要廣闊、複雜而深奧。吳明益的書寫，採取以小搏大的策略。在細微的生命裡，他觀察到樹的顏色，風的速度，光的節奏，水的氣味。這種格物的方式，需要具備細膩的心情與百科全書的知識。我不免懷疑，這位年輕人，能夠負載如此無可承受的學問嗎？

接受中文系訓練的他，曾經追求過清代的詩藝。那典雅卻已亡佚的文學世界，並未能牢牢綑住他年輕的心。我後來才知道，他酷嗜以單騎的姿態造訪台灣的深河遠山。他的單車名為「麥哲倫」，隱然寓有遠航的意味。走出書齋，走出古典世界，他投入了蝴蝶的天涯。在古老與現代的時間出入，絲毫並不阻礙他行雲流水的書寫。我第一次見到他時，是在博士論文初審的會場。他氣定神閒的表情，全然看不出就要面臨一場關鍵性的應試，更看不出他已完成了全島性的旅行。他的論文題目是〈當代台灣自然寫作研究〉，厚厚五十萬字，頗具氣勢。對於一位失去回歸能力的文明人如我者，徒然懷有鄉愁之外，似乎並沒有任何立場在自然寫作的議題上與他對話。我僅能就周邊的疑惑與論文的結構提出一些問題而已。那場對話於我是相當愉快的，因為從他的思維與涉獵，我有了更深一層的自我反詰。

重讀他的《迷蝶誌》之際，我收到吳明益寄來他甫完稿的《蝶道》。他總是帶給我一些驚喜，以著他的認真與冷靜。我並不覺得他在反覆告訴我什麼叫作長鬚蝶，什麼叫作斑粉蝶，而是在告訴我什麼是我所不知道的台灣。除了生命旅途中有將近二十年滯留於異域之外，我與這個海島的共存已超過三十餘年。經過這麼長久的相互纏綿，我並不必然能夠理解台灣的脾性與情調。我不是曾經以本土論來檢驗過別人嗎？我不是被稱為台灣意識論者嗎？然而，除了一些歷史知識與文學經驗之外，吳明益的作品告訴我，台灣仍然存在於我的遙遠裡。

有一種躍動的光線在他的字句之間穿梭，有一種神祕的聲音在他的行距之間流淌。有辨色力弱的吳明益，在長途的單騎旅行中，不懈不止地追尋島上的光與聲。如果沒有光，顏色不是顏色；如果沒有聲，寂靜不是寂靜。他帶給我的喜悅，就在於讓我發現從未感受到的光與影，以及聲與靜。閱讀的節奏，有時特別輕快，當我隨著他的文字疾馳過東部海岸；有時則特別遲緩，當我發覺他的鏡頭鎖住一隻大紫蛺蝶。那種速度感，是一種時間與空間重疊在一起的閱讀節奏。我無法進行單音的平面解讀，而是必須依賴想像，開發感覺的立體閱讀。他的字質細密，音色飽滿，閱讀時彷彿是參與他的旅行。當我閱讀到這樣的文字時，心情抱持著一種敬謹與肅穆：

> 蛛網的構造簡直就像羅浮宮的壁飾一般複雜而充滿創意，部分蛛網在太陽光下是隱形的，

它們就像一組緘默的殺手（〈死亡是一隻樺斑蝶〉）。

……在上巴陵走進一條被水蜜桃園包圍的小徑，然後在地上看到兩張飄動的影子。我抬起頭來，張望到某種啟示。那是我與大紫蛺蝶的初遇（〈目睹自己的誕生〉）。

吳明益克服自己的辨色力弱，創造了敏銳的視覺與聽覺，讓他的肉體化為一株觸鬚，為我們探索許多無知與未知。他更化為一支感應迅速的天線，接收來自另一星球的信息密碼。他的書寫不在提醒我們台灣有多美，而是在警告我們對台灣所患的失憶症有多嚴重。再三閱讀他的散文，我當然不會遺忘他運用文字之純熟，我更不會遺忘自然寫作不能只是視為書寫的虛構。

自然寫作的發展，到達吳明益這個世代時，已經脫離了純科學性的報導文學。他未曾放棄藝術要求的紀律，也未曾偏離生態關懷的立場。他依賴龐大的數據、紀錄、檔案、文件，但從來不做靜態的分析，而是進一步深入現場，以現實與史實相互印證。因此，他觀察蝴蝶時，我發現了歷史，也體驗了現場的溫度、高度與濕度。使我感到溫暖的是，他的文字裡埋藏許多不為人知的親情、愛情、友情與鄉情。獨白式的文體，並不表示他把自己監禁在隔離的空間，而是從靈魂的井口釋放了他的情緒與欲望。向著夜空，向著海洋，向著蝴蝶，向著人間，展開無止盡的對話。

他的散文，是光之舞踊，是詩之饗宴，為這個海島帶來了祝福與希望。任誰都願意敞開門窗，迎接從原鄉攜回的信息，也迎接這位膚色有著光澤的原鄉人。

魔鏡幻象
——讀月卿《小說家情人》

月卿是世紀之交的現代主義新寫手。她的作品很稀少，也許並沒有多少人知道她的存在。唯一可以確知的是，她的書寫證明了現代主義運動其實還沒有真正過去。在後現代主義號角普遍響起的今天，月卿對現代主義還懷有強烈的鄉愁嗎？她的小說，究竟暗示了怎樣的文化意義？

現代主義運動衝擊了六〇年代的各個藝術領域。特別是在文學方面，現代主義為日後文學史舉行了極為壯闊的洗禮儀式。凡是在那個時期崛起的作家，無不受到現代主義思潮的影響。幾乎可以毫不誇張地說，在這場運動的推波助瀾之下，文學創作的美學完全受到徹底的改造。然而，現代主義的評價至今仍然受到低估，甚至受到貶抑。

對現代主義的圍剿來自兩方面。一種是屬於中華民族主義的聲音，或是坊間所說的統派。此派認為，現代主義是西方帝國主義的產物，是遂行其在第三世界殖民社會資本主義擴張的一種文化侵略。較為精確地說，台灣現代主義乃是美援文化的變相延伸。一種則是屬於台灣民族主義的聲音，亦即俗稱的獨派。這派認為，現代主義是一種脫離現實的思維方式，它所提倡的美學欠缺本土精神的基礎。現代主義描述的墮落與幽黯，無法彰顯台灣意識積極批判的一面。無論統派或獨派的信仰是何等歧異，在抨擊現代主義的立場上，兩派可以說擁抱得如膠似漆。

到目前為止，台灣現代主義的命名與定義，並還未獲得塵埃落定的釐清。尤其是經過一九七七年鄉土文學論戰之後，現代主義所受到的污名化與妖魔化，幾已成為定論。這種矮化並曲解現代主義的說法，顯然並未照應到文學發展的事實。至少對於投入現代主義運動的作家而言，這種負面評價的態度造成了嚴重的傷害。事實上，今天對現代主義進行抨擊的統派、獨派作家，他們本身在早期就是現代主義的推手。在他們的創作中，處處都可發現現代主義的烙印。時過境遷之後，這些受過現代主義影響的作家，都急於竄改自己的身世，甚至變造他們自己的歷史記憶。究其原因，他們不過是為了合理化現階段自己的意識形態與政治立場而已。

受到妖魔化的現代主義，其實無需經過醜化，它本身誠然就是妖魔。存在於人的內心世界，也就是一個怪力亂神的世界。很少有人敢於俯視自己體內的妖魔鬼怪，他們寧可停留在清醒的意識層面，接受虛偽而矯情的道德規範之拘束。人的欲望、想像、情緒、記憶，一旦與道德傳統牴觸時，便本能地自我壓抑到潛意識或無意識之中。現代主義運動帶來最大的衝擊，便是使作家從潛意識或無意識之中挖掘出許多被埋葬的感覺。

這種挖掘的方式，可謂變化多端。不過，在現代主義思維中，最為顯著的挖掘，便是從語言與感覺兩個管道著手。在語言方面，作家傾向於重新鍛造句型語法，以破壞傳統語言敘述的手段，造成斷裂、跳躍的思考。在感覺方面，作家放膽觸探體內被壓抑的欲望，把過去受到譴責的情欲、幻想、邪惡、卑賤，重新開發成為文學的題材。真正的人，藉由語言與感覺的重新挖掘而宣告誕生。

把現代主義視為美援文化的延伸，或是視為與現實脫節的思維方式，都是太過於簡單的歷史解釋。台灣文學理論的脆弱，就在於它從未好好考量現代主義對作家所帶來的深刻衝擊。對現代主義進行抨擊，在表面上似乎有助於台灣意識的建構。但是，從美學層面來看，這種建構變得極為粗糙而幼稚。作為「人」的台灣人，若是逃避內心世界的無意識，並不能成為完整的人。或更確切一點而言，逃避無意識，才是不折不扣的逃避現實。

當「後現代主義」一詞變成氾濫的口號之際，月卿反其道而行，再度從現代主義出發。這是需要勇氣的。有時我不免懷疑，台灣文學在現階段是否適合定義為後現代主義時期？從種種跡象來看，譬如資本主義發展的成熟程度，工業化與都會化的成長速度，資訊與知識的擴張廣度，似乎只能說，台灣社會才正要進入現代主義時期。六〇年代如果出現過一個現代主義，那可能只是初階的、萌芽的。台灣文學史正要迎接一個高度的現代主義（high modernism）。施叔青、李昂、朱天文、朱天心的小說美學，還是屬於現代主義式的。如果這樣的觀察可以接受的話，則月卿的出現應該正是時候。

我選擇採取這樣的歷史解釋，主要是鑑於台灣社會距離一九八七年解嚴不過十餘年而已。在戒嚴時期的四十年中，有多少欲望、想像、記憶因政治干涉而受到高度壓抑。近十年來，新語言與新感覺的重塑似乎進入另一高峰。然而，對於過去許多遭到政治壓抑的欲望，顯然沒有獲得深刻的再開發。在現代主義傳統的基礎上，台灣文學確實可以累積更為厚實的創造力。

而這正是我對月卿有所期待的理由。當她開始整理時間黑盒子裡的記憶時，便已經展開對無意識的鑽研。多少政治無意識，或歷史無意識，或性欲無意識，在她的文本中流動穿梭時，我又看到了文學的希望。她的語言，迂迴、婉轉、跌宕、碎裂，卻自有一種內在的邏輯思維微微繫住。她的思維到了盡頭之際，突然又找到新的泉源，而使潛藏的情緒與感覺汩汩流出。對於文字的掌控，她已經到達了運用自如的境界。對於內心複雜的官能反應，即使是淫邪的、不倫的、墮落的、黑暗的，她從不刻意迴避，她的文字無論如何虛構，都讓我窺見了真實。

彷彿手持魔鏡，映照著內心許多的幻覺與幻象。月卿站在世紀之交，其實是在告訴讀者什麼才是人的真實。幻覺與幻象，都是她的生命與歷史的投射。她不畏懼面對自己走過的每一歷程，也不怯於說出內心最為私密的語言。因她毫無所懼，小說讀來有一股強悍的力量。在後現代主義的召喚中，她重新為現代主義再命名。這股抵擋不住的書寫欲望，正是新世紀的新希望。

生命的繁華與浮華

——寫在陳燁《烈愛真華》之前

一切的書寫，都是虛構。這是法國解構大師德希達寫下的殘酷證言。他的殘酷，在於無情戳破人間對於歷史的迷信。他的證言，卻又極其真實確切地指出歷史的欺罔。誰在寫歷史？為什麼歷史會這樣被記錄下來？這些問題從來沒有人質疑過。因為，沒有人提出質疑，所以許多人都相信歷史等於真實。然而，女性作家開始介入家族記憶的建構之後，歷史終於開始瀕臨信用破產的邊緣。

在台灣的女性作家中，陳燁是最早少數幾位的歷史挑戰者。挑戰權威，甚至是挑逗男性，始終是陳燁書寫的力道。凡是熟悉陳燁風格者，都知道她的雙軌策略，一是情欲書寫，一是歷史書寫。情欲書寫的策略，在於徹底解放女性的身體；而歷史書寫，則在於積極卸下女性精神的枷鎖。從事如此龐大的書寫工程，需要勇氣與智慧。陳燁毫不遲疑展露這種身段直逼男性權力的核心。

陳燁非常清楚，歷史記憶往往把千瘡百孔的女性經驗全然排除，在女性還未到達爭取發言權的階段之前，所有的歷史都是由男性來建構。在男性史的紀錄裡，充斥著救贖式、悲壯式的崇高情懷。他們感時憂國、悲天憫人，自然流露出格局開闊的英雄情操。但是，男性在發揚過剩的人道主義時，女性角色竟然在歷史紀錄中碰巧都是缺席的。每位英雄背後的母親與女性，形象都是空白的、模糊的、無法命名。英雄尚且如此，則社會尋常的女性，她的情感、情緒、情欲，更不可能在男性史中留下任何蛛絲馬跡。

男性的時間觀念，是透過道德、倫理、人格、傳統等抽象的思考作為線性的延續。道統、法統之類的繼承關係，構成男性歷史的主軸。這種時間觀念，乃是男性權力相互傳遞的祕密伎倆。女性書寫一旦崛起之後，男性的時間意識立即遭到前所未有的挑戰。因為，女性已經能夠理解，男性對於時間的定義，絕對不可能屬於女性。要挑戰道統權力式的歷史書寫，女性開始以空間意識進行書寫，偏離男性支配的軌跡。她們探索自己的肉體，開發自己的情欲。以空間的肉體對抗時間的國體；以空間的情欲對抗時間的情操。肉體與情欲才是真實的，而國體與情操則全然屬於虛構。

耳熟能詳的歷史，無論命名為辛亥革命史或是二二八事件史，都只是在傳承男性的記憶。然而，在革命的風潮裡，在事件的浮沉中，真正在咀嚼苦難與災難的，並非是歷史記載中虛幻的國家或空洞的人民，而應該是存活於壓縮空間中被遺忘的女性經驗。在時光的殘忍煎熬下，女性受到咬嚙、折磨、凌遲的苦痛，應該比任何雄偉的歷史都還來得真實。

陳燁選擇二二八事件作為小說主題，等於是在挑戰這二十年來男性努力建構的歷史記憶。生命中存在太多的繁華與浮華，歷史紀錄也充塞太多的幻影與幻滅。陳燁筆下的真華，拉開「赤崁編年」的歷史序幕。編年，原是男性歷史撰寫權的重要依據。而今，陳燁式的歷史編年，以跳躍的記憶與飛躍的想像，重組戰後初期的台灣記憶。庸俗故事中的悲歡離合，才是真實生命寄託之所在。女性聲音終於釋放出來時，男性歷史的那份莊嚴看來是如此張惶失措。

從父祖之國到媽祖之土
——初讀陳玉慧《海神家族》

人的記憶可不可靠，只有神知道；神的判斷可不可靠，卻是人不知道的。但不能否認的是，人們寧可選擇相信神。凡是精誠所至，神就在那裡。在離亂而不可知的時代，在飄蕩而不確定的島嶼，每個人都是宿命論者。當他們的命運無法解釋時，只好把一切都歸諸神。他們不曾知道，彼此存在著相互的愛時，神其實就在其中。陳玉慧的《海神家族》是一則神祕的愛的故事。跟著故事走，神的眷顧與庇護也跟著走。

我閱讀陳玉慧是非常遲晚的事。當我還未認真閱讀七〇年代末期的《三三集刊》之前，陳玉慧於我是一個未知。在那群年輕作家中，我發現她的名字，然後才開始觸探她的第一部作品《失火》。她給我的最初感覺是，心思非常纖細，但文字卻不夠細膩。這種感覺，一直維持到她的《獵雷》時期。直到她在二〇〇二年出版《巴伐利亞的藍光》時，我突然感受到她強烈的焦慮。

那冊書有一個副題：「一個台灣女子的德國日記」，這不能不使我注意到三個議題，亦即「台灣」、「女子」、「日記」。這冊日記是不斷遷移、不斷旅行的日記，而並非只局限在德國。在日記裡，我窺見到她去看心理醫師的紀錄。然而，她的焦慮並不是去看心理醫師，那只是焦慮的一個結果。我發現她的焦慮來自兩方面，一是她在寫作上企圖轉型，一是台灣帶給她無端的苦惱。寫作與台灣，才是她焦慮的根源。瘋狂的愛爾蘭曾經刺傷葉慈成一首詩，身分不明的福爾摩沙則是把陳玉慧折磨成一則悲痛的故事。

《海神家族》動筆之際，也正是她寫出〈給台灣的一封信〉的時候。這封信，成為《巴伐利亞的藍光》的附錄之一。如果說，《海神家族》的張本是延伸自這封信，應該是合情合理的推論。因為信中的字裡行間，深深埋藏著一個無名國度的鬼魅。這個國度，先是稱呼為「福爾摩沙」，然後被叫作「埋冤」，繼而又有「中華民國」的名號，卻擁有「台澎金馬」與「中華台北」的命名。這封信的最後，陳玉慧選擇了「台灣」的名字。〈給台灣的一封信〉，可能是近年來最讓我迷惑卻又讓我心疼的一篇散文。

名字，意味著一種命運。如果時髦一點來說，它代表一種「再現」。台灣命運的曲折迴轉，都在它的命名中顯現出來。對於我這樣學歷史的人來說，曾經因為背負台灣的命運而在海外流放遷徙過。我非常能夠理解陳玉慧這位台灣女子的心情，她在信中說出的一字一句，彷彿是一把銳利的刀在我的肌膚刺青，涼涼的，帶著一絲微痛的血痕。這篇既像小說又像散文的信，我越讀越像一首詩。正是這首詩，帶給我許多不眠的夜。

最初捧讀《海神家族》時，我直覺地告訴自己，我正在讀一封給台灣的信。陳玉慧的寫作與台灣，都在這部小說中得到合理的解決。以著喜悅，我迎接媽祖登場；也是以著同樣的喜悅，我見證媽祖收場。然而，這並不是一部關於媽祖的小說，當然也是與神毫不相干。媽祖是一個隱喻，暗示了台灣的歷史是渡海的歷史，一部移民與殖民的恩怨情仇史。

背對著台灣男性史，陳玉慧的故事起點始於女性。這全然不同於聖經的書寫方式，自然也不同於中國傳統歷史的書寫策略。令人訝異的是，台灣的近代史並非是男性漢人擘畫的，陳玉慧說，應該是發源於日本女性綾子。歷史記憶的建構，使用這種方式可靠嗎？這個問題的答案，只有媽祖知道。

因為有日本女子三和綾子的來到台灣，才有台灣男子林正男與林秩男兩位兄弟的故事。時間定位在一九三〇年代前後，正是日本殖民體制最為穩固也最為粗暴的階段。帶著反諷的筆法，這部小說的記憶，都是由男性所認定的重大歷史事件串聯而成：霧社事件、珍珠港事變、皇民化運動、日本投降、二二八事件、五〇年代白色恐怖……。這彷佛是男性大敘述的慣用策略，如果要符合這種大敘述的寫法，故事理應聚集在大人物與大歷史的塑造之上。陳玉慧在這裡開了一個很大的玩笑，她把焦點集中在名不見經傳的小女子身上。

來台尋夫的綾子，因日本丈夫陣亡於霧社事件而流落台灣。在無依無靠的情況下，她遇到台中男子林正男。台灣移民史與殖民史，在這微妙的時刻有了偶然的交會。歷史的巨幕從此啟開。在殖民者與被殖民者之間，愛情可能發生嗎？精誠所至，神是允許的。然而，林正男卻對機械非常著迷，尤其是與飛機相關的各種知識。懷抱著對飛機的狂熱迷信，婚後的林正男竟毅然拋棄妻子而自願接受徵召。這又是背叛男性大敘述的一種筆法。依照男性創造的歷史記憶，台灣人不都是反殖民、反皇民的嗎？小說中的林正男投入皇民化運動的洪流，終至被沖刷到大東亞戰爭臻於顛峰狀態的南洋戰場。

在家中缺席的男子，並不是小說的重心。在戰爭的硝煙下，綾子的感情與欲望才是陳玉慧的關心所在。男子報效國體時，女子在台灣則必須接受肉體的煎熬。正男的弟弟秩男，對於綾子竟產生了無可抑制的愛慕。這又是另一次男性大敘述的背叛。亂倫與不倫是傳統史筆所不容，陳玉慧卻使用了高度的隱喻與轉喻，勾勒了愛情的無可抗拒的力量。歷史總是這樣鑄成的，逸出了不寬容的道德，不寬容的社會，不寬容的文化，朝著悲劇的方向洶湧而去。

男性史的書寫，傾向於使用單一線性的觀念去形塑。在一定的軌道內，道德譴責必然有其一定的發言位置，即使褒貶論不敷使用，因果論還可以拿來救濟。因此，「善有善報，惡有惡報」的記憶，自然就充斥於歷史紀錄之中。這是最方便，也是最不講理的男性邏輯。《海神家族》再三採取背道而馳的書寫方式，對男性的慵懶而疲憊的思考積極挑戰。故事因此分成兩條軸線，也就是沿著綾子兩個女兒靜子與心如的故事，而展開另一段複雜的敘述。靜子與心如的生命，負載著台灣歷史未完的命運。在同一個屋檐下，兩位姊妹在成長時期就已經緊繃著一種對抗的關係。靜子總是感受到母親對心如的偏愛，這種偏頗的關係終於使靜子懷有難以言喻的恨意。憑著恨意，靜子復仇式地選擇與外省人二馬結婚，而生下一位女兒，亦即小說的敘述者「我」。

敘述者「我」，有知以來就已面對著錯綜複雜的家族歷史，一個沒有名字，也無法命名的多重記憶。日本的、中國的、台灣的記憶，沉重得使「我」找不到真正的精神出口。父親是外省人，母親是台灣人，外祖母是日本人，這樣那樣的牽扯，已不是小小的「我」能夠負荷的。唯一的方式，就是選擇出走。在地球的邊緣，「我」終於與一位德國男人結婚。走到地球的盡頭，也尋找到鄉愁的源頭。祟起悠悠鄉愁的，竟是隨身攜帶的兩尊木雕；那是媽祖的兩位保鏢順風耳與千里眼的神像。鄉愁升起時，也就是《海神家族》敘述的開啟。

陳玉慧嘗試使用抽絲剝繭的手法，對小說中每位人物的婚姻故事都一一觸及。她的敘述觀點是複眼式的，故事中包藏著另一則故事。這是最危險的思考模式，因為每一條軸線都是各自發展，但是線的終端卻都有著神祕的聯繫。好像有一隻看不見的手，在毫無理路的世界中穿針引線串起了無可逆料的驚奇。母親的外省丈夫，與「我」自己的外國丈夫，在戰爭中原來都有他們各自的心酸故事。屬於天涯海角的兩條陌生男性血緣，卻藉由母系的繩索而結合在一起。陳玉慧的暗示在此就彰顯出來，歷史是女性創造的，女性就是那隻看不見的手。

為了追尋順風耳與千里眼兩尊神像的故事，陳玉慧展開收線的工作。每一條線都緊緊抓在她的掌中，對於處在故事邊緣的男性絲毫都不放過。反覆的敘述，把每一條線軸都拉到綾子身上，最後才揭開歷史的謎底。原來靜子是正男的女兒，而心如的父親是秩男。兩尊神像，出自愛慕者秩男的手。在秩男的心龕中，尊崇綾子如尊崇媽祖一般。撥開記憶的迷霧時，靜子與心如的心結終於也獲得解套。日本的、中國的、台灣的記憶，最後都要回到島嶼這個歷史母體。媽祖的纖手，擁有難以探測的寬容心懷。

《海神家族》證明了陳玉慧的轉型終於宣告成功，正如她這一年來的散文書寫，緊密與她的生命、智識、歷練融合在一起。她走過這一代作家中最具挑戰性的道路，無論是地理的或是心理的，從山窮水盡化為柳暗花明。她文字散發出來的魅力，既挑戰又挑逗，生動地觸及到台灣歷史與台灣人性最幽暗的一面。她對文字的掌握越來越可靠，十年的流浪正是鍛鑄的歷程。那種自我改造的痛苦，那種自我背叛的焦慮，都與她的這部小說等長同寬。

以擦亮每一顆文字刷新歷史

——《九十三年散文選》序

一個新的歷史正在成形。台灣文壇在二〇〇四年見證了一個重要現象，那就是六年級與七年級的作者正式宣告登場。毫無預警的，而且是以集體合唱的方式，幾乎每一文學刊物都可發現新世代的書寫蹤跡。從《皇冠》、《野葡萄》、《幼獅文藝》、《明道文藝》，到《文訊》、《聯合文學》、《印刻文學生活誌》，不約而同讓文學新勢力有登台演出的空間。無論是會議現場，或是公開對談，也很難拒絕聽到新銳的聲音。洶湧而來的力量，逼迫讀者必須承認，文學版圖的整編與改造就在不久。新時代轟然急馳而來，是不是意味著文壇發言權就要轉移到這些書寫者手上？原來的文學風景，是不是也到了需要隱退的時刻？並不必然。

打開二〇〇四年的文學地圖來看，書寫新手誠然已開始占領許多重要陣地，不過，資深作者的文學並不因為新浪潮的湧現，從此就必須擱淺或沉澱。恰恰相反，這一年是頗有可觀的精采一年。沒有人敢於否認，至少在散文領域，太多足堪咀嚼玩味的作品都出自資深作者之手。這是台灣文學的一個幸福，老手與新手並肩迎接新歷史、新時代的到來。由於新舊世代的交錯演出，使許多不同時期的風格技巧都在同一時期展現出來。素樸的、華麗的、豪氣的、內斂的文字，負載著不同亮度的色彩，構成了一個閃爍燦爛的散文世界。

台灣文學的藝術造詣之所以能夠維持不斷翻新的能力，坊間有太多人都毫不遲疑將之歸功於詩人與小說家的努力。學院裡的研究，文學史的撰寫，批評家的觀點，似乎也是在支持這樣的看法。正是在眾口鑠金的情況下，散文書寫便理所當然被邊緣化了。事實上，詩、小說、散文在藝術營造的任務上各有其偏重的方向。詩強調的是意象（image），小說關切的是敘事（narrative），而散文的重心則放在文字（word）之上。這並不表示，詩不在乎文字，或散文完全不顧意象；而是說，不同形式的書寫，在美學要求方面有其個別的藝術要素與紀律。詩是文字的濃縮，小說是文字的擴張，唯散文在於從事文字本身的鍛鑄與塑造。散文可以支援詩的構築，也可以協助小說的鋪陳。不過，散文本身也能夠成為一種自主的藝術（art），並發展出一種別緻的技藝（craft）。

文字本來就是一種抽象的容器，盛裝著豐饒的情感、思想、欲望、記憶。但是，正因為它是一種容器，文字也無法勝任承載思想與情感的全部內容。在複雜多變的生命與人性之前，文字有時不免是貧乏且貧血。如何使文字免於腐敗枯萎，是許多散文寫手竭盡思慮在追求的。自一九五〇年代以降，散文的藝術成就之所以特別可觀，乃是因為有許多作者致力於把文字從疾病中拯救出來。他們開拓挖掘文字的容納空間，使各種困難曲折的感覺能夠恰如其分地置放在適當的文字裡。他們擦拭琢磨每一顆文字，使其潤滑發亮，從而也使散文技藝日新又新。文字的生命能夠維持如此的活力，散文家的投身介入不容忽視。然而，他們注入的心力是那樣巨大，在文學史上所得到的關切與評價卻完全不成比例。

五十年來的散文傳統，與整個戰後文學發展的節奏其實是相互呼應的。從沿襲日據文學與五四文學的餘韻，到現代主義運動帶來的第一次美學斷裂，以及後現代主義思潮造成的第二次美學斷裂，都見證到散文家在這樣的歷史流變中從未缺席。感時憂國式的藝術表現，都同樣是日據文學與五四文學的主要風格。這種風格在一九五〇年代之蔚為風氣，主要是當時官方文藝政策的鼓吹。本地作家與外省作家都胸懷著一股沉鬱之氣，文字表達往往游移在欲言又止之間。不過，這個時期的重大轉變便是漢文書寫在台灣社會的重新復歸。這當然是拜賜於五四文學白話文傳統的延續。本地作家努力學習如何寫好白話文，外省作家則是企圖使白話文刷新。歷史已經證明，這段時期的文學豐收，並不是小說，也不是詩，而是大量生產的散文。

台灣散文在戰後初期的再出發，無疑是建立在五四白話傳統的基礎之上。在白話文的美學要求下，文字往往必須表達得非常正確而準確。無論是愛國情操或懷鄉情操的散文，都與當時寫實主義的創造風氣密切相關。不過，即使在正確與精確的文字表達方式風行之際，仍然還有不少作者企圖把貧乏的文字提煉成純粹的美文。趕上五〇年代歷史列車的散文家艾雯，是收入這冊散文選最為資深的作者。已經跨過八十歲的艾雯，仍然握著銳利的筆描摹生動的景物與靜物。至少在台灣文學史上，很少有作家在六十歲以後，還是堅持書寫的信念，對藝術從事不懈的追逐。艾雯在一九五一年出版第一冊散文集《青春篇》，就已受到文壇的首肯。在二〇〇三年以八十歲高齡，又出版了散文集《花韻》，更使許多讀者感到震撼。在前後五十餘年的文學生涯中，她擅長以內心獨白的方式對生命，對人間，對世間發出頌讚，選入的這篇〈人在礦溪〉，以寫實的方式傳達她生活的自在與喜悅。文字功力不減當年。她的繼續創作，是台灣散文的幸運。

同樣在五〇年代就展開書寫的王鼎鈞，已創造了無數敲擊人心靈魂的散文作品。現階段他正集中心神建構生命之書，把壓抑在內心深處的歷史記憶釋放出來。他的龐大回憶巨著即將問世，〈天津戰俘營半月記〉是其中一章。在前半生屬於政治禁區的記憶，不能講也不能寫，如今都在新的世紀汩汩呈露出來。回眸半世紀，恍惚是前生今世。

我的老師齊邦媛（請容許我這樣表達），在二〇〇四年出版散文集《一生中的一天》，帶給讀者無比的喜悅與憂傷。喜悅的是她創造的散文藝術，憂傷的是她記錄的懷友文字。〈追憶橋〉仍具有她特殊的寬容而悲憫的質感，字字句句都緊扣著生命的脈動，縱然這是一篇有關戰爭死亡的文字。

如果這三位資深作者傳承著寫實式（realistic）的美文，則經過現代主義洗禮的散文家所創造的作品，應該是屬於象徵式的（symbolic）。現代主義運動發展於五〇年代，成熟於六〇年代，開展於七〇年代，橫跨長達三十年。即使到今天，現代主義美學仍然還存留於新世代的書寫之中。然而，有關它的評價還未獲得定論。在寫實主藝論者與本土文學論者的史觀中，現代主義的藝術營造一直是受到貶抑與窄化。但是，從實際的文本閱讀來看，現代主義運動對台灣詩與小說的衝擊可謂至大且鉅。至於它對散文的影響，也是非常深遠。身為現代主義者的余光中（他也跨過七十五歲），便是在六〇年代提出中國文字必須改造的主張。「現代散文」一詞的成立，正是來自他的現代主義信念。

今天台灣散文的表現技巧，已經偏離五四白話文所講求的傳統。這種斷裂，發生於六〇年代現代主義的介入。散文不再只是寫實而已，它也可以用來挖掘內心的意識流動，可以使私密的欲望與想像裸裎。文字意義也跟著流動，變得游移而不穩定。正因為有這種技藝上的革命，文字的容器也不斷加大加寬，感時憂國式的、悲春傷秋式的散文，逐漸為知性的、冷靜的書寫所取代。台灣散文縱然沒有做到如余光中當年所說的「降五四的半旗」，不過現代散文的崛起，已經與中國的共和國文體截然劃清界線。〈誰能叫世界停止三秒〉是典型的余光中文體，對文字速度的控制，伸縮自如。句子的節奏，流動著一種看不見的明快與幽默。這篇散文明顯是在讚嘆相片，暗地裡卻是憑弔時間。這種明暗相襯的書寫功力，是余氏散文藝術的極致。

另外兩篇有關時間書寫的散文，一是楊牧的〈抽象疏離——那裡時間將把我們遺忘〉，一是李黎的〈星沉海底〉。楊牧的散文發表於東京大學的公開演講，是一篇浪漫與象徵交織的文學歷程回憶。這是第一次他對自己投入詩的追求做最為幽微而徹底的省視，也是第一次重新解讀《燈船》與《傳說》創作時期的心情。文字的思考綿密，詩情濃稠，可以預言這是楊牧的一篇重要自述散文。李黎的作品，往往散發一種惆悵、滄桑的氣味，這篇散文尤其如此。透過《小王子》這冊童話的追敘，她也尋獲了生命中時間的殘骸遺骨。哀而不傷，冷而不靜，已成為李黎散文的深刻印記。

現代主義運動的影響，並非僅止於文字技藝的提升與變革。由於它使台灣作家獲得啟悟，找到無意識挖掘的途徑，使得女性作家也因此而開始對長期被壓抑的記憶進行探勘，女性散文在六〇年代的漂亮演出，毫不稍讓於男性散文。特別是通過一九八〇年代以後，女性散文書寫已經撐起文壇的半片天。重要作者如周芬伶、蘇偉貞、簡媜、沈花末、張讓、鍾文音、黃寶蓮、張曼娟、廖玉蕙、陳玉慧，已形成產量豐碩的族群。把她們的名字拿掉，年度散文選必將傾斜。

近兩年來的周芬伶，轉變最為劇烈，似乎已經開始為女性散文重新命名。她探索的記憶，已經不是沿著時間之軸進行，而是依據自己肉體的感覺重建時間。她的時間是跳躍、失序、裂變，然而卻真實呈現她的欲望與情緒。〈最藍〉是她系列創作的其中一節，從她架構起來的格局，幾乎已可嗅出這將是一冊值得期待的作品。她的文字不再隨著思考流動，而完全是跟著感覺走。行其所當行，止於其所不可不止。

另外一位正在轉型的作家，當推陳玉慧。如果周芬伶建構的是自己的身體史，陳玉慧則是朝向家族史的方向書寫。她在這一年出版的《海神家族》，既是一部小說，也是散文，更是一部思潮洶湧的女性史詩。〈父親〉是這冊文體難分的作品中的一章。家族史的建構，是九〇年代以後女性作家的共同關切。鍾文音、郝譽翔、簡媜都嘗試過，但是陳玉慧卻採取解構手法讓主宰家庭的男性退位，使女性主體在歷史記憶中誕生。父祖之國消失，媽祖之土浮現，彷彿在重新詮釋台灣史的流變，是全新的女性史觀。

陳玉慧的散文技藝，就像同時期的鍾文音、黃寶蓮，都是在異鄉旅行中體悟女性的身分認同。她們的追求，不僅在於文字的鍛鑄，而且也在於突破文類的界線。到了九〇年代中期以後，台灣作家越來越不耐於文體的規範。文字本身的意義不只漂移不定，文體的定義也同樣開始產生鬆動。這已經意味著第二次的美學斷裂儼然降臨。六〇年代現代主義帶來的斷裂，只是從寫實技巧轉換為象徵技巧。可是第二次的斷裂（如果可命名為後現代主義），則不是停留在美學的層面，而是文字與意義之間的拆解，也是文體與形式之間的重整。具體而言，散文不再滿足於文字的表演，它也涉入敘事的領域，與小說進行毫不曖昧的結盟。後設敘事（meta-narrative）的散文，逐漸臻於盛況，是新歷史到來時相當明顯的一個方向。

擅長後設敘事的散文高手駱以軍，在過去兩年出版的《遠方》與《我們》，正是文體可疑的兩部作品。他耽溺於家族記憶的重建，也浸淫在個人成長經驗的追敘。由於他的散文在《壹周刊》連載，每篇都是獨立單元的敘事。但是，全部集結在一起時，又變成結構完整的小說。駱以軍的文字，特別瑣碎、細微、反覆，令人懷疑他的靈感來自女性書寫的模仿。不過，他顯然把敘事當作技藝，由於文字練達，想像豐富，好像是說故事一般，自有一種使人無法抗拒的魅力。他的散文可以處理人性的衝突、家族的矛盾、性別的抗衡、時事的諷刺，幾乎當下的事事物物都可以納入尺幅有限的作品裡。〈觀落陰〉，事實上也是這種小說敘事性散文的表演，時事、神話、幻想匯集成為一個生命的多種面向。

散文新手李欣倫完成的《有病》，再一次挑逗小說與散文之間的界線。疾病的隱喻，在這部作品裡，其實就是女性身體的轉喻。精神的病、心裡的病、生理的病、肉體的病、愛情的病、欲望的病，構成千瘡百孔的人生。李欣倫是這冊散文選中最為年輕族群的其中一位，她所寫的〈像我這樣的一個女子〉，頗能代表年輕世代的女性思維方式。在她的書寫中，已經沒有什麼名詞不能進入散文。所有避諱的、詬病的、禁忌的文字，都在她筆下呈現。她挑戰既有的感覺，包括視覺、味覺與視覺。不能接受她那種書寫方式的讀者，恐怕內心才是「有病」。

老中青三個世代，書寫生命橫跨五十年，竟然都同時納入一冊選集。寫實的、象徵的、後設敘述的三種技藝，代表了戰後台灣散文的三次轉折。這個事實顯示，文學史的發展從來就不是以單一線性的方式在進行。縱然新的世代已經到來，舊有的創作形式並不必然就要隱逝。後現代主義方興未艾之際，現代主義仍然以各種表現方法流淌在不同的散文作者之間。多軸的歷史、多元的美學，拉開了二〇〇四年精采的散文景觀。

值得致敬的是，今年宣布從職場退休的季季，以旺盛的創作生命力證明她的文學並未退休。這位從雲林出發的作家，將近四十年前以《屬於十七歲的》在文壇登場，成為六〇年代的一位重要小說家。她在過去一年選擇以散文書寫，開始追憶文壇舊事與個人經驗。曾經追逐過現代主義技巧的季季，在七〇年代以後轉而求諸寫實手法，揭露台灣社會被遺忘、被壓抑的人與事。這一年來，她的散文風格特別穩重紮實，回憶的文字充滿了時間與歷史的質感。〈鷺鷥潭已經沒有了〉，髹上一層暗黃的色澤於記憶之上。有點感傷，又有點灑脫，搖曳著少女時期的夢與幻。年屆六十的季季，以書寫抗拒歲月，以文字留住生命。等待她去敘述的，還有更多的人與事。

這冊散文選不足以概括過去一年的藝術成就，但足以窺見散文家的無盡想像與無窮追逐。到今天還未受到恰當評價的散文書寫，將成為未來研究者的重要寶藏。以後的文學史將會發現，這是一片還未被全部穿越的富麗大陸。在散文還未獲得像詩與小說的待遇之前，許多作者仍然還不辭辛勞為每一個文字選擇恰如其分的位置去安放，為台灣文學史謹慎鑲嵌精緻的一磚一石。在文體越界的時代到來之際，散文地位必然就會翻新。

第二輯

夜書雜記

台灣史觀下的中國美術
——初讀林惺嶽《中國油畫百年史》

兩條思考的主軸，構成這部龐大的歷史敘述之重心。第一條軸線，集中考察中國政治如何干涉美術的發展。第二條軸線，則是如何站在台灣主場，去探索中國近百年來油畫藝術的流變。林惺嶽分別掌握「政治與美術」，以及「台灣與中國」這兩組價值觀念，企圖釐清兩種異質思考之間的辯證關係。整部作品的書寫策略，顯然建基於此。

對於台灣史學或中國美術史學而言，林惺嶽的新歷史主義（new historicism）精神無疑是帶來極大的挑戰。新歷史主義側重在多軸的、斷裂的歷史發展動線，並且也質疑既有的歷史敘述的合法性。因此，就台灣史學而言，林惺嶽的貢獻並非僅止於豐富的美術史料之蒐集。更為重要的是，他為長期聚訟紛紜的本土論述找到一個突破點。部分庸俗的本土論者，汲汲營營建構一種單一的、壟斷式的觀點，只是用來辯護台灣社會內部所產生的歷史文化而已。林惺嶽並不以此為滿足，而放膽挑戰這種封閉式的論述。他以本土為據點，進一步探索中國美術受到權力支配的實相與虛相。

就中國美術史學而言，林惺嶽也並不滿足於純粹文本的研究。他的主要貢獻在於應用系譜學的敘述方式，一方面在中國官方美術史的縫隙中建構被忽視或遺忘的記憶，一方面又把美術作品放在政治史的脈絡裡進行探討。他的史學方法，擺脫史料學派與考據學派的束縛，而以生動活潑的歷史想像與政治學展開結盟與對話。在結盟的過程，他完全不必受到中國境內權力干涉的影響，以超越政治的姿態去透視政治在美學上的運作。

這部書的副題是「二十世紀最悲壯的藝術史詩」，誠然有其微言大義。歷史的動力，究竟是由霸權論述來孕育，還是通過無數細微的創造力來累積？如果把這個問題放在中國油畫史來檢驗，答案立刻就浮現出來。林惺嶽在書中清楚提出驚人的解釋：近百年來中國油畫發展的流轉，影響力最大的既不是寫實主義大師徐悲鴻，也不是偏向印象主義的林風眠，更不是推展木刻運動的魯迅，而是政治掛帥的毛澤東。

林惺嶽的這種詮釋，等於改寫了所有美術史的敘述方式。如果他的史觀可以受到首肯，則需要改寫的又豈僅是美術史？中國近代文學史、中國近代音樂史、中國近代舞蹈史，都必須重新換一個角度來觀察。近百年來，各種形式的中國藝術到了一九四二年便產生了斷裂。在此之前，意識形態縱然在畫家的創造思維上有了深刻的表現，但還不至於出現整齊劃一的、穿制服式的繪畫技巧。而一九四二年，正是毛澤東發表〈在延安文藝座談會上的講話〉的歷史時刻。這份文件，就成為日後中國文學藝術發生大轉彎的重要關鍵。

毛澤東在座談會上發出如此高度的指令：「我們的要求則是政治和藝術的統一，內容和形式的統一，革命的政治內容和盡可能完美的藝術形式的統一。」這種政治正確式的美學要求，並非只對文學家造成衝擊，中國境內所有的藝術工作者，都不能免於波及。

林惺嶽把〈在延安文藝座談會上的講話〉，與一九二七年毛澤東的〈湖南農民運動考察報告〉聯繫起來，點出馬克思主義在中國所受到的改造與修正。毛澤東把馬克思所尊崇的工人革命概念，依照中國國情而將之轉化為農民革命的概念。這種革命路線的變更基本上受到俄國列寧的影響，但是毛澤東對馬克思主義的改弦易轍，最後證明是正確而成功的。然而，這種政治路線的成功，一旦轉嫁到文藝政策之上時，就不能不變成文化災難。

從歌頌農民到神化農民的美學思維，其實是與崇拜毛澤東的造神運動是同步進行的。農民形象在所有藝術形式裡氾濫成災之際，恰恰就是毛澤東被提升到神格地位的時刻。全書以「巨人的陰影」作為開宗明義第一章，等於為中國美術史拉開序幕。美術工作者，在巨大政治氣氛的籠罩下，必須展開各種迎接與抗拒的選擇。徐悲鴻自法國介紹寫實主義到中國時，正是左翼運動臻於高潮的階段。這種寫實主義，在感時憂國的浪潮下，迅速被轉化成為社會寫實主義。自一九二〇年代中期以降，西潮下的藝術運動逐漸為政治運動所收編。

第三章「邁向烏托邦」，寫得相當令人動容。藝術在中華人民共和國成立之後，徹底淪為政治的附庸。社會寫實主義，不但被整頓成為「社會主義的寫實主義」，更被迫穿上制服而成為「革命寫實主義」。中國人民獲得翻身，美術運動者也跟著翻身。就像「遵命文學」那樣，中國開始大量生產「遵命美術」。在烏托邦的社會，所有農民、工人的形象，都具備了戰鬥精神，也充滿了幸福笑容。赫胥黎在他的小說《美麗新世界》就說過，歷史上有太多人嚮往烏托邦，如今則害怕烏托邦的實現。當中國出現了「理想國」時，所有的理想都跟著幻滅了。

然而，毛澤東的巨人陰影，並沒有因為他的去世而消失。第四章「揮別烏托邦」，清楚描繪畫家在文化大革命之後，如何耗盡心力要掙脫政治的支配。有意識地拒絕接受毛澤東的影響，仍然是一種變相的影響。然而，歷經無數政治浩劫的畫家，終於還是回到寫實主義的基礎上，展開油畫藝術的改寫。林惺嶽以八位五〇年代以後出生的畫家作為新歷史的見證，他們是宮立龍、劉大鴻、豈夢光、石沖、冷軍、劉野、唐暉、蔡國強。新世代畫家為政治卸妝之際，西潮又開始湧向中國。資本主義與全球化的趨勢，正以另一種質疑的姿態逼向中國畫家，何時才是建立中國美術主體的關鍵？

林惺嶽滔滔寫下五十萬字，既挑戰台灣的本土論述，也挑戰中國的美術史觀。這種寬闊的格局，帶來一連串的思索。其中最為重要的議題，莫過於文化主體的確立。在帝國主義與民族主義之間，在集體主義與菁英主義之間，在革命思想與民主思想之間，心靈沉重的中國畫家如何取得平衡點？同樣的問題，似乎也可以用來考察台灣的美術史。林惺嶽的逼問，需要十年、二十年的時光去追求答案，也需要更多的畫家投入這樣的追求。

我與現代詩的分合

一、與詩的最初接觸

現代詩於我，是一種屬於愛恨交織的藝術。愛的理由，全然是出自對詩的迷戀與慕情。恨的原因，則是由於政治的牽扯而使我背叛了詩。從擁抱到悖離，又從絕望到重拾希望的過程，當然不能純粹以涉入政治運動作為藉口。其中自然還涉及了我的審美觀念的改變。美學品味的轉折，大大影響了我與現代詩之間的關係。

對詩開始產生迷信，必須回溯到青澀愁悒的六〇年代，那時我正跨入大學的階段。最初，是詩的形式吸引了我；然後，才是詩的內容使我神魂顛倒。所謂形式，指的是詩的分行、節奏、意象、結構與修辭。我愛極那種利用長短句來控制音樂速度的技巧，也愛極跨行的句子如何造成意義懸宕的效果。讀詩之際，往往困頓於一些矛盾的句法。就在那樣的時刻，我企圖在詩中間尋找關鍵字，以便找到解詩的切入點。並不是每首詩都能迎刃而解，可能需要等待一些時日才會豁然領悟。夾在困惑與開悟之間進退時，我暗中含帶有一種自虐式的快感。因為，短短兩三行，前前後後僅十餘個字，竟然足以讓我落入冥想的境界。那是一個神祕的時刻，前無古人，後無來者，僅剩下我停留在孤絕的狀態，自我營造一個純粹想像的空間。與其說我是在推敲作者的原意，倒不如說我是藉著詩句與詩句的銜接而找到通往我內心世界的途徑。詩的形式竟是如此奇妙，每一首都得化成一把鑰匙，開啟了我青年時期不足為外人道的閱讀經驗。

詩之使我迷戀當不止於形式而已，它的內容才是我樂於耽溺的。我開始偏離徐志摩式的浪漫作品，便是發生在六〇年代接觸現代詩之後。那段時期，洛夫已完成《石室之死亡》，瘂弦的《深淵》正受到廣泛的議論。鄭愁予的《夢土上》與周夢蝶的《孤獨國》逐漸成為詩壇的傳說。葉珊的《水之湄》與《花季》，似乎呈絕版狀態。我獨鍾情於余光中的《蓮的聯想》，這是一冊被標籤為新古典主義的作品。第一次讓我見識到情詩也是可以這樣表現的。青春期的情緒騷動，驅使我去細讀余光中的情詩。其中的等待、憧憬、期盼、夢幻與焦灼，竟然挑動我這樣未識愛之為何物的少男。

情詩之作為我的現代詩啟蒙，原是無足為奇的。在大學時期，我的青春軀體可能不再膨脹成長，但我的幻想與欲望卻變得豐沛。藉由情欲的驅動，我閱讀了不計其數的情詩。通過如是的閱讀，我終於能夠理解台灣抒情詩傳統的一些轉折與變貌。冷靜的方思，澄明的敻虹，憂傷的羅英，都在那段時期滲透到我的血管裡。我漸漸能夠體悟，詩是情感的一種過濾與沉澱。多少昂揚的激情與躍動的情緒，與詩接觸之後，竟然產生淨化的作用。我想像詩人在創作時，是如何整頓他們自己過剩的熱情，而凝鑄成精緻的分行詩句。身為詩的讀者，我也在詩句的反光中鑑照自己的心影。詩的閱讀，使我培養出一種耐性。那就是在最短的詩行中，進行最緩慢的推敲、斟酌與剖析。在很久以後，我才知道這種解讀方式正是所謂的貼近閱讀（close reading）。

現代詩經驗帶給我生命太多的轉變。在閱讀上，它要求我保持緩慢、推遲的節奏，從不斷換行的詩句中尋找它的音樂性。不僅如此，穿梭在詩行之間時，我彷彿是走過許多想像的巷道，總會與一些閃爍的智慧不期而遇。在審美上，現代詩讓我發現這個世界並不全然都是具象的。長期習慣在現實世界中釀造詩情、孕育靈感的我，在現代詩裡終於啟開了一個前所未有的精神漫遊。我第一次理解到，內心世界原來是一個受到壓抑的領域。在那樣的世界裡，感覺與情緒的流動，較諸我身處的環境與社會還要複雜。過去我偏愛的作品是徐志摩式的浪漫詩篇，那種歌頌愛情、讚美生命、嚮往死亡的詩篇。現代詩的閱讀，卻完全改變了我這樣的品味，對於潛藏在內心的欲望與幻想，我開始有窺探的好奇。

然而，也僅止於好奇而已。直到離開大學之前，我的審美觀念或多或少受到現代主義的吸引。縱然對於現代主義的命名及其內容仍然不甚了了，我對於伴隨它而來的創作技藝與語言鍛鍊深為著迷。必須承認的是，有許多現代詩並不能讓我理解並信服，卻全然不能阻止我對現代主義的擁抱。

二、對現代詩產生懷疑

我服役歸來時，台灣社會正跨入一九七〇年代。在當時，我還並不明白冷戰結構正要進入重整階段，也不明白台灣在國際社會漸漸陷入孤立狀態。我比較清楚的是，緊張而慌亂的氣氛籠罩在城市的每個角落。城內到處都在升旗，進行心戰喊話；而海外則不斷在降旗，敗北的信息從地球的什麼地方源源傳來。先是釣魚台事件發生，繼之是台灣被驅出聯合國，然後是日本宣布與中國建交……。在惶惑的時局裡，我忽然為自己曾經在現代主義美學中的耽溺感到無比羞愧。對於我眷戀過的迷人詩句，一夜之間竟讓我引以為恥。這樣劇烈的轉變，對於青年後期的心靈構成強悍的衝擊。我偏離了現代主義的道路，而漸漸向寫實主義的美學靠攏。

對於當時和我同一世代的青年而言，這種轉向並不值得訝異。動蕩的國際形勢與詭譎的社會氣氛，都在重塑我的文學思考。一九七〇年冬天，與一群愛詩的朋友組成「龍族詩社」時，我大致已建立了初步的寫實主義詩觀。我所抱持的詩觀，其實是非常粗糙的寫實主義。不過，可以肯定的是，我對現代主義不僅帶有一份懷疑，而且還有一絲鄙夷。我已有足夠的理由說服自己，文學是可以反映社會的，更是可以批判社會、介入社會。我也引導自己去相信，作為一個寫詩者，全然不能置身於客觀現實之外。

就在這種詩觀的支配下，我積極投入詩評的工作。在解析詩句之際，我的文字總是膨脹著一份緊張之氣。我似乎不再能忍受詩行與詩行之間的推敲，更不再耐煩去思考字句與字句之間的聯繫。只是依賴著嗅覺，直接判斷何者與現實結合，何者與現實分離。現實成為檢驗作品的僅有標準。然而，我從來沒有仔細考慮過，所謂現實指的是什麼。那種定義不明的現實，既可指涉幻想的中國，也可意謂我所賴以生存的台灣。竟然是憑恃著這樣模稜兩可的定義，我內心構築了一個自以為可以信任的「現實」。我在一九七二年為《龍族詩選》寫序言時，嘗試表示詩社成員關心的是「此時此地的中國」。說出這種語言時，我誠然不能確切地把握到底「中國性」是指什麼。那時候究竟是什麼理由我不能直截了當說出「台灣」，而必須使用龜龜瑣瑣的語言「此時此地的中國」。現在想來當然非常可笑，也非常可恥。依違於台灣和中國之間的思考，可能就是當時知識青年的心情與心態吧。

一個人的思想轉變，往往是在不經意的時刻造成。當我說出「此時此地的中國」時，也許已經預告了日後心路歷程開始轉變的跡象。對於一個鑽研宋代中國的青年，對於著迷於現代主義的作者來說，我會注意到「此時此地」的客觀現實，不能不說是一件相當不易的事。縱然還不知道現實的具體內容，我其實已經在為自己的詩觀重新命名了。

早期完成的兩冊詩評集《鏡子和影子》、《詩與現實》，正是依照我那樣的詩觀逐一去檢驗詩的規格。我對詩的評判準則其實非常簡單，以二分法的方式劃為兩種：一種是語言樸素的反映現實的詩，一種是意義晦澀的脫離現實的詩。經過這樣的劃分之後，詩的鑑賞變得機械而武斷。我與現代詩之間的關係，顯得有些尷尬。文學也是屬於從容的心靈活動，如今卻變成緊張的政治關係。對於那些晦澀詩的作者，我突然懷有敵意，甚至還帶著惡意。

我與詩的政治關係，在我出國之後更形激化。特別是在一九七九年以後，國家認同在我內心發生前所未有的鬆動，連帶著使文學品味也更加敵視現代詩。在海外的七〇年代，我之所以會閱讀中國三〇年代的新詩，並非因為那是屬於中國的，而是因為那是屬於寫實的。艾青、臧克家、聞一多、馮至等人的詩集，成為我珍貴的收藏，原因無他，都是由於他們使用透明的語言表達透澈的情感。

跨越一九七七年鄉土文學論戰之後，我對台灣現代詩產生無比的疲憊。這當然是政治的吸引力遠遠超過文學的魅力。隔著浩瀚的海洋，我熱烈關心起島上日益高漲的政治運動，這使我對詩的愛戀慢慢退潮。如果詩是反映現實與批判現實，那麼在如此劇烈轉變的時勢中，寫詩實在是太沒有力量了。詩行並不能改造現實於一絲一毫，也不能影響人心於一尺一寸。我嘗試告訴自己，如果文學可以干涉現實，為什麼不就親自投入真正的現實？這種自我審問一旦開始進行之後，我對詩的熱情更是急劇降溫下來。到了七〇年代末期與八〇年代初期，在創作方面我簡直繳了白卷。我完全失去文學的信念與信心。美麗島事件在一九七九年發生時，我益加告訴自己，文學並不可能產生任何行動能力。面對騷動之島，我必須設法擺脫行動未遂的苦悶。我在一九八〇年加入海外政治運動，正是這種心情的驅使下促成的。

身處政治運動的洪流之中，我已無法保持從前的心情看待文學。當我開始主持一份政治性週報的編務時，寫詩的欲望又再度浮現。但是，詩之於我再也不是屬於文學的範疇，而是政治思考的無限延伸。懷著繃緊的情緒，我為許多被捕的美麗島事件受難者寫下系列的詩作，並冠以〈航向美麗島〉的詩題。那大約是我與現實結合得最為密切的時期，不僅寫實主義的傾向非常強烈，在語言方面也是非常樸素明朗。我自稱那是我的「本土精神」臻於成熟的階段。

以本土的寫實精神來概括我在八〇年代的詩觀，並不為過。〈航向美麗島〉的系列創作，前後完成了二十餘首詩，還不足以構成一冊詩集。其中容納了我對故土的思念，流亡的哀傷，政治的憧憬，理想的頓挫。假若沒有藉助這樣的書寫，我在異域可能失去了活下去的勇氣。到今天，我仍然還珍惜這個時期遺留下來的詩作。縱然不能編纂成集，每當重讀這些藏稿，許多苦澀的滋味還是禁不住會湧上來。寫詩，畢竟是我政治行動的一部分，是非常時期的一種不尋常的自我救贖。我自己在內心也很清楚，這種寫實詩觀越明晰時，我距離文學本質也越遙遠。以政治立場或本土意識判斷詩的好壞得失，自然是窄化了詩的精神。但是在積極追求國格與人格的思考時，我卻自以為最接近詩了。

三、重新審視現代詩

我在一九九二年正式返台灣定居時，仍然堅信本土寫實的詩觀。回到自己的土地，使我緊張的流亡情緒獲得鬆綁。我與土地之間的關係，原來就是辯證的。遠離它時，我清楚看到台灣社會的升降起伏。回歸它時，台灣社會反而能鑑照我的心情之抑揚頓挫。在放逐期間，由於不能吸取土壤的氣息，我的靈魂幾乎瀕臨奄奄一息。踏上台灣的土地之後，泥土的味道使我驟然復活過來。結束流亡，不禁讓我有前世今生的喟嘆。

歸航台灣後，我漸漸能夠整理出較為從容的心情重新審視台灣。當我見證曾經被邊緣化的許多聲音次第釋放出來時，一個明朗的社會似乎已經在望。走過幽暗時光隧道的台灣，顯然獲得歷史上難得的機會開始過濾往昔的冤孽與原罪。許多歷史平反的運動先後展開，許多喪失的記憶也陸續重新建構。時代改造的脈動，刺激了我近乎遲鈍的情感。

我能夠確立的是，本土論述在九〇年代或已經取得了穩定而落實的版圖。在這大轉彎的新紀元，我對待本土的內容進行再一次的思考。圍繞著思考核心的一個問題是：在日據時期，本土是由於對抗殖民主義而獲得明確的定義；在戰後時期，本土則是因為抗拒戒嚴體制而取得合法性。那麼，在解嚴之後，本土的具體內容又是什麼？這個問題到達我心中時，我對文學史上的一些理解彷彿也到了一個需要重估的階段。

在種種文學史議題中，較值得我關切之一的思索便是現代詩。畢竟那是我文學追求中的初戀與失戀。自鄉土文學論戰以降，現代主義不僅被矮化，窄化，醜化，甚至還被妖魔化。在統派陣營中，現代主義已經是公認的帝國主義文化侵略的餘緒。在獨派陣營裡，現代主義也遭到強烈抨擊，認為是脫離台灣社會現實的一種美學。站在對抗現代主義的立場上，統派與獨派竟然緊緊擁抱在一起，不能不說是文學史上的離奇現象。我也曾經對現代主義提出高度批判，從而也對現代詩懷有奇異的敵視。那是在特定的歷史時期所具備的特定思維，也是遠離國土時自我形塑的特殊文學品味。

投入台灣的民主運動裡，我常常自問，除了本土論述之外，還有什麼？本土論述是否只是寫實主義的同義詞？倘然寫實主義是台灣文學史上的主流，現代主義還能在歷史上找到恰當的位置嗎？如果本土文學勢必開放，它能夠容納什麼？反反覆覆思索這些問題，我並不企圖獲得確切的答案。不過，我已能夠預見，長期廣泛使用的「本土」一詞顯然已有必要給予填補更多的內容。這樣的思考，多少能讓我放鬆鬱積在心中的緊張情緒。我明白告訴自己，不可以讓「本土」一詞教條化、機械化。唯有鬆綁本土的疆界，台灣社會中的多元聲音才能同時得到照顧。我以動態的、彈性的定義重新看待本土，也以本土的立場重新看待現代主義。回歸本土的目的，為的是開放本土。當我把現代主義也視為本土精神的一環時，我內心的糾結豁然得到解套。現代主義誠然是舶來品，但並非是原封不動的「橫的移植」。台灣作家與詩人在接受現代主義後，並非學舌地複製西方的文學技巧。他所借用現代主義的技巧，徹底開發台灣社會中被壓抑的心靈。白先勇如此，王禎和如此，七等生亦復如此。從同樣觀點來看現代詩人，瘂弦如此，洛夫如此，余光中亦復如此。一旦挖掘台灣社會的潛意識與無意識，現代主義其實已經朝向在地化而逐步改造了。

如果現代主義的在地化是一個歷史事實，我沒有理由繼續以偏頗的態度來理解現代詩。我又拾起被我遺忘已久的現代詩仔細閱讀。縱橫在那些長短詩行之際，我也慢慢釐清過去的一些誤解與曲解，而怵然發現有無數作品倒映著禁錮年代的幽暗意識。在那已逝的漆黑時期，原來還有多少心靈散落著微光。在最苦悶的歷史階段，詩人並沒有逃避現實，更沒有自甘成為帝國主義的下游。恰恰相反，他們是深海水域中的呼吸，是貧瘠地殼下的根鬚。那種躍動的生命力，只有在時代改變之後才能被感受到。而我確實是感受到了，並且帶著一份焦慮再次去辨認我曾經拒絕辨認的詩句。

喜悅的心情翩然回到我的閱讀。如果本土是無所不在，我就無須費神去定義什麼是本土。我既已融入本土，為什麼我還必須愚蠢地去尋找本土。我是本土不可分割的一部分，何須勞神自我標籤為本土？我比較在意的是，如何把一首詩當作一首詩來閱讀，如何把一篇小說當作一篇小說來閱讀。離開閱讀，詩不成其為詩，小說不成其為小說。閱讀，是有優先權的，當我面對一首現代詩時。

集中於現代主義的議題，我正展開一部專書的書寫。現代詩的再閱讀，自然是這部書的重要篇章。我又回到青春時期的詩之愛戀，感覺詩句的灼熱與冷峻，沉浸在詩行的幻想與欲望，分享詩人的悲傷與歡欣。過了中年之後，我又重建現代詩的信仰。抱持這份信仰，我的靈魂再次刷新。

摩登台灣・摩登上海

——讀《歷史很多漏洞》與《海上說情慾》

殖民主義之登陸台灣，較諸帝國主義之到達中國還要遲晚。但是，殖民主義帶給台灣的文化侵略與腐蝕，較諸帝國主義對中國的衝擊還要嚴重。這是因為中國的腹地廣大，封閉的農村社會絕非外國勢力能夠輕易深入。帝國主義文化對中國的影響，僅止於沿海地帶，尤其是一些通商口岸如廣州、上海、天津等地。最為顯著的例子，當推上海的海派文化。英國、法國、日本在上海分別據有特定的租界地，外來文化的支配在這個城市就顯得特別強烈。不過，在廣闊的大後方，中國文化的傳統性格就沒有受到太大的動搖。

台灣的情況與中國最大不同的地方，就在於這塊小小的島嶼完全淪於日本殖民政府的全面掌控之下。所有島上住民完全無法擺脫日本政治、經濟、文化等等層面的影響。由於台灣是一個徹底的殖民地社會，島上的人民必須接受日本的教育，因此在語文使用、思維方式、價值觀念方面也都逐漸出現殖民化的傾向。

一、殖民地知識分子的文化認同

彭小妍教授最近出版的兩冊專書《歷史很多漏洞：從張我軍到李昂》與《海上說情慾：從張資平到劉吶鷗》，分別在二〇〇〇年十二月與二〇〇一年元月中央研究院中國文哲研究所出版。這是近年來第一次對殖民主義與帝國主義所做的極為深入的考察，對台灣文學研究而言，令人耳目一新。彭小妍專書的主旨並不在於為這兩種文化重新命名或定義，不過，兩書所收的論文對於殖民主義與帝國主義有了全新的詮釋。

彭小妍以「現代性」的概念為主軸，觀察台灣新文學與中國新文學對外來文化所產生的回應。《歷史很多漏洞》共分七章，貫穿於不同論文之間的一個重要課題，乃是殖民地知識分子的文化認同。自日據時代以降，台灣作家在這個議題上遭到很大的困惑。他們共同面對的是，台灣社會不斷朝向高度的現代化加速發展；然而，每位作家卻各自懷有分歧的認同立場。右翼思考的張我軍對中國語文的偏愛，左翼思考的楊逵卻使用日文書寫表達對殖民體制的批判。右翼的吳濁流文學，則以日文書寫表達對中國文化的思索；而左翼的鄉土文學則是以中文書寫發抒對帝國主義文化的批判。這種複雜的語言使用與意識形態，構成了台灣殖民地文學精神面貌的複褶多瓣。

二、後殖民立場與後結構思考

值得注意的是，彭小妍的研究態度，採取的是一種後殖民的立場與後結構的思考。她深深體認到，台灣歷史原是沿著三條軸線在發展，亦即原住民歷史、漢人移民史與外來殖民史。權力在誰手上，歷史詮釋權也就落在誰手上。她的後殖民立場，便是對於權力支配者進行批判，而積極建構台灣社會主體性。

她的後殖民思考，便是在重新建構台灣文學主體時，照顧到台灣社會內部各個族群、性別與階級的差異性。對於張我軍、楊逵、吳濁流、鄉土文學作家的認同問題，彭小妍認為，國家政權是可以改變的，而文學精神則是以永恆的土地為生根之處。國族認同可能有所轉換，殖民地作家對人民、社會的關懷則是文學最重要的主題。對於主體內部的差異性，她也注意到女性文學如李昂與原住民文學如莫那能的深刻意義。尤其對於原住民文學的評估，她說：「原住民一方面探索自己的文化源頭，一方面質疑外來文明，可以豐富本島的文化內涵，形成多元化的對話空間。」質疑，是後殖民的立場；多元，是後結構的思考，彭小妍無異為台灣文學史做了恰當的詮釋。

《海上說情慾》對於上海都市文化的探討，也是國內學界的重大突破。全書共分五章，既討論張競生的《性史》，也探索張資平的戀愛小說，從而對於伴隨現代化而來的新感覺派文學也進行深入的考察。這本書如果與李歐梵的近著《上海摩登》合觀，當可對上海的都會文明有更清楚的認識。

三、台灣作家劉吶鷗與上海新感覺派

彭小妍在這本書用功最深的，莫過於對於台灣作家劉吶鷗（一九〇五—一九四〇）的追蹤與挖掘。沒有她的專注研究，劉吶鷗在台灣文學史可能還是缺席的，而在中國文學史上也是定位未明的。所謂新感覺派，其實是日本版的現代主義小說，強調的是內心情欲流動與感官反應的美學追求。從系譜學來看，劉吶鷗對上海的現代主義發展影響頗鉅，施蟄存、穆時英、戴望舒都與他過從甚密。現代派運動在三〇年代會開花結果，劉吶鷗是幕後的重要播種者之一。現代派運動造就了四〇年代的張愛玲與紀弦。這兩位作家又在五〇年代，直接衝擊了台灣現代主義運動。

海派文化在上海是因帝國主義的侵略而形成的，但是並沒有使中國作家產生國族認同的動搖。殖民文化在台灣的影響，便是使台灣作家必須不斷為國族認同而焦慮、掙扎、幻滅。彭小妍的兩冊專書，突破台灣文學研究的視野，使國內學界不再只是封鎖在自我的「本土」觀念之中。後結構思考的生動實踐，正是彭小妍專書的最佳展現。

楊逵這座冰山

重新出土的楊逵，帶給台灣文學界不僅是一種訝異，而且更是一種震撼。過去將近三十年來學界所建構的楊逵，原來只是冰山一角而已。潛藏在水面底下的楊逵，猶然等待更多的挖掘、探索與開發。經過長達五年編輯的《楊逵全集》鄭重問世時，這位文學史上的健將也正嚴厲要求年輕研究者必須重新認識他，理解他，同時也必須重新為他再命名、再詮釋、再定位。

社會主義思考，在楊逵的生命歷程中占有極其重要的地位。無論是在政治信仰，或是在文學創作上，他的行動都具備了高度的左翼色彩。但是，受到反共體制支配的台灣學界，對於這方面的觸探卻始終持著保留的態度。日據時代的楊逵，曾經因為在政治路線上與同時代的領導者產生分歧，而有過兩次出走的經驗。第一次發生在一九二九年，他與連溫卿都被標籤為「山川主義者」，雙雙從台灣文化協會與台灣農民組合被除名。第二次發生在一九三五年，楊逵堅持「文學是大眾產物」的路線，而在編輯方針上與《台灣文藝》編輯張星建、張深切有了爭論，終於宣布退出台灣文藝聯盟。他另組台灣新文學社，建立左翼旗幟特別鮮明的文學團體，集結了當時知名的左翼作家賴和、呂赫若、王詩琅，以及鹽分地帶的詩人吳新榮、郭水潭。這兩次分裂，對於抗日的政治運動史與文學運動史都具有深刻的歷史意義。然而這兩個重大的歷史事件，卻都構成了台灣文學研究者的嚴重盲點。

《楊逵全集》相當完整地呈現了他與日本勞農黨的微妙關係，也揭示了他與日本左翼文學雜誌《文學評論》的密切聯繫。歷史事實證明，楊逵的社會主義，與二〇年代、三〇年代的日本左翼運動保持極為活潑的互動。欠缺這方面的理解，就很難對楊逵的文學生涯有更為貼近的閱讀。不僅如此，要解釋他在日後的文化活動中旺盛的批判精神，就必須回溯到他在這段時期的社會主義思考。

為什麼他堅持寫實主義的路線？這與他的左翼思想有非常緊密的結合。從現在重見天日的楊逵手稿可以發現，他在三〇年代就已強調社會寫實的美學思維。而這樣的思考模式，也深深影響了他在四〇年代皇民化運動時期的文學活動。台灣總督府高唱國策文學之際，許多作家都被迫必須交心表態。楊逵在這段危疑時期發表大量文字，以曲筆方式迂迴批判大東亞戰爭與皇民文學奉公會。甚至以「伊東亮」的筆名，對日籍的皇民文學主腦西川滿進行直接的對峙與挑戰。他的行事與行文，表裡一致，這無非是建基在他厚實的社會主義思考之上。

在戰後初期，楊逵以「文化交流」的態度，主動而積極與中國來台作家進行結盟的工作，同時也辛勤不懈地譯介魯迅作品。他與大陸作家的接觸，他對魯迅思想的推崇，也都沒有偏離社會主義的路線。楊逵生動地表現了日據左翼文學的風格，透過文字書寫對當時的腐敗陳儀政府展開毫不倦怠的思想鬥爭。甚至在二二八屠殺事件發生後，國民政府施行地氈式的清鄉工作之際，楊逵高舉「重建台灣文學」的主張，嘗試為受挫的台灣知識分子進行信心喊話。這些散佚的文字，都集合在《楊逵全集》之中。那種開朗、樂觀的風範，置諸同輩作家之中，幾乎無出其右者。

楊逵文學誠然是一座冰山。在後現代主義與消費社會風氣盛行的今天，楊逵更是一座冰山。台灣歷史進入喧嘩、繁複、錯亂的階段時，楊逵文學帶來了冷酷、澄明的思辨方式。楊逵精神正在鑑照這個時代、這個國家、這個社會。時間激流浩浩蕩蕩，楊逵冰山仍然不動如故。《楊逵全集》這部歷史證詞，又一次檢驗台灣社會的升降起伏。

驅魂與召魂

——與陳克華談張愛玲的歷史定位

張愛玲是一縷幽魂，到現在仍然在島上徘徊不去。總是在什麼時候什麼地方，她會以這樣那樣的方式不期然浮現。在她離去六、七年之後，張愛玲的歷史定位問題依舊苦惱著這小小的島。每當提起她的名字，一種說不出的焦慮在空氣中隱隱瀰漫、渲染、擴散。張愛玲的文學，在台灣已是屬於一個非常後殖民的議題。秉持不同歷史意識與政治信仰的文學研究者，往往對張愛玲舉行驅魂與召魂的儀式。她在台灣文學史討論中之所以發生上下震蕩的現象，正是驅魂與召魂之間的緊張拉扯所造成的後果。陳克華的〈鞭屍張愛玲〉一文，以嘻笑怒罵的文字企圖為張愛玲做歷史的平反。不過，他的召魂動作可能會招致更多驅魂的反撲。

能不能進入文學史，對張愛玲來說，並不是一個值得稀罕的問題。如果文學史是男性史的同義詞，張愛玲更不會在乎她是否在歷史留名。對於主流文化，她從來就是抱持抗拒與抗議的態度。無論是民族主義也好，或是道德觀念也好，或是審美原則也好，沒有一個不是男性文化的延伸。陳克華的短文，顯然不是在討論張愛玲的歷史評價，而是強烈投射他個人的焦慮。

張愛玲在生前就已覺悟到男性文化的無所不在。在〈談女人〉的這篇散文中，她曾經以反諷而調侃的語氣說：「我們想像中的超人永遠是個男人。」又說：「我們的文明是男子的文明。」她非常明白，男性的權力支配潛藏在日常生活的各種細節之中，並且是以優越的姿態存在著。在這個世間，女人就不能不依照男性的規範活下去。但是張愛玲全然不遵循這樣的規範，而以拒絕與悖離的方式另闢自己的思考空間。

在中國抗戰末期，所有作家都投入了抗日的行列；縱然分成國共兩大陣營，很少不高舉民族大義的旗幟。張愛玲卻選擇了背道而馳的方向，寫起租界地上海的愛情故事。藉用唐文標的語言來說，她在當時寫出的文學，是「失敗主義」、「頹廢哲學」和「死世界」。張愛玲早已預見了後人對她的指控，所以非常乾脆俐落做了先見之明的回答：「我甚至只寫些男女間的小事情，我的作品裡沒有戰爭，也沒有革命。」男人在文學世界裡追求的是光明、健康、救贖、昇華與崇高時，張愛玲竟然帶領她的讀者「一級一級走進沒有光的所在」。

這樣一位女作家，豈是男性文學史所能接納的？陳克華認為台灣文學研究者對張愛玲的排斥，純然是出於「統獨意識」或「黨派意識」。這種說法也許可以成立，卻只觸及表象而已。張愛玲受到的貶抑，絕對不是台灣文學研究者而已。中國文學史到今天也還是沒有給她一個恰當的位置。陳克華只看到現階段張愛玲受到兩岸歡迎的盛況，而沒有注意到最初台灣社會對張愛玲的接受也經過一段曲折。這段漫長的過程，滲透了多少男性的傲慢與偏見。

張愛玲在五〇年代被介紹到台灣時，是以「反共作家」的身分受到矚目。台灣讀者在當時初識她的《秧歌》與《赤地之戀》時，必然都相信她是一位政治正確的作家。她的政治正確，無非是符合了反共國策的文藝要求。從反共的立場來看，從民族的精神來看，張愛玲表現出來的美學可謂無懈可擊。她誠然是被接納了，但畢竟是在遭到徹底的扭曲之下獲得首肯的。男性以「歷史使命」、「民族大義」的標準來檢驗她，而這正是張愛玲最為嫌惡的。倘然中國文學史以這種方式來書寫張愛玲，陳克華會同意嗎？

台灣在七○年代因釣魚台事件與退出聯合國的重挫而陷於國際孤立的狀態之際，民族主義的情緒再度高漲起來。張愛玲在這段期間面臨的批鬥與圍剿，又同樣是從男性所尊崇的民族主義出發。以唐文標為首的、以左翼自命的男性作家，對張愛玲的鄙夷幾乎到達了極致。她被標籤為「殖民地作家」，是「沒落的上海世界的最好和最後的代言人」。她的小說，描寫的是「男盜女娼」，是「人類劣根性的表現」。這些字眼都出自品格高尚的男性作家如唐文標者。舉世滔滔，即使偏愛過張愛玲小說的男性作家，例如王拓，也在這段時期轉向，大肆批判這位「敗德的」女性作家。

不容許張愛玲進入文學史的，並不是因為她是不是屬於台灣作家，而應該換個角度從男性大敘述的傳統來觀察。中國文學史的書寫者，對一位作家的檢驗，往往是根據民族性或黨性的標準作為定奪。張愛玲當然不是愛國作家，更不可能是忠黨作家。以毛澤東的〈在延安文藝座談會上的講話〉所制定的政策來檢視張愛玲，自然可以發現她的千瘡百孔。同樣的，以張道藩為國民黨所寫〈三民主義文藝論〉來考察張愛玲，更可透視她距離中華民族主義過於遙遠。國共兩黨的文學史，不會輕易為張愛玲定位，自然是可以理解的。陳克華若能採取這樣的觀點來看文學史，就不至於對台灣文學史的書寫感到特別緊張。

到今天為止，張愛玲在台灣文學本土論者中引起爭議，絕對不是她本人能夠預料的。自一九九九年台灣文學經典會議把她的作品列入經典作品之後，張愛玲這個名字引起了多少靈魂的騷動。她既不是台灣作家，也不屬於台灣文學，何德何能竟然會入選台灣經典？部分本土論者，把一個平凡的常識性問題當作深刻的知識性議題來討論。張愛玲原來就不是台灣作家，也不屬台灣文學，這還需爭論嗎？然而，他們已經爭吵了三年，仍然還在追問張愛玲是不是台灣作家。她不是台灣作家，乃是顯而易見的。不過，台灣文學史要不要把她寫進去，又有另一番爭論。

台灣本土論者的思考方式，畢竟還是無法擺脫男性大敘述的影響。他們高舉台灣意識或本土精神，基本上與國共兩黨高唱的中華民族主義並無二致。他們強調的歷史意識、民族主義與政治信仰，都是屬於同樣的思考模式。只要不符合這種大敘述的尺碼，要進入文學史就不是那麼容易。以這樣的理路來接受張愛玲，當然就扞格不合。就像國共兩黨的中國文學史一般，本土版的台灣文學史也很難為張愛玲找到歷史定位。

凡是有主流文化的地方，凡是有男性大敘述的社會，邊緣聲音總是難以得到釋放的空間。不要說張愛玲這樣的女性作家，即使是原住民作家或同志文學作家，也不可能取得適當的評價。陳克華對台灣文學史會產生焦慮，並不令人感到訝異。不過，他觀察的層面似乎有待深挖。圍繞張愛玲文學所產生的爭議背後，存在著複雜而曲折的文化意義。陳克華似乎不必如此憤怒。文學評價自有它的尊嚴與紀律，不是逞一時之快就可獲致。無論對張愛玲進行驅魂或召魂，都同樣在心中為她供奉一個牌位。

朝向開放的台灣文學本土精神

一、本土精神的最初意義

本土精神的鍛鑄，在台灣文學史上曾有過漫長的演變過程。不過，自二十世紀初期以降，本土精神的塑造在很大程度上乃是隨著新文學運動開展而逐漸累積形成。所謂本土精神，其實只是在建構台灣文化的主體而已。文化主體的建立，從來就不是靜態的，而是隨著不同歷史階段的演變而產生全新意義。自一八九五年台灣淪為日本殖民地社會之後，固有的文化主體開始受到前所未有的挑戰與侵蝕。

在殖民地社會裡，本土精神的最初意義，就在於對抗帝國體制挾帶而來的霸權論述。日本殖民者為了迅速展開對台灣社會的剝削掠奪，在最短期間之內介紹資本主義與現代化觀念來到島內。表面上，資本主義與現代化運動彷彿是為了改善台灣人民的生活。事實上，在科學、理性、文明的假面下，日本人終於建立了一個有效統治的殖民政府。這個政府一方面教育島上住民成為現代知識分子，一方面也讓這些知識分子相信，日本的文化是比較優越而進步的。為達此目的，殖民政府強迫台灣人民必須學習日本語文，並且也灌輸一種偏見給台灣知識分子，使他們認為台灣固有文化是落後而腐敗的。

台灣第一代知識分子在一九二〇年左右宣告誕生時，立即在文化認同上發生了危機。有許多作家以為，日本文化確實是屬於先進的文明，遂有部分知識分子以會說日本話為榮；甚至希望改造自己的人格，以便昇華成日本人。在這種強勢文化的席捲之下，較具自覺性、自主性的知識分子終於警覺到啟蒙運動的重要性。一九二〇年發軔的台灣新文學運動的領導者，包括賴和、陳虛谷、謝春木、張我軍等，透過文學創作形式，揭露日本統治者的現代化假面。在小說、散文與詩的作品中，第一世代作家批判日本文化並不等同於現代化，並且也指出日本文化的墮落與倒退。他們大量把漢語與台語寫入文學作品中，證明台灣的語言與固有的風俗文化也具有進步與善良的一面。因此，這段時期的台灣文學本土精神完全是針對殖民論述的粗暴傲慢，以護衛並鞏固台灣人的自尊心與自信心。

一九三五年台灣總督府在台北舉行「台灣博覽會」，主要在於宣揚日本人如何使台灣社會接受現代化改造而成功的事實。透過博覽會，日本人向國際社會誇耀殖民政府的文明進步，也向台灣人展示統治者的現代化德政。然而，台灣作家包括楊逵、呂赫若、王詩琅等，則以小說形式揭穿現代化的虛相。從小說的內容可以發現，台灣的農民、工人並沒有因現代化的到來而獲得生活水準的提升。恰恰相反，日本人所誇耀的現代化事實，使許多無助的人民陷於經濟窘境，甚至瀕臨死亡。文學的批判力量，遂在此彰顯出來。小說可能是靜態的，卻足以拆穿官方歷史記憶的蒙蔽與欺罔。即使在六、七十年後的今天重新回顧，還可生動地感受到殖民地文學中的本土精神是何等雄辯地存在著。

二、戰後文學本土精神的挫折與復甦

日本殖民政府在一九四五年瓦解之後，國民政府來台接收。歷史事實告訴我們，台灣社會在日據時期所建構起來的本土精神，並沒有受到國民政府的恰當尊重。台灣知識分子秉持的抗日精神及其傳統，在強勢文化政策的扭曲之下，完全遭到排斥與漠視。在「國語政策」的驅使之下，受到現代化洗禮的台灣知識分子，被指控是「接受奴化教育」，也被貶抑為「接受日本思想毒素」。這是本土精神在戰後所受到的最大挫折，也是台灣知識分子的抵抗精神與批判精神所遭逢的最大誤解。

進入五〇年代以後，台灣社會完全籠罩在戒嚴體制之下。所謂戒嚴體制，在一定程度上與日本殖民體制有許多相通之處。它完全無視台灣的歷史經驗，也全然忽視台灣的文化傳統，甚至相當有系統、有計畫地抽離台灣社會的文化主體。自五〇年代以降，台灣社會終於患有嚴重的歷史失憶症與文化失語症，可以說都是由於偏頗的官方文化政策所導致。戰後出生的台灣知識分子，對台灣歷史、文學、語言產生了陌生化與疏離感，並且更為嚴重的是，對自己的母語與風俗習慣也產生高度的嫌惡與自卑。本土文化遭到前所未有的扭曲與動搖，從而也使知識分子不敢以台灣為榮為傲。

在所有正常社會的教育體制，都是在使學生獲得啟蒙與啟智。但是，在戒嚴文化下的教育制度，卻是使台灣學生受到蒙蔽與異化。如果沒有戰後文學運動的展開，本土精神或許被清除殆盡也未可知。這裡必須介紹一位重要的台灣作家鍾理和，他在戰爭期間曾經居住於北京，因此可以使用流暢的白話文從事創作。由於他堅持對文學的熱愛與信仰，終於為台灣社會留下了歷史的見證。這位值得尊敬的客籍作家，寫出五〇年代蒼白時期最可貴的農村文學。在「三七五減租」、「耕者有其田」的政治口號之下，他寫出高雄美濃的客家農村是如何穿越經濟蕭條的歲月。農民的純樸、善良、勤勞、刻苦，栩栩如生呈現在他的筆下。鍾理和拒絕對當權者歌頌，他站在弱勢者這邊，寫出台灣人以自己的血汗與土地緊緊結合在一起。

因為有鍾理和的典範，日後才有台灣作家對土地與人民的謙卑學習。鍾肇政、葉石濤、鄭清文、李喬的作品，描繪了六〇年代以後戒嚴體制下的台灣社會逐步重建自我的信心。尤其跨入七〇年代以後，鄉土文學的大量崛起，以及新生代作家的大量誕生，終於凝鑄了波濤洶湧的本土運動。楊青矗、王拓、黃春明、鍾鐵民、宋澤萊、洪醒夫、吳錦發、李昂的文學創作，證明台灣文學本土精神之不碎與不滅。

這場澎湃的本土文學運動，伴隨七〇年代黨外民主運動的擴張而同步成長。政治運動與文化運動的桴鼓相應，使得受到重挫的本土精神開始逐漸復甦。「台灣意識」與「台灣文學」等等觀念的提出，都是在這場翻滾的運動中形塑確切的內容與定義。這段時期的本土精神，集中於批判專斷式、壟斷式的威權體制，也強烈批判與台灣社會現實嚴重脫節的教育制度與文化政策。七〇年代的鄉土文學論戰與八〇年代的統獨意識論戰，正是暗示了台灣社會從封閉狀態走向開放境界的文化陣痛。通過不斷論戰的洗禮儀式，本土精神在一九八七年戒嚴文化終結時而得到再一次的確立，完成了它在台灣歷史發展過程中的象徵意義。

三、開放的本土精神，寬容的多元文化

進入後戒嚴時期的台灣社會，迎接了一個空前解放階段的到來。精神束縛的鬆綁、思想枷鎖的鬆動，使得被壓抑在社會底層的智慧能量釋放出來。動員戡亂體制宣告結束，政黨政治的新時期儼然浮現，整個大環境的活潑生機，使得文學想像變得更為豐富，也變得更具彈性。

如果說，日據時期的本土精神是為了對抗殖民體制，戰後時期的本土精神是為了抵抗戒嚴體制，那麼解嚴以後的本土精神又是要抵抗什麼？自一九九六年總統直選的制度確立之後，威權時代已正式從歷史地平線消失。比政治運動還更為精采豐碩的文學運動，展現了台灣歷史上從未有過的魅力。台灣社會見證了台灣意識文學、女性意識文學、眷村意識文學、同志意識文學，以及原住民意識文學的紛紛誕生。百家爭鳴的文學思考，盛開了一個罕見的文化花季。

這些多元化的文學背後，都富有深刻的文化批判意義。台灣意識文學是為了批判過時的中原沙文主義，眷村意識文學在於拒斥氾濫的福佬沙文主義，同志意識文學在於抵抗偏頗的異性戀沙

文主義，而原住民意識文學則在於悖離粗暴的漢人沙文主義。所有具備壟斷傾向的思考，都必然招來強烈的挑戰。任何威權式的欲望與支配，再也不可能有復辟的機會。這些事實顯示，本土精神不再是某一特定族群、特定階級、特定性別所能獨占。

具體而言，當台灣社會到達一個開放的歷史時期，文學的本土精神自然也必須從歷史枷鎖中釋放出來。伴隨著外來霸權論述的式微與削弱，文學工作者有義務重新審視本土精神的真正意涵。構成本土文學的重要內容，再也不是只有歷史悲情而已；在悲情之外，在特定族群之外，還有更為豐富的想像，情感，經驗。在繼續維護本土精神中既有的批判性格之外，還需要注入昇華的、多元的、開放的思考。畢竟一個族群的歷史記憶並不能夠取代另一族群的歷史經驗。正是這些不同的記憶與經驗，為本土精神融入了更為細緻而深刻的題材。

如果台灣社會要繼續向前進步，向上提升，則本土精神就不可能永遠停留在靜止的歷史階段。台灣文化主體的建構，當然也就不可能在封閉的狀態下去進行。以族群發展的歷史來看，除了原住民之外，必須承認我們都是外來者。台灣畢竟是一個移民社會，它永遠是變動不居的。台灣文化主體也是隨著不同歷史階段的演變而不斷填補累積，從而台灣文學的本土精神更是相應於客觀現實的變化而產生動態的鍛鑄。

狼與貓與蛇

——重讀朱西甯

遠在海外時期，每當想起朱西甯的小說時，一些奇奇怪怪的生物總是不期然浮現在我的記憶。六〇年代許多令人難忘的作家，都有讓人產生豐富聯想的小說留下來。黃春明的〈看海的日子〉、王禎和的〈嫁粧一牛車〉、白先勇的〈遊園驚夢〉、七等生的〈我愛黑眼珠〉，便是最好的例證。他們的作品之升格為經典，往往與小說的命名緊緊聯繫在一起。朱西甯當然也不例外，給我印象最深刻的，無非是狼、是貓、是蛇。

這些亦正亦邪的生物意象，高度充滿了象徵；而這樣的意象，也把朱西甯的作品放在一個鮮明而特殊的位置。重讀朱西甯時，我已在重新審視台灣現代主義所具備的文化意涵。

重新評價現代主義，當然也就是重新調整我的審美品味。在現代主義一詞之前，置放「台灣」兩個字，為的是要與西方現代主義有所區隔。我所撰寫的《台灣新文學史》，到達六〇年代現代主義文學這一階段時，至少耗用完整的四章來處理。這樣做，自然也暗示了我對現代主義的評價態度。我從來不否認文學與政治之間的互動關係，更不否認文學本身帶有權力支配的意味。但是，文學的內在活動並不全然都是依附於政治的，而是在政治之外，文學有其自主的空間。在過去很長的一段時間裡，我始終認定現代主義是美援文化的一個產物。然而，我忽略的是，現代主義在台灣萌芽生根時，尤其當台灣作家將它與創作銜接起來時，就已經慢慢擺脫美援文化的主宰。台灣現代主義通過作家心靈的創造，而逐漸融入台灣文化的主體之中。

現代主義種籽落在都市裡，就催生了陳映真式的小說。落在鄉村時，就鑄造了王禎和、七等生式的小說。落在女性身上時，就出現夐虹式的現代詩或曉風式的散文。落在軍中時，就鑄造了朱西甯式的小說。我早期對朱西甯作品的印象，都將之劃入鄉土小說的範疇，一種帶有濃郁的中國北方泥土氣味的小說。這種粗糙的印象，與我當初閱讀的脾性有著密切的關係。這種印象並不至於太偏差，但還是無法掌握朱西甯小說的脈動。

我出國後，才開始注意到他對張愛玲的尊崇。從張愛玲這條線索，我不能不重新閱讀朱西甯。那已經是七〇年代晚期的事，我的閱讀方式也已發生重大變化。無非是狼、是貓、是蛇的意象，又再度圍聚到我的記憶。我也發現，自己的許多記憶已開始變形，轉化，重鑄，亦正亦邪的這些生物，也在我的閱讀中產生新的意義。

朱西甯與現代主義的關係，也隨後提上我文學史討論的日程表之上。我很難為他定位，因此在已完成的《台灣新文學史》中，並未將他放在五〇或六〇年代，這是因為他的旺盛生產力歷久不衰。我後來找到一個解決的方法，便是準備把他放在七〇年代末期《三三集刊》時一併討論。

他是一位複雜的作家，對三三集團產生的影響也非常複雜。僅從現代主義的立場看待他的作品，也還是有所偏差。重讀他的小說《狼》、《貓》、《蛇》時，我知道其中暗藏了一些生動的創造力，否則年輕世代的三三作家就不可能那樣生猛。重讀朱西甯，大約就在重讀我的記憶，當然也在於重建我的文學史觀。

誰能撈起她的影子
——寫在《臨水照花人》書前

魏可風的這冊小說《臨水照花人》，究竟使張愛玲再活一次，還是再死一次？無論如何熟讀張愛玲，無論如何生動地描繪張愛玲，一如魏可風的筆力與想像，這位四〇年代的上海作家終究只是化成另一個符號，另一個飄渺的圖像，游蕩於孤島台灣。

我喜歡張愛玲的冷酷文字，更愛她孤絕的人生。但是，我絕對不是張迷。我還不至於到了必須窺探她生活細節的地步。然而，我必須承認，她是一位文學史上的重要作家。我並不認為她可以列入台灣文學的經典，但我不能否認她對台灣作家的深遠影響；那種影響，已經構成台灣文學血脈的一部分。

我說張愛玲是台灣文學血脈的一部分，如果觸痛了某些文學本土論者的神經，實在無需感到抱歉。在台灣文學史上，未曾在島上生活過的作家竟能散發如此影響力者，恐怕只有張愛玲是空前絕後的例子。魯迅對台灣作家的影響非常巨大。日據時期的賴和，戰後初期的鍾理和，在他們的作品中都可以發現魯迅的影子。不過，魯迅在台灣文學中的浮現，基本上是批判精神的轉化與延伸。張愛玲的幽靈，卻絕對不是如此而已。她的思維模式，句法變化，嘲弄態度都以撒豆成兵的方式散布在台灣作家的創作之中。

文學影響，足以構成後世作家的焦慮。因此，許多作家從來都不樂於誠實地承認自己作品受過前人的影響。每位作家都比較傾向果敢地宣稱，自己的作品都是原創的。然而，張愛玲卻突破了影響焦慮的格局。許多作家都願意公開表白他們各自受到了張愛玲啟發的程度，都願意投入張愛玲的影響流域裡。這已經不是文學現象了，幾乎可以說這已成為台灣文學的骨髓了。

張愛玲流域之廣闊，已經不分世代，更是不限性別。每過一段時期，就有她的魂魄重現人間。有的以小說形成，有的以散文文體，更有的以批評論述的方式，描摹張愛玲的身段，姿勢，側影。就像德希達所說的衍異（differance），張愛玲成為一個符號，再延伸出一個符號，再衍生出一個符號；符號與符號之間，有雷同之處，更有歧異之處。朱天心、朱天文的小說，周芬伶的散文，王德威、李歐梵的學術論文，都再三地召喚張愛玲的幽魂。她的魂影，究竟是被濃縮了，還是被稀釋了，未必能說得清楚。

《臨水照花人》出自胡蘭成的形容。魏可風的小說集中在張愛玲與胡蘭成的往來過從。這是張愛玲一生中最華麗、最淒美、最哀豔的盛放事件。燦爛開過之後，隨即凋萎。穿越了這場愛情的開落，張愛玲便隱身走入歷史的蒼茫，她的文學也跟著成為傳說。她的生命中沒有懺情，而只是無情，甚至是絕情。決絕的她，在小說中竟活得那樣輝煌。臨水照花，有誰能夠撈得起她的影子？

認同的放逐與追逐

——序曾秀萍的《孤臣・孽子・臺北人》

對於歷史與政治過分敏感的我，在一九八三年初讀白先勇的《孽子》時，已經可以察覺台灣社會正日益朝向解嚴。這種敏感，一旦與文化觸覺銜接時，尤為強烈。《孽子》給我最初的衝擊，並非是性別議題，而是政治聯想。這部小說出版時，似乎也預告言論禁區開始受到突破了。至少它給我的第一個印象是，整部作品的書寫方式，已經偏離民族主義與愛國精神的文藝政策。我要說的是，在戒嚴體制還未終結之前，台灣作家已率先在美學追求上解嚴了。

這樣去閱讀《孽子》當然是不對的，不過，我的閱讀方式似乎也無需苛責。畢竟對於當時一位遠在海外的思想犯來說，在觀察文學時，態度總是非常傾斜。真正能夠純粹從美學的角度來讀白先勇作品，必須在九〇年代中期回到學院之後，我的心情才變得較為從容篤定。重新造訪《孽子》時，正是我政大碩士班學生曾秀萍決定撰寫論文之際。當她說要以白先勇的同志書寫作為碩士論文的主題，我立即欣然同意。

秀萍是我得意學生中的一位。聰慧、機智、敏感，是她治學時表現出來的特質。涉獵書籍極為廣泛，又寫得一手豪麗的書法，頗讓我有驚豔之感。在她給我的第一封信中，我便看到一顆熱情躍動的靈魂。她從未吝惜讓我知道她的苦惱，包括生活事件與學術研究。在往後的日子裡，即使經過多次面對面的討論，我仍不時會收到她的書簡。飛揚字跡總是暗藏沉鬱的思考，那種成熟顯然超過她的年齡所能負載的。我同意她寫白先勇，因為非常明白她的審美能力絕對可以勝任這項研究。

白先勇在戰後台灣文學發展中所扮演的角色，已受到普遍承認。這不僅僅是因為他是現代文學運動的重要推手，在介入運動之餘仍不忘與傳統文學進行融合鍛接。他的短篇小說集《臺北人》之所以升格成為一部經典，當不只是文字藝術的造詣而已，整個作品背後還更具有深沉的文化意義。在當時的主流思潮之外，他另闢歷史記憶重建的道路。如果遵循官方文藝政策，小說人物的塑造應該是傾向於氣節、風骨、情操等等的描寫。那種昇華式的、救贖型的人物，頗符合中華民族主義的要求。《臺北人》集合起來的眾生相，全然與這種政治正確的標準有了顯著落差。白先勇從歷史的另一個角度，看到的不是堅忍卓絕的人格，而是在時代洪流中浮沉的小人物。幽暗的命運把他們攜到島上，只能背對著未來，正視著過去。他們擁有無窮的夢，而且是不斷消失的夢。他們是被歷史出賣的一群，而終於走上了放逐的旅途。在那樣的威權時期，他敢於觸探內心最為傷悲、最為沉淪的記憶，也敢於揭露敗北的，甚至是敗德的歷史情境。站在官方民國史的對立面，《臺北人》繪出了一幅巨大的、悲觀的歷史圖像。

被出賣的一群，又何止是白先勇筆下的台北人。當他完成《孽子》時，在扉頁留下了這樣的文字：「寫給那一群，在最深最深的黑夜裡，獨自徬徨街頭，無所依歸的孩子們。」炙痛而滾熱的句子，點出他內心的焦慮。以「無所依歸」來形容台北街頭的少年同志，生動地傳達了一種無可言喻的游離心境。在島上，這是全然找不到確切認同的族群。民族主義於他們是毫不相涉的，儒家思想於他們也是陌生的，反共主張於他們一樣是荒謬的。在那段時期的任何政治主張、文化主張，骨子裡其實都是異性戀中心論。繁華而又浮華的城市，竟沒有一塊淨土可以接納同志。他們沒有認同，沒有歸宿，沒有家庭。他們投宿在每一個空茫的夜晚，投宿在毫無遮蔽的曠地，投宿在不知如何命名的時間裡。

《孽子》寫出了這個人間的真實，也挖出了這個人間的虛偽。同志族群之間的愛恨情仇，就像世間所有的愛恨情仇那樣，都是出於真實的血性。然而，他們竟然必須承受各種污名化、妖魔化的譴責。白先勇以逼視的眼神，投注在每一細緻而動人的愛情事件。他突破異性戀論述的重圍，翻轉被凝視的他者身分，完全以同志族群為主體，展開自我認同的追逐。在小說中，看不到任何神聖、崇高、偉大的字眼；這些字眼可能在異性戀文化裡非常流行，卻禁不起誠實真摯情感的檢驗。黑暗的、卑微的、頹廢的人性，絕對不能等同於墮落與悖理。白先勇敢於描摹妖豔之花，肉欲之花，淫蕩之花，在書寫過程中就已帶來了救贖的微光。因為他從來不會選擇逃避或掩飾，凡是屬於生活的真實，於他便是文學生命的寄託所在。

秀萍在詮釋《孽子》時，彷彿也是在經歷一場心靈的自我挑戰與自我詰問。作為一位完美主義者，她反反覆覆在小說的字裡行間來回穿梭。她並非沒有徬徨猶豫的時刻，每當遭逢困頓之際，就會親自登門與我對話。《孽子》中的每位人物，每個細節，都成為她生活中組成的一部分。我頗能理解，她的書寫完全是與她的生命牢牢結合在一起。在故事流轉的微妙處，她也能夠細細體會推敲。我很明白，她已選擇了一個她樂於去撰寫、甘於去挖掘的題材。由於追求完美，她寫得很痛苦，我也跟著痛苦；由於寫她想寫的，她往往變得很快樂，而我也跟著很快樂。在我的學生中，給我最多擔心的是她；給我最大安慰的，也是她。

她的治學態度，就像白先勇的書寫態度，都是以自己的思維為主體。正因為如此，她頗能體會文學大師內心世界的掙扎、糾葛與纏鬥。白先勇最大的貢獻，便是引領同志文學進入學術研究的殿堂，這項貢獻是台灣文學史上值得大書特書的事件。秀萍顯然已經感受到了，所以決心深入探索《孽子》的世界。她的論文，便是為深夜裡「無所依歸的孩子們」做見證。改寫被歷史放逐的命運，重新整頓自我去追逐完整的認同，正是《孽子》用心良苦之處。白先勇做到了，也成為年輕世代的榜樣。秀萍為這樣的追逐，擊出一記漂亮的掌聲。

應該贏得應有的尊敬
——見證《文訊》到達二〇〇期

一、不該錯過的遺憾

《文訊》發行很久以後，我才注意到它的存在。為此，我常常感到遺憾，在學術研究的道路上，總會有許多不該錯過卻又錯過的事情發生。譬如說，一冊久尋未獲的書，一份近在咫尺的文稿，一幀塵封的泛黃相片，都在最需要的時刻隱藏起來。然而，《文訊》這份刊物，竟然都置放在我眼光逡巡不到的地方，這當然不是《文訊》的問題，而是來自我的偏見。

當我還是黨性很強的時候，革命意志與抗拒精神特別旺盛，無論如何是不會看到《文訊》的。遠在海外時期，我曾經刻意拒絕閱讀國民黨出版的刊物。回到台灣以後，擔任民進黨的發言人，我更加與國民黨劃清界線。在一個政治分裂的時代，整個世界看來總是傾斜而扭曲。從而對於意識形態上的敵手，似乎也並不抱持怎樣的尊重。我開始轉換另一個角度來看待事物，恐怕必須在一九九五年回歸到學界之後。

我的台灣文學研究，始於海外十餘年的飄泊。不過，我真正能夠靜下來從容思考，則是從靜宜大學校園出發。坐在朝向梧棲海岸的書窗，我迎接了生命中另一個瘋狂閱讀的時期。我終於潛心在文學探索與挖掘時，《文訊》這份刊物竟然適時出現。在圖書館翻閱這份雜誌，我才醒悟曾經有過的偏見誠然誤導我許久。我常常覺得，閱讀從來就不是一見鍾情的事，而是必須多看一眼。我當然不能以「驚豔」來形容對《文訊》的初識，不過，我確實是坐在圖書館裡反反覆覆閱讀好幾次。

二、重建台灣文學的記憶

這是一份值得尊敬的刊物。在九〇年代初期回到台灣之前，我對於文壇動態與出版信息是全然沒有記憶的。我在台灣的缺席，使我失去許多，也失落許多。重新建構記憶，於我是一件困難的事。尤其是專注於台灣文學研究之後，我益加痛感自己的記憶是那樣荒涼而貧乏。我開設的「台灣文學史」課程，大致是分成兩個學期講授；上學期止於日據時期的終結，下學期集中於戰後文學的開展。《文訊》對我最大的幫助，便是提供大量的戰後台灣文學的資訊。如果沒有發現這份刊物，我並不可能那麼迅速建構一些記憶。

《文訊》之值得尊敬，就在於它並不是為黨服務，而是超越政治去服務整個社會。《文訊》應該贏得它應該有的尊敬，因為它為台灣文學保存了豐富的歷史記憶。每個月的出版書訊，會議活動與文壇記事等等消息，都可在雜誌中索檢。更為重要的是，這份精悍的雜誌每期都推出專輯。這些專輯，開啟了觀察台灣文學的窗口。有時我會跟學生講，如果找不到碩士論文的題目，都可在《文訊》的專題中獲得啟示與靈感。由於《文訊》的嗅覺特別敏銳，它往往能比一般的人更早發現文學發展的特性與走向。我甚至跟我的學生說，如果把每年十二期的《文訊》裝訂起來，它就是一本完整的文學年鑑。而年鑑，正是保存歷史記憶的最佳方式。

我在一九九七年執行國科會研究計畫時，決定訂購一套完整的《文訊》。我很明白，《文訊》是一份非常方便的研究工具。在刊物裡，定期出現資深作家的訪問，使我能夠知道他們最近的思想狀態，也瞭解他們的一些寫作態度。新世代作家的專訪，也定期有專欄介紹，讓我發現台灣文學潛藏一些想像與可能。《文訊》整齊羅列在我的書架時，我準備教學大綱或從事研究工作便具備一份自信。畢竟在資源匱乏的中部，《文訊》不時提醒我，有多少信息是不容遺漏的。

三、再多看一眼

偏見與偏執一直是知識分子的劣根性。由於偏見，便無可避免在思考上造成盲點；也由於偏執，也常常在知識追求上產生失落。回到學界這麼久之後，我發現自己最辛苦的工作，便是不斷要釐清各種偏見，也要洗刷不必要的偏執。《文訊》的發現，使我終於在文學研究上有了一次回眸的機會。我不相信一見鍾情，而比較相信再多看一眼。《文訊》正是為我做了最好的印證。

在捻熄理想之前

——驚聞《文訊》即將停刊

一

理想比生命更巨大，比人格還更巨大。失去理想，生命變得渺小，人格更是變得微乎其微。然而，在這個時代，在這個國家，在這個社會，生命往往是以金錢來折算，人格亦然。至於理想，竟是一文不值。

我閱讀《文訊》月刊，較諸我的同輩還要遲晚。開始閱讀《文訊》，我初識國民黨的文化理想，反而所有的政黨都庸俗不堪。那種庸俗，從政黨之間計較輸贏的身段就可窺見。使政黨稍具一些格調，唯文化與理想而已。我曾經是國民黨的論敵。在戒嚴時代，我與國民黨徹底劃清界線。解嚴之後，《文訊》的閱讀，使我對國民黨改觀。創辦這份刊物的國民黨，可能未曾理解它在台灣社會中所具備的深刻意義。在營利上，《文訊》並未能為其黨產增加分文。在戰力上，也未能為其選票增加份量。如果國民黨堅持理想必須以金錢來估算，《文訊》顯然不適合置放在黨產之列。國民黨可能還不知道它之所以沒有淪為俗不可耐的政黨，至少還能贏得社會上的一些尊敬，正是因為支持《文訊》的發行。如今，國民黨即將讓這份理想熄滅，不知道它還能擁有什麼？

與一個政黨談論理想，不免引來夏蟲語冰之譏。尤其與一個我曾長期批判的政黨討論理想，更有可能變成兩個星球在對話。不過，這份理想即將遭到捻熄時，我應該有充分理由對《文訊》表達恰當的尊敬。《文訊》所放射出來的意義，絕對不是國民黨能夠輕易認識的。這個刊物所代表的理想，不但屬於國民黨，也是屬於整個社會。我可以說得更為精確一點，《文訊》豈止撐起了國民黨的理想格局，而且也撐起了台灣社會的文化象徵。這樣說，絕無絲毫誇張。

二

正式造訪國民黨中央黨部，是二〇〇二年的事。比較抱歉的是我並非是去拜訪黨內高層人士，而是去探訪《文訊》的文藝資料服務中心。這樣頗具份量的雜誌，究竟是如何誕生的？我懷有高度的好奇。那時，我已與逢甲大學張瑞芬教授合作編輯《台灣當代女性散文精選》。在編輯過程中，最感苦惱的事，莫過於文學作品之難求。陷於苦難的困境中，《文訊》及其所擁有的藏書，是適時浮現的沙漠綠洲。

戰後女性散文亡佚的情況，比我的想像還要嚴重。在我們編輯的《散文精選》計畫即將接近完成階段之際，這種散佚的情況就更加清楚了。戰後有關任何文學史的書寫，都一律刻意忽視散文這種文類。造成這種偏見的歷史因素，可以說非常複雜。散文的美學評價，從來就很難建立一套完整的體系。它的創作理論，更是眾說紛紜，無法在文學批評範疇中找到立足的基礎。散文研究之所以荒蕪，由此可以推見。散文地位之低落，尚且如此；若是散文出自女性之手，更難在文學史上取得一席之地。在台灣文學研究逐漸獲得「顯學」的豔稱時，女性散文的歷史定位，仍然還停留於塵埃未定的狀態。

我終於覺悟到必須尋找女性散文作品時，許多作家的名字已經成為傳說，甚至有些已全然被遺忘了。至於她們的專書著作，不是散失，便是湮滅。我必須承認，面對史料的荒涼，不能不與起落寞與傷痛。但是，到達《文訊》的文藝資料中心時，竟然發現傳說中的許多作品整排羅列在那裡。在患有嚴重健忘症的時代，已經很少有人知道蕭傳文、徐鍾珮、艾雯的名字。即使是六〇年代受人矚目的李藍、蔣芸、張舲菱等人，似乎也隱逝在歷史的迷霧之中。女性散文史的重建，都必須從歷史泥沙中一一鉤沉。當我見證到整排的蔣芸，滿架的蕭傳文完好保存在那圖書館，心中的喜悅頓時膨脹起來。

許多台灣文學研究者並不知道有這些藏書，國民黨高層人士更不知道這些藏書的意義，在藏書中，我也看到完整的鍾肇政、葉石濤與李喬。所有譴責國民黨的本土作家，當可發現他們自己的作品也很有尊嚴地羅列在書架上。《文訊》的編輯視野能夠日益擴張，就在於它背後擁有豐富的資料。

《文訊》圖書館搜集的作品，可謂兼容並蓄。這是保存歷史記憶的最佳場所，也是開發想像的最佳據點。從五〇年代到九〇年代，幾乎所有作家都在這裡匯集。隨著台灣文學研究的日益漲潮，《文訊》這份刊物的重要性也漸漸顯露出來。每一位研究生，無論是博士班或碩士班，無不藉助這份刊物所提供資訊。我可以很不輕蔑的說，真正能夠協助研究生的出版品中，國內的任何一份學報或文學雜誌都不及《文訊》的影響力。事實上，類似這種月刊性質的資訊雜誌，在其他國家也很難發現。它不止於提供研究者最新出版消息與學術動向，而且也形塑了一種研究態度與探索視野。《文訊》的效率、準確與豐富，沒有一份學術刊物可以望其項背。

三

對於國民黨而言，《文訊》的發行可能是無心插柳。二十年來，《文訊》見證了台灣社會從封閉走向開放，它本身也與時代的脈搏同步躍動。新世代的台灣文學研究者不斷翻滾前進時，《文訊》也未嘗稍止地及時追趕。我還是深深相信，這是一份難得的資深刊物，但也是最具衝勁與活力的文學雜誌。因為它的存在，台灣文學研究得到無可衡量的助力。

在所有的投資中，國民黨挹注在《文訊》上是最稀少的，然而它贏回的敬意則超過一切。國民黨不會知道，《文訊》創造了文學研究上的一個重要時期，也樹立了學術研究的一個重要態度。這份刊物提供台灣文學多元的思考與多角的視野，讓研究者不致自囿於坐井觀天的境地。不僅如此，它使學術研究能夠介入現實，讓研究者不致自囚於象牙塔裡。《文訊》開拓出來的版圖，絕對不是任何一張選票可以換取，更不是任何一張鈔票可以等值。捻熄了這份理想，等於擦拭了一個重要的文化象徵。台灣文學的一個重要時期，也將宣告終結。

台灣文學研究的新地平線

一、台灣文學研究的轉折

新世代的不斷湧現，使台灣文學研究的版圖升起了一道全新的地平線。所謂地平線（horizon），意味著一種視野，一種目標，一種追求。經過解嚴以來十餘年的發展，可以確知的是，台灣文學研究已逐漸從量變產生質變。這種轉折相當緩慢，卻非常篤定。對於舊有的研究者，新地平線的拉開，既帶來了無窮的希望，也帶來了無盡止的挑戰。

就量變而言，有一個普遍現象是必須注意的。台灣文學課程的開設，幾乎在各個大學、師範學院與技術學院都可發現。不僅如此，越來越多的研究生也日益投入台灣文學的領域。這個現象足以顯示，現階段的文學教育已逐漸與台灣社會結合起來，文學思考與文學關懷，不再是抽象的、孤立的存在，而是可以實踐，可以應用的。

就質變而言，由於議題的大量開發，台灣文學的定義已經到了需要重新命名的階段。在解嚴前後的台灣文學研究，大多集中於寫實主義的作品，並且以這樣的作品來詮釋本土文學的精神。

這種偏向寫實主義美學的強調，有其歷史條件的要求。在政治環境不容許台灣文學研究的戒嚴時期，本土論者刻意提倡寫實主義的文學，誠然寓有抗拒與批判的意味。循著這個方向展開研究，乃是為了揭示文學背後所寓有的抗議思維，以便重新建構台灣社會的主體性。在一個政治環境欠缺寬容的時代，這種研究確實具有高度挑戰威權的意義，並且在相當程度上也為被壓抑的台灣文學取得發言權。堅持台灣文學主流是寫實主義的史家葉石濤，便是這條研究路線的代表人物。他與後來的追隨者（包括筆者在內），都曾在本土論述方面嘗試開拓更大的空間。但是，這樣的努力在解嚴之後似乎完成它階段性的任務。

必須承認的是，過去的本土論述並不足以概括台灣文學的全貌，寫實主義也並不必然是台灣文學唯一的主流。崛起的新世代研究者，顯然已豐富了台灣文學探索與挖掘的內涵。他們不再只停留於殖民與反殖民的兩元論，也不再滿足於以寫實主義作為文學的僅有詮釋。解嚴以降，特別是最近這三、四年來，研究生展現出來的格局已有突破舊有窠臼的趨勢。

在文類研究方面，小說固然還是最受關切的議題，但詩與散文的探討已開始受到注意。這項轉變絕對不是孤立的、偶然的現象。結構主義與後結構主義理論的衝擊，使新世代不再只是眷顧文類的藩籬，而傾向於把作品（work）當作文本（text）來看待。這是台灣文學研究再擴張的主要關鍵。傳統的看法是，作品永遠屬於作者，讀者似乎有義務依照作者的意志去評價作品。這種以作者為中心的研究方式，往往使文學意義淪為封閉的詮釋。文本的閱讀，就在於把解釋權從作者手上轉移到讀者身上。讀者身分的重新誕生，漸漸偏離作者在解釋權上的壟斷地位，全心追求文學想像的可能。考察一位作家的藝術造詣，不能只是拘泥於文類的區別，而應全面照顧到整體的書寫。以楊牧為例，究竟他是詩人、散文家、批評家，還是翻譯家?余光中與洛夫又何嘗不然。把他們的作品全部文本化之後，文類的劃分顯然就失去了意義。新世代研究者似乎已覺悟到，小說不再是文學評價的唯一選擇。他們樂於把探索的觸鬚伸展到詩與散文的領域，嘗試進行分析與解剖。

作品文本化之後所帶來的另一個效應是，新世代研究者不再局限其焦點於資深作家之上。最近幾年來，受到研究的作家，年齡層已有逐年下降的趨勢。宋澤萊、舞鶴、朱天文、朱天心、李昂等人的作品不僅吸引眾多的討論，更為年輕的駱以軍也開始成為矚目的對象。研究重心的轉移，使得台灣文學的內容不再停留在寫實主義式的考察與評價，無形中加長加寬整個領域的視野。正因為如此，審美原則也逐漸脫離原有政治正確的台灣文學定義。

新世代研究方向的調整，應該是受到歡迎的。不過，這種調整也帶來了自我挑戰。畢竟，在偏離舊有的研究方法之際，新世代有義務也有必要尋找新的途徑去探索文本。因此，大量依賴全新的文學理論，顯然是無可避免。理論的實踐與運用，正是對現階段的文學研究提出了嚴肅的要求。

二、文學理論的應用：從閱讀出發

現代文學的形式（包括日據時期以降的新文學），絕對是從西方進口的。企圖在中國傳統文學找到現代文學的根源，終究是徒勞無功。無論是技巧的使用或語言的改造，都是受到外來文學觀念的影響。因此，對於現代文學的研究，都無可避免必須援用西方的文學理論。

自八〇年代以來，不能否認的，理論的實踐已經出現誤用與濫用的現象。對於這種情況，一些保守的學者顯然抱持著後事之師的犬儒態度。他們認為，西方文學理論並不適合「國情」，並不值得套用在台灣文學的研究之上。他們竟然忘記，新文學的各種形式也是源自西方，卻終於也「在地化」了。因此，對於理論的誤用與濫用予以奚落嘲弄，絕對不能協助文學研究的提升。甚至有些以馬克思主義者自居的統派學者，也對於大量進口的文學理論懷有高度的敵意與仇視。他們的論調是，這是一種「學舌」，是一種劣等的模仿。這些左言右行的馬克思主義者竟然患有嚴重的失憶症，馬克思主義本身正是道道地地的舶來品。

在吸收理論的過程中，學舌並不足畏懼，誤用濫用的情況也無需覺得可恥。害怕的是，以著義和團心態畫地自限，反而窄化了研究的視野。以六〇年代的現代主義運動為例，在萌芽之初，許多作家及其作品曾經受到圍剿、貶損、抨擊。但是，經過二、三十年來的拓展累積，已證明為台灣文學創造無限的想像空間。在這段期間所建立起來的現代主義文學，再也不是西方現代主義的思維能夠給予定義。台灣的現代主義者，以著雄辯的作品為自己重新命名。換句話說，所謂現代主義，在特定的台灣時空孕育之下，終於受到改造，而且也真正在地化了。這個事實足以說明，學舌並不可怕，誤用並不可怕。台灣社會畢竟還是具備了自己的主體思考，並且保持高度吸收與轉化的能力。

從這個角度觀察現階段的文學研究，也許需要一些寬容與耐性來期待。許多人已經注意到，碩士論文的撰寫似乎到達一個更新的階段。有關「國族」與「性別」的議題，已普遍為研究生所接受。這些議題的提出，等於透露一個信息，那就是後殖民、後現代、女性主義等等的理論已經開始產生衝擊。

面對這個衝擊的事實，文學研究當然出現了兩種現象。一種現象是，熟悉西方文學理論的，大多屬於外文系的學生。藉用較優的外語能力，他們能夠直接吸收理論的原典。不過，他們對於台灣文學的發展卻感到陌生。因此，理論與文本在進行會盟時，往往會發生誤解與曲解。另一種現象是，中文系的學生對於台灣文學的流變瞭若指掌，卻對於西方文學理論感到卻步或躊躇。當他們進行文本與理論的結合時，也同樣會發生誤解或曲解。這種現象，可能令人尷尬，但不必受到譴責。外文系研究生需要加強文本閱讀，而中文系研究生則需要提升理論閱讀，可能是解除困境的唯一途徑。

閱讀，別無他途可循，就是閱讀。偏離了閱讀，研究基礎並不存在，理論準則也不存在。所謂閱讀，指的是貼近閱讀（close reading），也是重新閱讀或再閱讀（rereading）。在許多碩士論文中，通常都可看到大量引用文本的現象。然而，大量的抄錄，並不等於閱讀。貼近閱讀的目的，在於尋找文本中潛藏的關鍵文字或符號。通過關鍵字的發現，而找到切入文本的缺口。這種閱讀方式，要求研究者必須參與創作與想像之中，只是依賴瀏覽與翻閱，絕對不可能發現文本中的信息。無論是文本式的閱讀（textual reading），亦即在意符（signifier）與意符之間尋找聯繫，或是脈絡式的閱讀（contextualized reading），亦即在意符與意指（signified）之間建立關係，都不能對文本抱以輕忽的態度。

因此，文本的大量引用並不是缺點；真正的缺點是，在援用文本之後，竟然使詮釋或解讀缺席。對於引用的文本展開再閱讀是有必要的，那是研究者的義務，而不是美德。對文本的再閱讀，就寓有再詮釋的意味。把經驗過的文字符號重新閱讀一次，必然會發現新的意義隱然產生。僅僅停留在剪刀與漿糊的拼貼方式引用文本，終究不會發生衍異（differance）的作用。再閱讀，然後再書寫，就有可能導致再詮釋。

理論重要嗎?當然重要。進入全球化的時期，一個重要的事實也跟著發生，那就是批評術語的繁複誕生。術語的塑造，為的是使複雜的思考予以濃縮化約。在接近理論之前，術語的認識與釐清乃是無可或缺的工作。有太多的研究者擅長使用「離散」、「去殖民」、「去中心」、「文本」、「後現代」、「後結構」等等術語，卻不一定理解這些術語的確切意涵。台灣文學研究者，會有這種誤差，並不值得訝異。這是因為語言的障礙，使術語的應用發生隔閡。要避免錯誤的情況，就不能完全依賴翻譯，而應該嘗試從原典中去解套。

三、論文書寫也是需要想像

文學研究，與文學創作一樣，都必須具備豐富的想像力。有些人以為，自新批評（new criticism）建立影響力以來，文本是一個獨立自主的世界，無需去考察它與作者之間的血緣關係。但是，獨立自主的世界，並不表示它就是孤立的。身為研究者仍然需要一些聯想力，仍然必須做延伸閱讀（extensive reading）。有許多研究者，在閱讀一位作家，或閱讀一冊小說時，總是把焦點集中在這位作者或作品之上，全然不顧這位作者的其他書寫，更不顧這位作者同時代的其他作家與作品。

過於專精的結果，往往使研究生在離開鑽研的對象之後便茫昧無知。想像（imagination）或聯想（association），越來越成為論文撰寫時的基本要求。以施叔青的研究為例，這位歷經現代主義、後現代主義、女性主義與後殖民主義等等思潮洗禮的作者，創造出來的文字符號，負載過多過重的信息。在她的小說中，可以看到政治議題、性別議題、國族議題、階級議題。她的書寫經驗橫跨台灣、美國、香港、中國，她的書寫文類兼及小說、散文、評論、戲劇、訪談。面對這位龐沛複雜、多元多產的作家，豈是專注於一部專書的研究就可解決？她的《香港三部曲》，到目前為止，幾乎是公認為她文學生涯中的經典之作。然而，只討論小說中黃得雲的命運之起伏升降，絕對看不到施叔青書寫的真髓。稍具聯想力的作者，可能不會只是引用女性主義或後殖民理論來詮釋。其中還有政治學、歷史學與社會學的思考。現代主義式的潛意識壓抑，後現代主義式的精神分裂，都在她早期、近期的小說中穿梭。心理學與後結構心理學的挪用，似乎也無可避免。《香港三部曲》暗示了施叔青的中國憧憬與破滅，也帶有強烈的台灣隱喻與轉喻。討論這位重要的作家，就不能不求諸於豐饒的想像。

同理可證，閱讀葉石濤豈可沒有馬克思主義的聯想？閱讀鍾肇政，豈能忽視台灣歷史的經驗，特別是後殖民理論的思考。研究白先勇時，必須具備民國史的聯想；討論平路時，也必須具備新歷史主義的想像。要研究一位作家，不僅要熟悉他全部作品，也要把想像的觸鬚延伸到其他作家的書寫。

台灣文學研究，從表面上看，彷彿是一門淺顯的學問。稍具戒慎者當可發現，這是一門充滿各種可能、各種挑戰的學問。它絕對不是靜態的、平面的領域，而是生動的、活潑的版圖。台灣文學本身既然富有生命力，則對它的研究就更具生機與創造。當代的台灣文學研究，上限應該始於一九四五年，下限則已跨過二十一世紀。在漫長的半世紀發展過程中，有太多的議題等待開發。許多研究生總是苦惱於論文題目之難尋，更苦惱於研究題目之重複。由於題目難尋，所以大多數研究往往趨向於少數重要作家；也由於題目重複，所以大多數作家往往遭到忽視。文學的典律化，便是在這種情況下造成的。

尋找題目也是需要想像，這又必須回到閱讀之上。閱讀不廣、不精、不熟，就不會有題目。閱讀時不敢質疑，不敢挑戰，不敢提問為什麼，題目就永遠隱而不見。發生這種苦惱，既是危機，也是轉機。在苦惱逼迫之下，研究者必須進行再閱讀；閱讀的過程，就是發現題目的過程。

一部當代台灣文學史，就是一部從封閉到開放的閱讀史。在這段發展史上，見證太多的文學書寫。也許文學作品不能說是最美好的，卻是絕對迷人的。進入二十世紀的九〇年代之後，迷人的作品引誘多少新世代研究者投入研究的深淵。在這段時期加入研究行列的新世代，書寫出來的論文成果都有可能成為典範，他們都在建構一定程度的學術高度與藝術高度。可以預見的是，他們的智慧與能力絕對足夠重繪台灣的學術景觀。他們必將為台灣文學重新命名，而且義無反顧。

我的台灣文學史書寫

台灣文學史之成為一門獨立的學科，是相當晚近的事。這門遲到的學問之所以是遲到的，與台灣研究在戰後學術界的滄桑有著密切的關係。每當憶起前輩學者過去在大學殿堂講授台灣文學，必須在「中國現代文學」或「當代小說」等等課程名目之下偷渡，我的內心總會不期然湧起無可抑制的悲哀與氣憤。那樣的年代並不遙遠，但可確知它終於不再回來。我寧可摒棄感傷的情緒，而以著較為明朗的心態來迎接台灣研究的時代之到來。我的台灣文學史書寫，正是揮別感傷歷史的一種儀式。

我在大學裡開設「台灣文學史」的課程，始於一九九四年。當時還未有多少人嘗試這方面的教學，縱然葉石濤先生的《台灣文學史綱》已經在一九八七年出版問世。遠在海外時期，我就開始構思有關台灣文學史的書寫問題。只是那時我無法預知自己是否能夠回到台灣，甚至也無法確知自己是否能夠回到學界。那樣的夢想，在我苦等十餘年後才獲得實現。我第一次站在課堂講授文學時，仍然不能相信那是夢幻還是真實。

決心動筆撰寫文學史是在一九九九年，那是生命轉折極為重大的一年。經過十餘年的構思，以及五年的授課，我對於台灣文學相關史料的蒐集，對於文學理論的涉獵可以說到達一個較具信心的階段。在寫下第一章時，我就有了深切的覺悟；一旦投入如此龐大的書寫工程，必然要耗盡我中年以後的心力。我的生活方式、治學態度、思維途徑，都將迥異於往昔的歲月。面對即將襲來的孤獨時光，我反而懷有莫名的快意。

一、重新定義台灣文學

台灣文學誠然是一門生動的學問。所謂生動，全然是來自它的「新」，台灣文學的新是無止境的。相對於已呈靜態的五四新文學，或是更為浩瀚的中國古典文學，台灣文學具備了新歷史、新語言與新視野。就歷史而言，台灣文學孕育於三個重要的歷史主軸，一是原住民史，一是移民史，一是殖民史。這樣的歷史過程，並非是中國新文學或中國古典文學曾經穿越過的。在每個不同歷史經驗之下所釀造的台灣文學，都充滿了豐富的想像與繁複的技藝。就語言而言，台灣文學既然是在不同歷史脈絡中創造出來，自然也帶出了各種不同的語言文字的表達方式。即使不談已然消失的平埔族語言，現存的南島語系之原住民語言至少就有十種以上，包括泰雅、阿美、卑南、布農、排灣、賽夏、曹族、魯凱、雅美，以及邵族。這些語言，都保留了無可輕侮的歷史記憶。就移民史的觀點來看，福佬與客家的語言固然是漢人的主流，但是晚近外省族群攜來的不計其數的語言經驗與歷史記憶，這些不同的語言文字，都已匯入台灣文學的形成過程之中。至於殖民者遺留下來的荷語與日語，也已構成台灣作家在創作時的重要工具之一。

我開始整理台灣文學史料時，終於體認到這個島嶼所產生的作品確實比我的想像還要來得巨大。長期已習慣聽到這樣的嘲弄與奚落：台灣文學是狹隘的。我非常能夠理解持這種語言者的心情，但也非常能夠憐憫他們對台灣文學的無知。每當被指控研究台灣文學是過於狹隘時，我總是這樣回答：說我狹隘是很大的抬舉，因為我還不夠狹隘。我還無法深刻認識原住民文學，還無法深刻體會日據文學時，就很清楚自己還不夠狹隘。

然而，台灣文學的新，並不止於新歷史與新語言的性格，最重要的是它還擁有全新的視野。台灣文學涉及的範圍，可以包括現階段正在崛起的作家。這些新興的創作力量，使台灣文學的前景不斷浮升新的地平線。杜甫已不可能有新作品誕生，魯迅也不可能有新著問世。台灣文學並不如此，只要是健在的作家，往往會推出無可預知的新作品。新世代的作家，也不斷把台灣文學史的疆界向前推進，新思維與新感覺毫不懈怠地注入台灣文學的生命中。文學創作的最新疆界推進到那裡，也正是我的文學史必須抵達的最前線。

在撰寫文學史時，我不能不時時閱讀新書。這樣做，才能夠使我對照出前行代的作家獲致了怎樣的藝術成就，而同時也看出新作家又創造了怎樣的全新技藝。由於不斷閱讀新書，我漸漸養成縱覽全集的習慣。在評價一位作家時，我已不可能滿足於僅是閱讀選擇或是單一作品，每位作家的全部作品成為我進行歷史詮釋時的重要基礎。春蠶吐絲，足以概括我在咀嚼作家全集時的心情。需要擷取作品精華的工作是如此艱鉅，然而能夠讓我寫進文學史的卻又如此篇幅有限。其中的剪裁、調整、推敲、判斷等等細膩的工作，往往只能讓我完成其中一章的一小部分。

二、文學史觀的建構

把所有的全集串起來，便是台灣文學史的全景。然而，歷史的銜接與排比，卻又不能單純依賴作家的文字來聯繫。畢竟每一位作家、每一部作品都有其特定的時空因素與文化因素。例如，五〇年代與八〇年代的女性作家，已各自具備特殊的書寫策略。間隔的縫隙是何等巨大，其中的斷裂又是何等落差，在文學史書寫必須要為這樣的文學傳承或斷層找到恰當的解釋。尋找一個平衡的位置，正是我建立文學史觀的困難之處。

當我發表第一章時，來自各方的噪音就不時響起。台灣文學史的領域，原就是諸神的戰場。種種歧異的政治理念與文學主張，都介入這部文學史書寫的過程中。我頗能理解這種奇花異卉式的批評，因為這正是台灣歷史的典型產物。曾經穿越過殖民地經驗的台灣文學，在曲折複雜的歷史巨流沖刷之下，已經不可能像一般非殖民地社會的文學那樣獲得較為冷靜的回應與評價。正因有了這樣的體會，我已深知這部文學史自始就已帶有強烈的政治意義。每位批評者都期待，或者要求，或者強迫我必須接受某一種政治正確的書寫方式。這種喧囂的景象，我視之為後殖民的歷史現象。

馬克思主義的、女性主義的、後殖民主義的、新歷史主義的、中國民族主義的，甚至本土基本教義派的，那樣多的窺伺者在我還未完成篇章時，已都焦渴又焦慮地表達了他們內心的欲望。面對舉世滔滔的如此盛況，我反而是保持了極為平靜的心情。在這段期間，我雖然已針對一位虛偽的馬克思主義者做了回應，卻更加認識到文學史書寫的問題，重點是在作品的閱讀，而不是理論的渲染。我這樣說，並不意味對任何理論輕啟鄙夷之心。恰恰相反，我對理論極為尊崇，然而我的尊崇具體表現在我的實踐，而不是袖手旁觀，空發議論。那位冒牌的馬克思主義者，滿口且拗口地空談階級與鬥爭，卻嚴重犯了行動未遂症。

我書寫文學史的實踐，正是針對這種後殖民現象採取具體的回應。如果要為我的文學史觀命名，也許「後殖民史觀」是較為恰當的稱呼。從日據時期的二〇年代，到戰後的五〇、六〇年代，甚至九〇年代的世紀末，台灣文學獲得的藝術高度，是由不同階級、不同族群、不同性別的作家在不同的時代共同建造起來的。在殖民體制與戒嚴體制下產生的文學，應該都是屬於追求解放的文學。所有涉及馬克思主義、女性主義、後現代主義的文學作品，都可放置在後殖民的立場上比並考察。

後殖民理論的實踐，是為了更寬大地包容在台灣島上孕育出來的文學。無論那樣的文學叫作小說、散文、詩，或是叫作文學批評或文學主張，無論那是出自何種階級、族群、性別的作家之手，後殖民史觀足以勝任把這些文學作品納入文學史的脈絡。史觀的建構，使我的書寫策略得到合理的實踐。對於現階段各種政治信仰的噪音，最好的答覆便是早日完成我的台灣文學史書寫。在完成後，如果因此而開啟另一場論戰，屆時我當回敬以逸待勞的姿態。

薩依德與台灣文學研究

一、翻譯薩依德的文化意義

後殖民理論與台灣文學研究之間的結盟，濫觴於一九九〇年代薩依德（Edward Said）作品之譯介到台灣。廖炳惠的《回顧現代》之概略介紹於先，單德興翻譯的《知識分子論》出版於後，終於使薩依德的著作大量在台灣以中文的形式出現。伴隨《東方主義》、《文化與帝國主義》、《鄉關何處》等書的相繼翻譯問世，薩依德的後殖民理論一時蔚為風氣。縱然是透過翻譯，薩依德的歷史解釋與文學批評，對台灣學界造成的衝擊，特別是對文學、歷史學、政治學的領域，可謂雷霆萬鈞。他所運用的一些觀念術語，如東方主義（Orientalism）、去殖民（decolonization）、流亡（exile）、抵抗文化（resistance culture）、再現（representations）、地理想像（geographical imagination）等等，幾乎已是台灣文學研究者所熟悉並予以再運用。各種跡象顯示，薩依德在島上所散發的影響，正日益強化深化。

翻譯的現代性（translated modernity），始終是殖民地社會在不同歷史階段難以避免的文化議題。大部分有關現代的知識理論，都不是從殖民地社會產生，而是來自帝國主義的文化擴張。這些知識理論，不同於西方傳統的船堅砲利，而是通過看不見的思想滲透占領被殖民者的心靈。翻譯現代性，在表面上並未損害被殖民者的領土與身體，然而它造成的權力支配的效應較諸武力征服還來得巨大。以現代主義理論與文學的譯介為例，這樣的思潮絕對不可能發生在資本主義還未宣告成熟的殖民地社會。但是在三〇年代的日據台灣，與在六〇年代的戒嚴台灣，竟然分別兩度出現文學藝術上的現代主義運動。這樣的運動先是來自東京，稍後又來自歐美，完全是遵循帝國主義文化擴張的管道而到達台灣。現代主義的接受，促成台灣文學在六〇年代的繁花盛放，但是並沒有促成台灣作家對殖民歷史的反省，也未對帝國主義深刻批判。

薩依德作品被介紹到台灣，相較於往昔英美文學之大量翻譯進口，誠然具有不同的文化意義。如果現代主義的衝擊，代表著一種殖民主義的權力支配；則後殖民理論的傳播，代表的是一種對帝國主義的批判與反省。無可否認的，後殖民理論的生產，全然是來自美國與英國。這種理論的對外傳銷，在一定程度上也藉助了帝國主義所鋪好的網路。帝國主義文化滲透的管道，也恰恰就是後殖民理論播散的通路。就像馬克思主義能夠為殖民地知識分子所接受，就在於它對帝國主義與資本主義具有抗拒並破壞的作用。同樣的，薩依德的後殖民理論能夠在第三世界產生影響力，正是因為它對長期具有宰制權力的殖民主義進行了強而有力的批判。

後殖民理論比起馬克思主義還容易被殖民地知識分子接受的原因是：

第一，馬克思主義縱然對資本主義的批評力道相當有勁，卻仍未擺脫白人中心論的思考。在馬克思的思想體系中，所謂人類的歷史，就是西方白人的歷史；所謂人類文明的進步，就是西方白人的進步。因為他的歷史觀或唯物史觀，都是以西方白人的歷史經驗為基礎。後殖民理論的建立，則是以被殖民者的歷史經驗為基礎。薩依德的思維方式，全然訴諸於第三世界被壓迫、被邊緣化的共同歷史性格。薩依德的理論固然較偏重於中東與印度的文化，不過，對於所有經驗過殖民地歷史的知識分子來說，絕對能夠因後殖民理論的啟發而清楚認識帝國主義與殖民主義的本質。

第二，馬克思主義對於整個西方文明的歷史的反省，都是從「進步」觀念出發。正因為白人是進步的，馬克思主義對於殖民地社會的「落後」，自然而然就帶有「解放」的使命感。這種使命感與殖民主義的使命感，在文化位階上是同條共貫的。從進步觀念出發的馬克思主義，在階級議題上具有強烈的批判精神。不過，對於西方文明的知識論，卻並沒有絲毫解構與分析的能力。後殖民理論除了在階級議題上援引馬克思主義的觀點之外，又進一步對西方的知識傳統展開有系統的、極其精深的批評。薩依德對於西方文明所憑恃的文化優越論，包括馬克思主義在內，非常精確地指出其知識建構其實是充滿了傲慢與偏見。

二、後殖民理論的運用與濫用

台灣文學研究者對於薩依德與後殖民理論的接受，當然是基於對台灣歷史上殖民經驗的體認與反省。稍微熟悉薩依德作品的研究者都知道，後殖民理論並非只是存在於學院裡的產物，它是可以干涉社會並干涉權力的。具體言之，他建立的理論並非是為了鑄造學術圈內的行規，而是促使知識分子能夠介入學院圍牆外的現實世界。薩依德的理論，充滿了世俗性（secularism）與人間性（worldliness）。他對自己的知識表示誠實，對於傲慢的權力表達真話，這是知識分子的本色與本分。擁有知識，卻未能付諸實踐，絕對是悖離後殖民理論的精神。

後殖民理論在近十年來的廣泛運用於台灣文學研究之上，已是公認的事實。通過這股外來的學術刺激，台灣文學與台灣歷史的結合應該是更為密切。然而，在台灣流行的後殖民理論，已開始出現偏頗的現象。為理論而理論的傾向，在學界愈來愈嚴重。以流亡（exile）與離散（diaspora）這兩個術語為例，幾乎已被視為同義詞。凡是大陸來台作家，都一律劃歸離散的行列。事實上，流亡寓有高度的政治意涵，而離散則強調文化上的精神失落。來台作家可能是流亡的，卻並不必然就是離散的。這種理論的濫用，對於台灣文學研究不僅構成損害，對於後殖民理論也造成很大的傷害。

理論的運用，必須照顧到台灣歷史與台灣社會的現實面，不可能只是對文學作品進行分析，卻對歷史經驗毫無所知。凡是研究台灣文學者，都不能逃避認識台灣歷史的責任；尤其對台灣社會殖民地經驗的形成過程，都必須深刻進行研究。畢竟薩依德的後殖民理論，是以阿拉伯人的歷史經驗為主導。這樣的理論必須經過改造與在地化，才有可能運用於台灣文學之上。在地化的恰當途徑，便是台灣文學研究者有義務也同時研究台灣歷史。如果對台灣歷史命運毫無所悉，貿然使用後殖民理論，無疑是以外國的鼻子嗅自己的傷口。

濫用現象的另一事實是，部分研究者以為後殖民理論必然就是排外的。這裡的「外」，指的是外省籍，也指的是外國文學。以排外的態度來發揮後殖民理論的精神，可以說完全不符後殖民理論，也可以說是非常誤解薩依德。他的去殖民理論，並非是指根除或剷除外來文化。所有外來的文化，並非都具有權力支配或暴力傾向。所謂去殖民，在於強調抵抗文化背後所暗藏的權力結構。任何一個殖民地社會的本土文化往往是建構的，需要透過不同歷史階段與不同文化力量的沖積，才能完成其主體性。殖民歷史的受害，必然是因為受到不同統治者的支配；但殖民文化的受惠，也是因為有受害的經驗而能夠在不同的文化中轉化出自己的文化主體。從受害歷史轉化成受惠遺產的過程中，就是要克服權力支配的陷阱。

在台灣文學研究中，日籍作家的文學往往受到肯定的評價，而外省籍作家的地位則遭到貶抑與敵意。這種現象，當然也是屬於後殖民文化的問題。然而，後殖民理論並不是要維持這種現象，而應該是破除這種偏頗與危機。也就是說，凡是運用後殖民理論者，必然能夠理解薩依德的文化態度。他始終堅持認為，種族與種族之間的共存之道，在於尊重彼此的文化差異，讓各種不同文化的價值觀念都獲得寬容的存在空間。

因此，台灣文學研究中的後殖民理論，並非只是集中注意力於島上的文學與歷史。研究日據時期的文學，除了對台灣史有所理解之外，也應該對日本歷史、日本語文有所涉獵。同樣的，要研究戰後台灣文學，不僅要知道台灣政經社會的演變之外，也應該對中國現代史、中國現代文學，甚至西方文學與歷史都具備較為周延的知識基礎。反殖民與去殖民，都同樣屬於後殖民理論的範疇。台灣文學研究與後殖民理論結盟時，心靈是向整個世界開放的。開放而又能建立自己的文化主體，正是薩依德的精神。

新文學史的「新」

《台灣新文學史》是我回到學界後，投入精力與思考最多的一項書寫工程。通過這項工程的籌畫、破土與動工，我逐步修正自己對台灣文學的看法。為了實踐這部文學史的書寫，我展開自己未曾有過的全集式閱讀，同時也廣泛涉獵文學理論與文學批評，並且也重新改寫曾經迷信的一些史觀。如果說，撰寫文學史是我五十歲以後的一次重大思想改造，我應該是不會否認的。或者換一個角度來說，這部文學史不僅是總結我過去文學生涯的美學經驗，也是開啟我後半生對文學的全新想像與憧憬。

我之所以把這部書定位在「新文學史」之上，而不採用「當代文學史」或「現代文學史」來命名，自有我的考慮。如果取「當代」（contemporary）之名，涵蓋的內容可能會過於廣泛。例如日據時期的古典漢詩，或日人所寫的短歌與俳句，都無可避免必須包括在當代文學史裡。若是以「現代」作為書名，則內容又恐怕會失諸狹隘。它可能會使人產生誤解，以為這只是一部有關「現代主義文學」（modernist literature）的歷史敘述。我寧可選擇「新文學史」，是因為它的定義較為鮮明而準確，而且還富有豐饒的暗示。

新文學史的「新」，乃是相對於舊文學而言。新文學代表的是新語言、新感覺、新思維、新技巧與新美學。所謂新，應該有創新、革新、翻新、刷新的寓意。無可否認的，新文學在台灣的誕生，全然是由於島上社會迎接了一個全新的時代。而這樣的新時代，很不幸的，竟然是一個殖民地社會的時代。因此，有關新文學的討論，就不純然只是藝術造詣的探索而已，應該還有更為深刻的文化意義與歷史意義。也就是說，台灣新文學的「新」，極具「現代性」的複雜性格；既是解放的，也是壓抑的。只有從這個角度來看台灣文學在二十世紀的演變，我的書寫工程才能具體展開。

在這冊文學史裡，我要強調，「新」就是緊隨現代性的到來而產生的。為了回應社會的劇烈轉型，亦即從傳統的農業經濟跨向殖民的工業經濟過渡之際，文學的舊有形式被迫必須進行相應的變革。島上住民在資本主義的席捲下，新的生活模式與價值觀念次第出現時，新的文學思維，一方面必須抗拒強制性的現代之到來，一方面又必須喚醒民眾對於現代生活之認識。因此，這樣的新文學運動首先就具有啟蒙的意義。如果現代性是無可抵擋的趨勢，新文學便負起抵抗與啟蒙的任務。所謂「新」，正是在解放與壓抑之間，開出反殖民與反封建的格局。

文學史的「新」，當不止於停留在反抗與批判的文化意義，而應該還寓有創造的精神。殖民地社會的文學創造，無非只是依賴自身固有的文化傳統；在很大程度上，新世代作家並不拒絕來自日本與中國的影響。由於日本是台灣的殖民地母國，在文學思潮、藝術技巧與流派風格，對台灣作家的影響相當大。同樣的，中國是台灣漢人文化的歷史根源，因此五四時期的白話文運動與民主科學精神之追求，對於第一世代的台灣新文學運動者，也具有相當深刻的衝擊。從這樣的事實來看，「新」的精神，其實就是一種開放的態度。台灣新文學固然是站在反封建的立場，卻不是盲目地、決絕地反傳統，更不是義和團式地反對外來的文化。新文學之所以求新，便是對於外來文化與傳統文化展開批判性的接受。

由於台灣新文學富於批判的精神，就不可能只是堅守固有的思考模式，更不可能遵循偏頗的主流價值。說得更為明白一點，台灣新文學自始就是兼容並蓄地容納多元的思考。忽視了台灣文學的多元性格，就等於貶抑它先天具有的「新」的意義。這種多元性，是由台灣歷史與台灣社會所決定。台灣歷史的主軸，乃是由原住民史、移民史與殖民史所構成，從而也使台灣社會成為多族群、多語言的匯聚場域。不同族群擁有各自的文化傳統，也因不同的歷史經驗而擁有各自的文化記憶。當他們決定在島上定居下來時，自然就把他們的傳統與記憶融入台灣歷史之中。台灣新文學顯然是這些不同語言文化的共同產物，並且也是構成台灣社會主流價值的一部分。這種主流價值，無疑就是坊間所說的台灣文化主體。

新文學既然是台灣文化主體的延伸，它就不可能被任何一個特定族群做壟斷式的詮釋。台灣新文學的「新」，於此又獲得另一個意義，那就是強調文學的差異性。台灣文化主體的內容，誠然是照顧到主體內部的多元傳統與記憶，則凡涉及新文學的生產與詮釋，就不會只是強調它的同質性，而應是尊重每個族群文化的差異性。所有的漢人中心論、中原中心論、福佬中心論，都不可能在新文學史中稱霸。這是因為各個族群的文學生產力，無論在視野、格局，或在技巧、審美方面，都足以克服各種稱霸的企圖。

這種差異性，隨著新文學的發展而擴及族群議題以外的階級與性別。在現代性的影響下，階級意識與性別意識在新文學中占有極為重要的份量。在過去討論日據時期文學史，一般論者都傾向使用「寫實主義」一詞來概括台灣的反帝反殖民文學。這個名詞的使用固然是正確的，但還不足以解釋寫實主義的階級立場。由於台灣社會長期被反共體制所支配，幾乎有關社會主義或共產主義的書籍都遭到查禁，左翼思想也自然受到封鎖。曾經在三〇年代盛行的左翼文學，在新文學史的討論中也就沒有得到恰當的評價。把左翼文學簡化成為共產黨文學，或是更為庸俗的統派文學，是非常不符歷史事實的。如果新文學的開放性格必須受到承認，則有關左翼文學的再閱讀與再評價就勢在必行。

「寫實主義」一詞的誤用與濫用，不僅妨礙了左翼文學的評價，同時也阻撓了對現代主義文學的正確看待。現代主義原是台灣文學史的重要傳統，但是特殊的歷史條件往往限制了它的開展。許多寫實主義論者，也過於迷信文學的政治實用價值，而對現代主義文學採取漠視或敵視的態度。從新文學史的觀點來看，現代主義運動所產生的藝術與作品，絕對超過寫實主義作品的造詣。而且現代主義文學對於威權體制與殖民體制的抗拒與批判，也絕對不亞於寫實文學。今天，台灣新文學能夠展現繁複豐饒的想像，有很大程度是拜賜於現代主義運動的衝擊。

正因為有現代主義文學的浮現，終於使許多女性作家能夠因此而開始挖掘自我的內心世界，或者說，積極開發長期被壓抑的政治無意識，從而啟開了女性意識的巨幕。女性文學的差異性，更加凸顯台灣新文學的多元與開放。自六〇年代以降，男性作家的審美標準與藝術品味不再是文學發展的唯一動力。幾乎可以說，女性意識的誕生與鑄造，重新改寫了台灣新文學的版圖。大批女性作家在文壇的登場，除了要求必須對過去的文學作品展開再批評與再評價之外，也要求她們自己的聲音能夠徹底抒發並傳播。新文學的「新」，是因為有這些全新聲音的釋放而獲得前所未有的思考。

異質的存在，證明新文學之所以能夠日新又新。所謂「新」，應該還有生生不息的意義。也就是說，言必稱寫實或鄉土，已不能夠概括台灣新文學的全貌。新世代文學的不斷生產，也不斷挑戰舊有的思維。八〇年代以後的「後學」，包括後現代、後殖民、後結構，甚至是後女性的文學思潮，使得過去被尊崇的新文學詮釋顯得有些疲憊而陳舊。不僅如此，新世代所追求的網路文學，也不止不懈地刷新舊有的感覺與想像。如果還有人拒絕這樣文學世代的到來，則他的思維就不可能是屬於新的。

我投入《台灣新文學史》的撰寫過程，其實就是我個人思想的改造過程。因為承擔了這樣的書寫工程，我才能逐步去認識台灣新文學的宏偉與細微。批判的、開放的、多元的、主體的、差異的台灣新文學，永遠是以動態的面貌俯臨我。在進入蒼老的年華之際，台灣新文學史使我又得到蓬勃的生命。新文學史的豐富，也使我在垂老之年不能不感到謙卑。

台灣現代主義的再評價

年輕的文學歲月裡，我曾經受過現代主義的影響，卻不知現代主義之為何物。微近中年時，我的本土意識獲得啟蒙，遂開始對現代主義的思維表達不滿。結束海外的生涯後，回到台灣，並回到學界，才稍稍認識了現代主義的精神。基於這樣的認識，我決定重新出發做深入的考察。這段美學上曲折辯證的道路，與我在政治與文學之間聚散分合的過程相始終。美學觀念的起伏跌宕，浮離了我生命旅路的抑揚頓挫。其間的感悟，可能極為離奇，甚至非常悲涼，卻竟成為我日後朝向建構台灣文學史的動力。

文學史上的許多議題，表面上似乎已有定論，事實上卻仍留下太多的縫隙與缺口。歷史記憶過於複雜，文學藝術也過於豐饒，絕非單一論述就可概括。文學史之所以成為文學史，就在於處理文學和歷史之間的相互依存與相互悖離。現代主義出現在六〇年代的台灣社會，無異是一種奇怪的現象。因為，在那樣的歷史條件與政治背景之下，很難找到恰當的解釋。

這也是我近年來討論台灣文學史常常提到的，現代主義在六〇年代的出現，既是遲到的，又是早熟的。它是遲到的，因為相較於西方高度現代主義（high modernism）的發生於一八九〇年代至一九三〇年代，台灣接受這種藝術美學可以說落後半世紀以上。台灣文學家在那時候所介紹的現代主義或超現實主義理論，甚至是新批評理論，已都被西方文學理論家暢談過，也辯論過。即使是台灣所翻譯的波特萊爾、阿保里奈爾、梵樂希、魏爾崙、艾略特、葉慈、龐德、里爾克等詩人的作品，也都遲於西方六十年至百年以上。然而，現代主義的到達台灣，也是早熟的。因為，釀造現代主義的歷史條件，如資本主義的高度發達，都會生活的成熟，中產階級的形成，並未在當時的台灣社會得到見證。

在戒嚴文化的高壓支配下，台灣知識分子能夠與國際銜接的僅有途徑，便是接觸美援文化的在台機構美國新聞處所傳播西方的藝術思潮。歷史條件是那樣荒蕪，但是藉助美新處播撒的藝術種籽，竟然開啟了台灣的現代主義運動。現階段在討論現代主義時，往往把過多的焦點投注在文學影響之上，而忽略這是一個全方位的文化運動。現代主義運動並不止於文學的層面，從五〇年代下半段，台灣社會已經出現「現代畫」、「現代舞」、「現代音樂」、「現代攝影」、「現代電影」、「現代劇場」等等名詞。這個事實足以說明，在都市生活尚處在開發階段的台灣，竟離奇地產生如此蓬勃的藝術運動，恐怕不能以任何簡單的歷史因素來解答。

尉天驄與陳映真所參與的《筆匯》，發行於一九五九年，結束於一九六一年，是當時推展現代主義運動的大本營。凡有關現代音樂、繪畫、舞蹈、電影、劇場的理論，已都在這份雜誌出現大量的翻譯與介紹。同時期蕭孟能發行、李敖主編的《文星》月刊，也刊載了大量文字介紹西方現代藝術思潮。台灣作家對現代主義的接受，是不是只能用美援文化的強勢推銷作為僅有的歷史解釋？這是值得懷疑的。過於強調台灣作家只是扮演被迫接受影響的角色，顯然不符歷史事實。

如果現代主義沒有值得台灣作家學習之處，絕對不可能蔚為風氣。或者說，台灣作家必有不得不求諸現代主義的理由，否則僅是美援文化的促銷，並不可能成就一個文學運動。歷來有關現代主義的評價，大約來自兩方面，亦即統獨兩個陣營對這個文學運動都不表歡迎。統派認為，現代主義是伴隨美帝文化侵入台灣，那是一種病態的、喪失民族主體的藝術追求。獨派對於這方面的討論較欠缺理論深度，但基本上也認為現代主義是與台灣社會現實脫節的一種思潮。他們從歷史的角度出發，認為台灣文學的主流是寫實主義，而不是沒有本土精神的現代主義。

我早期對現代主義的看法，大致上也未溢出上述的兩種見解。來自統獨雙方的意見，縱然在政治信仰上是何等歧異，在抨擊現代主義時卻是緊緊擁抱在一起。統派尊崇寫實主義，獨派也高舉寫實的旗幟。前者為的是要把台灣文學與中國三〇年代左翼文學聯繫起來；後者則是要把戰後文學與日據三〇年代的抗日寫實文學銜接起來。這種用心良苦的歷史解釋，與其說是文學的，倒不如說是高度政治的。

然而，面對六〇年代龐大的現代主義運動，只因為政治信仰的堅持就可全盤否定其藝術成就嗎？文學史的檢討，並不能如此粗糙而草率。畢竟，所有撻伐現代主義的批評者，無論是中國民族主義論者，或是台灣本土意識論者，多少都受過現代主義的洗禮。陳映真便是最典型的鮮明例子，而鍾肇政、葉石濤、李喬、宋澤萊等本土作家，有多少作家能夠避開現代主義的影響？在檢視文學史時，不能因為作家在後來有了全新的政治信仰，便徹底洗刷早期的文學經驗與歷史記憶。在文學史的詮釋上，焦點應該放在作家為什麼會接受現代主義，以及作家後來會重新反思現代主義的問題，而不是抹銷或貶抑現代主義曾經發生的事實。更何況現代主義運動所攜來的美學，為台灣文學創造了一定的藝術高度。而某些藝術高度，並非是後來的作家能夠輕易超越的。

更值得追究的一個問題是，現代主義能夠以簡單的「病態」、「失根」、「脫離現實」這些籠統的形容詞來概括嗎？如果說現代主義是跟著帝國主義到達台灣，這樣的指控可以成立的話，請問寫實主義的理論，包括馬克思、盧卡奇等人的思想，不也是緊隨帝國主義來到台灣的嗎？或者換另一個角度來問，台灣的現代主義者果真都是脫離現實，都是全盤西化的嗎？他們的作品難道僅是模仿的、學舌的嗎？所有的文學史討論，一旦離開歷史脈絡（historical context）與文本脈絡（textual context），就已偏離文學的範疇。由於文學宗派與意識形態的遮蔽，已使許多文學史的檢討淪為諸神的戰場。

作為一個政治放逐者，作為一個台灣本土論者，我應該比任何文學工作者還更急於批判現代主義。但是，作為一位自由主義左派，作為一個文學史研究者，我痛切感到必須放下流亡者的身段，更應超越政治信仰的障礙，以真實的眼睛注視迷霧背後的歷史事實。在閱讀龐大的文本之後，無論是文學的或歷史的，我敢於指出，六〇年代是台灣文學史上的一個黃金時期。我更樂於指出，現代主義文學的批判精神即使沒有寫實主義那樣鮮明，但在抗拒的態度上絕不稍遜於中國民族主義論者與台灣本土意識論者。

現代主義者在政治無意識或歷史無意識的挖掘，無疑是直接挑戰官方戒嚴體制所建構的歷史記憶、道德規範、文化價值與性別意識。無意識，坊間大多譯成潛意識，指的是被外在權力支配下被壓抑的想像、欲望、記憶、情緒等深層的心靈結構。七等生的挑戰道德，歐陽子的挑戰倫理，王文興的挑戰父權，白先勇的挑戰歷史，都說明了現代主義對戒嚴文化的反撲。他們在語言的革命上，更進一步挑戰中國的五四傳統。從文學史的流變來看，現代主義運動不僅不是脫離現實，反而是台灣本土文學中波瀾壯闊的一環。在藝術成就上，更是為台灣本土文學創造了極為可觀的高峰。

我能夠以平心靜氣的態度重新看待現代主義，原因無他，我只是再閱讀了全部的現代主義文學作品。閱讀，閱讀，再閱讀，是進入文學史門牆的基本功夫。既然完成了再閱讀，我當然有充分的理由對現代主義進行再評價。

第三輯

文學隨筆

文學理論

文學為什麼需要理論？回答這個問題之前，可能需要先提一個問題，那就是為什麼台灣學界對於文學理論特別排斥？這可以從兩方面來探索。台灣學界之所以對於文學理論抱持懷疑與敵視，乃在於大多數的文學理論孕育於西方社會。長期以來，就存在一種未曾明文的偏見，認為理論既然是來自外國，那只適合處理或解釋外國文學。若運用在台灣文學，恐怕有削足適履之嫌。

從另外一方面來看，台灣學界早已習慣印象式的批評，而且更習慣考據式、道德式的批評。這種思考上的脾性，變成了對新思潮、新理論的怠惰。考據式的研究方法，往往過於受到作者的牽制。凡是作者引經據典之處，讀者嘗試尋出最初的原典，就等於是完成了研究的工作。道德式的批評，則在於追索作者的創作動機與倫理思維。讀者只要對作品進行訓誨式的評價，研究的目的便達到了。

我自己接觸文學已達三十年。過去很長一段時間，始終停留於印象式批評的階段。在許多評論文字裡，我酷嗜討論作者生平與創作背景，偏愛使用意識形態與政治立場來考察作者的原始動機。我對文學理論也曾強烈抗拒過，認為那是舶來品，是外國進口的模型，並不必然能夠套用在台灣的文學作品之上。這種頑固的抗拒態度，使我對文學批評的探求發生嚴重的瓶頸。因為，我永遠只圍繞在作品的外緣，談論了許多與作品無關的議題。並且這種談論的方式，已變成一種僵化、教條的思考。幾乎每位作家，每篇作品，都可以使用同樣的思維與方法來評價。如此研究的結果，每位作家幾乎都沒有獨特的個性，而每篇作品也幾乎都沒有各自的風格。

新的文學理論之所以受到介紹與運用，就在於突破舊有的、落後的思維方式。我第一次接觸馬克思主義時，是在三十歲左右的時候。當時遠在海外，無需受到國內封閉政治環境的控制。左翼文學理論的啟發，使我發現所有的文學作品都具備了特有的歷史結構與經濟基礎。我開始注意作家創作時的階級觀與社會觀，並且也注意到資本主義的生產方式與文學活動之間的辯證關係。台灣文學研究者葉石濤先生，便是使用這種方式撰寫他的《台灣文學史綱》。他的歷史解釋與辯證思維，始終沒有受到學界的注意，這並不是令人訝異的事。

由於馬克思主義的啟示，我開始關心所謂下層結構（經濟基礎與生產方式）與上層結構（文學、藝術、政治、文化）之間的互動關係，從而也注意到階級的問題。正是階級的議題，引導我去理解性別之間的權力支配。在研究三〇年代的左翼文學時，我發現了資本家對於農工的剝削事實，一直是殖民地作家的文學主題。但是，在同一時期小說作品中出現的女性，卻是被賦以受難、受壓迫的角色。這樣的現象，使我不能不注意到女性主義的理論。通過女性主義的洗禮，我的文學觀察進入了全新的境界。

從弱者的角度來看待女性，是我的左翼思考之延伸。然而，嘗試理解女性的主體時，才注意到女性並非永遠處於被動的、靜態的位置。女性主義的理論，乃在於鬆動父權體制的絕對化與神格化。就在這個思考上，我終於與後殖民理論銜接起來。後殖民理論，協助我對台灣文學的歷史結構進行深刻的分析，同時也對於文學背後暗藏的權力支配有了全新的認識。我在二十年前開始閱讀後殖民理論的專書時，覺悟到馬克思主義、女性主義與後殖民理論的思考方式，在一定程度上是相互補充、相互辯證的。能夠這樣看待文學理論時，我已經掙脫了舊日的理論框架，而整個文學品味也隨之改觀。

這就回到了最初的問題，文學為什麼需要理論？理由很簡單，那就是藉助理論去開發遼闊的想像世界。文學，其實就是一種想像，比起現實世界還要寬廣而複雜。不要以為自己是台灣人，就一定能夠瞭解台灣；不要以為自己是愛好文學，就一定能夠理解文學。理論告訴我，文學對我永遠是一個未知。既然是未知，便永遠等待我去探險。

文學論戰

文學論戰的硝煙，瀰漫著戰後文學發展的曲折道路上。從五〇年代的新詩論戰開始，一直到七〇年代的鄉土文學論戰，八〇年代的文學統獨論戰，以及九〇年代的文學本土化論戰，在在顯示台灣作家的美學追求與政治意識有著極其密切的關係，每經過一次論戰儀式的洗禮，台灣文學的主體精神就越清楚顯露出來。幾乎每十年，就會出現一次作家與作家的論辯；這種規律的節奏，似乎在為台灣社會變化敲打起落有致的拍子。

最近（二〇〇〇）陳映真針對我的《台灣新文學史》，提出「社會性質論」的質疑。許多旁觀者都在推測，這場論戰是否會擴大？對於這樣的問題，我這位參與者也很難預卜。不過，從兩人往返的文字來看，這又是一次民族主義的變相演出。文學彷彿是兩人關心的議題，但是政治意識卻成為主要的思考。由於陳映真露骨地站在北京立場，對台灣文學進行扭曲式的解釋，我必然是要回應的，而且必然是奉陪到底。

回顧我過去三十年參加文學論戰的經驗，發言位置的轉變頗能反映台灣文學在各個不同階段的處境。我第一次介入文學爭辯，是在一九七一年參加「龍族詩社」的時期。那時，我的中國意識特別濃厚而旺盛。那種愚騃而癡情的思考方式，全然是黨化教育的翻版。我參加現代詩論戰時，除了訴諸中華沙文主義之外，審美的觀念也僅局限在寫實主義之上。我對某些過分現代主義的新詩，具有強烈的偏見，因此就奮不顧身投入了批判的行列。現在回頭再看，非常清楚可以辨明，當時的中國民族主義立場是有問題的，而我偏愛的寫實主義品味也是有問題的。因為，那全然沒有觸及台灣文學的主體。

到了八〇年代，我在海外求學已有六、七年的時間。我的中國意識證明是虛妄的、怪誕的，因為它禁不起台灣歷史的檢驗。那時我大量閱讀台灣歷史與台灣文學，並且也重新建立了全新的國家認同。從一九八二到八三年之間，台灣發生了統獨論戰。遠在海外的我，終於忍不住寫了一篇〈現階段台灣文學本土化的問題〉，並使用「宋冬陽」的筆名發表於《台灣文藝》上。這篇文章引起陳映真的憤怒，他糾合統派人士在《夏潮論壇》推出「大體解剖宋冬陽」的專輯。火藥味之濃郁，一時蔚為奇觀。

那次論戰的焦點，乃是集中在「台灣文學」的正名之上。身在海外，發言權受到太多限制，而有關台灣文學研究的領域也有頗多羈絆。不過，雖然處於劣勢，那場論戰使得台灣文學的正名開始有了轉機。我當時是挑戰陳映真所謂的「在台灣的中國文學」之虛構名詞。歷史事實證明，那場論戰的方向是正確的。十餘年後，陳映真終於放棄了他的立場，接受了台灣文學說法。

論戰後，再過十年，台灣文學研究的版圖隨著解嚴而開始擴張。面對這樣的新變局，台灣大學教授陳昭瑛不能不質疑台灣文學本土化的精神與內容。她的看法是，台灣文學發展史上，中國意識才是主導的思考。這樣的發言，在於挑戰日益蔚為風氣的台灣文學研究。因為她的點名批判，我才發表一篇〈台灣文學與台灣風格〉給予回答。這是一次關鍵性的變化。在此之前，台灣意識論者不斷在爭取發言權。一九九四年陳昭瑛的提問，正好顯示中國意識論者的位置調換過來了。在台灣文學的領域裡，中國意識論者已經到了必須保衛發言空間的階段。

如今，在二〇〇〇年，陳映真的中國意識論已經凋零不堪。他的發言位置在台灣顯得非常尷尬，所以就必須仰賴北京的立場。他談社會主義，談民族主義，卻是無法探測到台灣文學的真正核心。對於這場正在發展的論戰，我並不想做進一步的申論。

不過，從三十年來的論戰事實來看，可以清楚發現這是一段中國意識的傾斜史，也是一段中華民族主義的衰亡史。台灣歷史軌跡的修正與上升，於此獲得有力的證明。我參加這幾次論戰，只不過想好好總結歷史遺留下來的迷惑與徬徨。二十世紀的歷史問題，應該在二十世紀得到具體答案，而不應該交給下一個世紀去爭辯，去釐清。因為有這樣的覺悟，我義不容辭地投入了文學論戰。

文學閱讀

閱讀成為一種理論，成為一門學問，是在二十世紀中葉以後蔚為風氣的。如果到今天還有人分不清什麼是作品，什麼是文本，他的閱讀想像必然是枯澀與貧困。如果還有人把文本等同於文字，把文字等同於作品，把作品等同於作者，把作者等同於真實，則他的文學理解將永遠只是停留在膚淺而平面的思考。

人的想像，永遠比他所認識的現實還複雜而多重。即使面對一棵樹、一株花、一粒種籽，作家往往能夠產生豐富的聯想。那麼，讀者在面對文學作品時，想像自然會變得更為繁複。作者看到的實景實物，以及他經驗的內心感受，必須透過文本化（textualization），才能傳達他的美學。更具體地說，他是利用文字作為符號來塑造、經營個人的感覺。符號留下來時，作者、經驗、事實便消失了。文本化之後的現實，已不再是真正的現實；它只不過是符號，而且是作者想像出來的符號。讀者面對作者所生產的文學作品時，絕對不可能回到作者的經驗現場，而只是透過他遺留下來的書寫痕跡，展開另一層的想像。

傳統的閱讀方式，常常要求讀者應該揣摩作者創作的動機與原意。許多讀者因此而努力搜集有關作者的傳記、回憶、日記、書信、照片、文件等，企圖通過眾多的線索回到作者的歷史現場。他們忘記了作者的傳記、回憶等等的書寫，也是另外一種文本化的產品，並不可能如實取代作者本人。讀者在詳閱與作者相關的一切資料後，自以為已經可以確切掌握到作者。事實上，這樣的掌握，也仍然是想像中的作者。讀者耗費心力去建構對作者的想像，卻輕易放過了文學本身，這樣的閱讀無異是捨本逐末。

結構主義的左翼思想家阿圖塞（Louis Althusser），以及解構主義大師德希達（Jacques Derrida），都主張以精讀（close reading）與重讀（re-reading）的方式，對文學作品進行文本式的考察。所謂精讀，有人譯為貼近閱讀，等於是對文本展開地毯式的搜索，仔細推敲每一符號的份量與作用。所謂重讀，便是對於被詮釋過、被經典化的文學作品，再三進行全新的閱讀。不要以為被人研究過的文本，就不能夠繼續再研究。一切文本經過再閱讀之後，潛藏在符號背後的意義或信息，當可受到再開發、再挖掘。符號與事實／現實／真實之間，存在著過於巨大的縫隙。任何人對同樣的文本進行閱讀，都可以找到游刃有餘的空間。

我在早期的閱讀，酷嗜依賴作者的牽引，並且只是做印象式、囫圇吞棗式的翻閱。我深深相信，文學作品絕對可以折換成現實，文字書寫絕對可以使用經驗考據來證實。那樣的閱讀方式，使我廣泛涉獵有關文學、歷史、政治、哲學等等的書籍。但是，長期的閱讀並未能建立起更為豐富的想像與思考，反而使自己陷入制式、公式似的批評窠臼之中。談到日據時期的台灣文學，總是把當時的作家標籤為反帝反殖民的精神。今天台灣的統派人士與部分獨派學者，大約都是如此來看待台灣文學。難道殖民時期的台灣作家沒有他們祕密的內心世界嗎?難道他們沒有思想上的矛盾衝突嗎?難道他們沒有情緒上的焦慮糾葛嗎?作家的想像是那樣多褶而複沓，為何我們的閱讀與詮釋竟是如此貧乏而乾涸?我越來越發現，過去的閱讀輕易錯過太多重要的暗示與啟示。許多我接觸過的文本，事實上還是停留在黑暗森林的狀態。

文學之於我，猶似神祕誘人的黑暗森林。從前我只是路過、繞過而已，卻從未真正穿越過。我願意選擇再重新來過一次，讓深邃的森林帶進一絲光線、一絲聲音。閱讀與再閱讀，使黑暗森林不再是黑暗的。

文學史觀

政治立場往往決定我們對於文學與歷史的詮釋態度。沒有一種文學史的解釋，能夠完全中立於任何的政治信仰之外。同樣面對一篇文學作品或是一項歷史事件，社會主義者與自由主義者的觀點必然是左右分歧。角度的差異，猶如手持照相機一般，即使面對同樣的景色，攝影的結果也會有不同的呈現。無意識的寫真尚且如此，何況是有意識的解釋？

再呈現（representation）的問題，在文學創作與歷史書寫的研究裡，越來越成為眾所關注的焦點。在日據時期，台灣總督府推行皇民化運動過程中，有一位值得注意的日本作家，那就是西川滿。這位在台灣成長的日籍作家，在太平洋戰爭期間從事兩個系列的文學書寫，一是改編台灣民間故事，一是改寫台灣歷史小說。西川滿到今天仍然受到台灣學界稱讚肯定的原因，就在於他的文學美化了台灣的風土人情。

西川滿寫過鄭成功與郁永河的歷史小說，也寫過民間傳說中的媽祖故事。在他筆下，台灣社會發生的一切事物都屬於唯美的，甚至是異國（exotic）與異色（erotic）的情調。他的作品之所以獲得許多人崇揚，主要是他的呈現方式彷彿投注了全部的生命。在他改寫的歷史故事與民間傳說中，全然看不到台灣人的痛苦與受難。他留給後人的台灣圖像，簡直就是一片人間的淨土。

然而，如此幸福的呈現方式本身就是一種陷阱。西川滿畢竟是一位日本人，他見證的殖民統治下的台灣土地，從來沒有出現過任何的掙扎、抵抗、焦慮、衝突。如果我們相信西川滿的書寫是真實的，等於是相信殖民地的台灣人民生活在一片祥和寧靜的世界。有這麼美好的事物存在於島上，為什麼台灣作家反而不能描述，卻必須等待日本作家的挖掘才能發現？

這又牽涉到再呈現的問題，而再呈現的技藝則又牽涉到作家的政治立場。台灣作家觀察社會現實的位置，終究與西川滿是不一樣的。當日本作家以閒情逸致的心情凝視台灣社會時，處在社會底層的台灣作家則正陷在緊張的政治氣氛中。在皇民化運動時期，日本人無需經過國家認同的試煉，就已是天生的日本人。而台灣人被迫捲入皇民化運動時，心靈必須接受考驗與鍛鍊。台灣作家忙著釐清自己的國族身分與文化認同，忙著調整自己的創作方向以應付戰爭時局，他們豈有閒情如西川滿那樣，竟然能夠帶著意淫的眼睛貪婪地把媽祖化為女體予以饗餮。台灣作家描寫自己內心的苦悶與煎熬尚且力不從心，豈有餘裕把現實中的折磨化為精神上的甜美？

寫出台灣之美的西川滿，被文學史家稱譽為「愛台灣的作家」，對於當時受到政治檢驗的台灣作家來說，真是情何以堪。為台灣圖像髹上一層華麗而陰森的色彩，終於蒙蔽了後人對殖民本質的認識。從日本人的觀點來看，西川滿的書寫策略確確實實是非常成功的。西川滿以「美化」的立場來觀察台灣歷史與台灣社會，無形中也為台灣總督府的統治事實美化了。

同樣都是置身於歷史現場，被指控是「皇民化作家」的台灣人如周金波、陳火泉、王昶雄，竟然在小說中充滿了倉皇、悽苦、自我審問的緊張情緒。比這三位作家稍早的前輩作家如呂赫若、張文環、龍瑛宗，以著幽微、含蓄的筆法寫出台灣的鄉土景象時，反而被西川滿鄙夷為「糞現實主義」。西川滿的傲慢態度是很清楚的，要寫台灣之美，是屬於他個人的寫作專利，不容台灣作家染指。台灣作家應該寫的，大概只能限於表態文學而已；西川滿的內心也許是這樣想的吧。

文學史觀的立場，誠然是政治立場的延伸。重新回頭看歷史，可能不容易撥雲見日。然而，曾經閱讀過的文學作品與歷史事件，已經不容許我們停留於浮光掠影的涉獵。如果不深刻地仔細辨識作家的策略、觀點與立場，就很輕易受到誤導並且產生誤讀。殖民者有立場，我們也有立場。不經過謹慎的釐清，台灣的文學史觀就很難確立起來。

文學本土

讓台灣文學的研究昇華成為一門尊貴的學問，是我的終極之夢。台灣文學曾經受到長期的壓制與扭曲，這已是眾所周知的事。現階段研究台灣文學的盛況，在十年前或二十年前，幾乎是無法想像的。突破政治禁區之後，文學研究到底是繼續要停留在受難的狀態，還是要朝向更完美而細緻的階段發展，也許就是關心台灣文學前景者的一個重要議題。

被監禁在戒嚴文化的時期，「台灣」一詞誠然屬於高度的政治禁忌。在那樣的歷史條件之下，本土化觀念的提出自然寓有批判與反抗的意味。自七〇年代以降，由於國際地位的日益孤立而導致島上中國體制的動搖，台灣的本土化運動遂篤定成為文化發展的主導力量。本土化運動，在政治上便是黨外民主運動，在文學上則是鄉土文學運動；這兩股力量影響了二十世紀下半葉台灣知識分子的思維模式與文化認同。

回顧將近三十年來的文學發展，當可理解本土化運動，在開拓思想空間與追求文化主體的工作上，扮演了極為關鍵性的角色。沒有本土化運動，就沒有今日台灣文學研究的局面。但是，在社會開放與多元化的現階段，本土化的內容是否還是一成不變延續下去，或者說，它的定義與意義是否應該隨著歷史條件的改變而有所調整？本土觀念的提出，乃是針對戒嚴文化的存在而予以對抗的。當戒嚴體制被顛覆以後，本土化運動所要抗拒的對象又是什麼呢？為了要跨越言論禁區，為了要闡揚台灣固有的文學傳統，為了要揭穿中國體制的虛偽與虛構，遂有本土運動的發軔。如果台灣社會內部的言論空間不再有任何囚禁，台灣文學的政治干涉已經解除，是否應該為「本土」一詞重新評估呢？

「本土」是一種政治語言，並不等於一種美學。一個本土意識特別旺盛的作者，並不意味他所創造出來的文學就具備高度的藝術成就。在詩或散文裡高唱愛台灣的精神，也不一定就能提升作品的美學。這是不言自明的道理，原就無須爭辯。毛澤東在一九四二年發表的〈在延安文藝座談會上的講話〉，曾經強調文學必須為政治服務，所有的作家都要為農民、工人與士兵創作。在他的鼓吹之下，又伴隨著政治力量的推動，四〇年代以降的中國作家特別尊崇農民意識、工人意識與士兵意識。事實證明，毛澤東提倡的工農兵文學對中國新文學是一場災難。

所有的政治意識，都不能作為審美的尺碼。無論它叫作中國意識還是台灣意識，無論它叫作工人意識還是農民意識，都很難用來檢驗文學作品的成敗。每位作家的思考與創作，背後都一定暗藏各自的政治信仰與立場。一位認同工人階級的作家，絕對不是依賴他的工人意識，而是依賴他的美學傾向，才能讓作品的感動力量散發出來。他的美學傾向，大多是訴諸於寫實主義（realism）。也就是說，是寫實的技巧成就了他的藝術追求，而並不是求諸於他的階級意識。

同樣的，一位來自中產階級的作家在從事文學營造時，絕對不是仰賴他在政治上的自由主義信仰。要讓他的作品到達美的境界，他可能會借用浪漫主義（romanticism）或是現代主義（modernism）之類的技巧。自由主義與現代主義雖然都是在探索個人心靈的解放，但是前者是屬於政治語言，後者才是屬於文藝美學。

本土文學的建立，重點不在本土，而是在文學之上。凡是在台灣土地上孕育出來的文學，當然都是本土的。既然台灣作家都是本土作家，就無須堅持使用本土的尺碼來檢驗同屬台灣社會內部的作家。過於高舉本土的旗幟，就像毛澤東高唱階級意識的論調，對文學都會造成無可言喻的損害。何況，當年本土運動的目標，不僅在於開拓自由的思想空間，也在於提升台灣文學的藝術品質。現在，文學的思想空間既已獲得解放，則作家需要追求的應該是藝術品質的提煉吧。

我投入台灣文學的研究，因為我懷抱一個終極之夢。對我而言，台灣是一個尊貴的號稱；所有在台灣從事文學創作與研究的人，也應該與我一樣，都在追求一個尊貴的心靈。台灣是那樣尊貴，就不應該惡用它、濫用它。見證部分作家拿著「本土」的神主牌在審判別人時，我不能不好奇地追問，這樣做，能夠讓台灣文學變得更為尊貴嗎？

文學主體

主體重建，是台灣文學研究中的一個重要觀念。它已經變成了流行的術語，幾乎每位領域內的學者專家都在使用。但是，很少有人對「主體重建」一詞進行深刻的理解。

台灣文學是屬於殖民地文學，這與歷史強權支配，以及帝國主義的擴張有著密切的關係。殖民地作家面臨最大的挑戰，往往是面臨「去台灣化」的危機。也就是說，殖民者統治的策略，便是竭盡思慮把台灣文化的主體抽換，而代之以自認為是優越、進步的殖民者文化。台灣作家在日據時期漸漸喪失漢語使用的能力之際，日文的書寫便乘虛而入。因此，當時作家的語文書寫往往是白話文、台語、日語混融使用，形成典型的殖民風格。但是，作家受到的傷害，並不止於文學思考的層面，而是他們的心靈也遭到損壞，以致在國族身分與文化認同上產生了動搖。

「去台灣化」的趨勢，在戰後國民政府接收之後也未嘗稍止，台灣作家會發生嚴重的失憶與失語現象，就在於國民黨政權再次進行殖民式的支配。台灣文學發展終於發生嚴重的斷層，就是在這種歷史條件下造成的。面對「去台灣化」的事實，台灣作家對於主體重建的焦慮，較諸其他非殖民地社會的作家還要來得緊張而迫切。

自八○年代以降，主體性的追求提升成為台灣作家的普遍關切，這是因為伴隨戒嚴文化而存在的中國體制，在國際形勢的挑戰下逐漸出現了鬆動的現象。八○年代作家酷嗜使用「本土化」一詞來概括主體重建的意涵。所謂本土化，幾乎可以與主體的再建構等同起來。因為，在一定的意義上，這兩個概念都同樣指向去殖民化（decolonization）。也就是說，文學思考不應該受到任何權力的支配與干涉；亦即作家的心靈，不應該繼續接受殖民體制的囚禁。文學有其自主的性格，所以作家的思考與想像必須徹底從威權、強權的陰影下釋放出來。

本土化為什麼要使用「主體重建」一詞來詮釋？這是因為殖民地作家經歷太多不同的文化經驗，而這些外來的文化影響並未因為殖民體制的崩解而淡化消逝。因此，在作家靈魂深處，並沒有存在著一種純粹、潔癖的本土思維，而毋寧是混融各種不同文化想像。在台灣文學裡，出現過日文思考、中文思考與英文思考。任何一位作家面對如此駁雜的文化經驗，很難分辨清楚何者屬於殖民文化，何者屬於本土文化。他們唯一能夠做的，便是從事去殖民化的工作。

去殖民化，並不等同於「去日本化」、「去中國化」、「去美國化」。具體而言，在進行去殖民化的工作時，其實是投入批判性的思維。這種批判性表現在對曾經發生過的日本化、中國化、美國化的選擇。凡是有助於台灣文學擴充的文化資源，就予以保存下來；對於台灣文學會構成負面影響的，就予以棄擲。確切地說，去殖民化的目標，在於批判性地接受曾經在歷史上發生過影響的殖民者文化。

從歷史角度來看，日本殖民統治帶來的現代化，曾經對台灣社會造成相當慘重的侵蝕。但是，現代化也同時帶給島上知識分子大量的知識與科學。戰後中國體制，攜來了儒家思想與古典傳統；它是經由戒嚴體制的支配而得到廣泛的傳播，因此，它既壓制了本土思維，也豐富了文學想像。同樣的，美國的政經侵略使知識分子失去批判的能力；但是它也同時帶來了現代主義思潮，使作家的創作技巧有了重大的突破。對於這種正反兩面的價值，有賴去殖民化的工作如何做到去蕪存菁的目標。

文學主體的再建構，便是要在殖民的「去台灣化」與本土的「去殖民化」之間找到一個平衡點。過或不及，都很難為文學主體找到確切的定位。我為本土文學做過辯護與廓清的工作，但是，本土運動絕對不是永遠站在反對的一面。我更為關切的是，如何使本土變得更為多元而豐碩。重新正視歷史上穿越過的各種不同殖民文化的經驗，進行批判性的選擇與批判性的接受，也許是我在書寫台灣文學史時的一件重要差事。讓受害的經驗變成受惠的遺產，正是我思索文學主體時的嚴肅課題。

文學差異

兩種不同的思考，同時存在於台灣文學的研究之中。一種是後殖民理論（postcolonial theory），一種是後現代理論（postmodern theory）。由於這兩種思考既是相互支援，又是相互衝突，因此而使許多人感到迷惑而混亂。如果要以最簡單的語言來說，後殖民理論的主要關切乃在於追求主體的重構（reconstruction），後現代理論則在於強調主體的解構（deconstruction）。

為什麼這兩種理論可以相互支援？理由是相當明顯的，因為後殖民與後現代的思考都有去中心（decentering）的傾向。不過，兩者雖然都偏向去中心，但是彼此的歷史經驗卻是截然不同的。

就後殖民而言，它的思考主要是為了抗拒帝國主義的強勢文化。面對權力中心的文化支配，被邊緣化的殖民地知識分子企圖重建自己的文化主體，以對抗外來殖民者的鎮壓、歧視與貶抑。但是，後現代理論所要抗拒的並非是殖民文化，而是為了拆解西方資本主義國家所崇尚的理性（reason）。理性是一種高度秩序化、組織化，甚至是普遍化的思考。它過分重視事物的一致性與規律性，往往忽略了事物與事物、個人與個人之間的差異。後現代論者認為，所謂主體，其意義並非是那麼穩定而確切。因為，任何一個主體並不是由單一、純粹的結構所組成，而是由多元而複雜的元素建構而成。

台灣文學的本土論者，酷嗜談論主體的重建。這是因為台灣社會在歷史上受到太多殖民體制的支配，對主體的強調無非是為了對抗外來強勢文化的滲透與侵蝕。也就是為了達到去殖民的目的，必須對自己的文化傳統與歷史進行再認識與再理解。這種主體的再建構，在一定的歷史階段中有其正面的意義。然而，主體的內容並非是一成不變的，它本身其實充滿了各種縫隙。針對縫隙，後現代論者便適時切入了。

以台灣文學史的書寫為例，長期以來這個領域不斷受到壓抑。必須等到戒嚴體制崩解後，台灣文學史的研究才逐漸上升成為一門學問。台灣文學史能夠成為學院裡的重要課程，正好說明台灣文學的主體性正在浮現之中。不過，文學史的主體確立之後，一個新的問題也跟著提出，這是誰的文學史？

在台灣文學史上，受到討論的作家絕大部分都是男性。因此，所謂美學的傳承，其實是以男性的觀點為中心。文學史所討論的，無非都是男性的文學作品與男性的美學觀點。這樣的文學史，實際上不能稱為台灣文學史。而應該是台灣男性文學史。男性史觀的建立，其實是徹底使女性文學與美學從歷史上消除而呈缺席狀態。

然則，台灣文學史豈止是台灣男性文學史而已，由於受到討論的作家是清一色的漢人作家，島上的原住民文學與美學全然沒有受到照顧。以這種方式來書寫文學史，結果必然是產生一部台灣男性漢人文學史。同理可證，受到討論的作家又豈僅是男性與漢人的作品而已？在台灣社會裡的同志文學作品，事實上並沒有受到恰當的評價。他們的歷史定位，至今仍然停留在危疑的階段。如果忽視同志文學的存在，則文學史的書寫必將導出一部台灣男性漢人異性戀文學史。

僅僅是注意到男性／漢人／異性戀的文學作品，則台灣文學史的重建絕對不可能構築出完整的主體性。在歷史上受到壓抑並邊緣化的女性／原住民／同志文學作品，應該也是建構台灣文學主體時的主要成分。這說明了台灣文學本土論者在奢談主體重建之際，往往並未注意到主體內部的差異。

所謂差異，並非只是在於凸顯主體意識的不穩定性。更為重要的是，注意差異的存在，才能使台灣文學的本土內容更為充實而豐碩。後殖民理論在一定程度上可以與後現代理論結盟，意義就在這個地方。文學史的再評價與再書寫，也只有在主體與差異之間尋求一個平衡點，才能夠避免重蹈強勢文化的權力支配之覆轍。

文學想像

想像，大於個人，大於社會，大於現實。想像，超越國界，超越法律，超越道德。無論是冥想、幻想、狂想、妄想，都很難給予清楚的疆界與定義。想像是一種抽象的思維活動，是一種內心的情緒流動。想像也是具體的心靈經驗，更是能夠觸及的精神探險。它是虛構的，因為它不能確切掌握；它是真實的，因為它是生命不可分割的一部分。想像，是一切文學的起點；永遠是起點，它沒有終點。

文學所以會迷人而動人，就在於它開啟了廣漠無垠的想像空間。進入文學世界，其實就是進入想像的迷宮。一部好的文學作品，並不在於它是否臻於真善美的境界，而是在於它是否帶給讀者無窮的想像。作者的文學想像，必須透過讀者的閱讀才得以彰顯。想像是作者與讀者之間的互動與對話，任何一方受到壓抑時，想像便會枯萎。

在浪漫主義盛行的時期，想像是文學力量的泉源，幻想（fantasy）使愛情、革命、生命、毀滅成為詩中的主要律動。詩人一方面謳歌生命，一方面憧憬死亡，全然擺脫古典主義時期的嚴謹紀律。這不意味古典時期的文學沒有想像的存在；不過，在宗教倫理要求特別高漲的時期，文學負有特殊的任務。倘然文學是為了政治、教化而服務，想像在一定程度上必然受到監禁。浪漫主義的文學，使想像有了重大的突破。

但是，作家的想像在十九世紀中葉以後又開始受到封鎖。寫實主義的抬頭，使得作家相信文學的目的乃在於反映社會現實。當作家成為社會的一面鏡子，他的想像力必然是受到客觀環境的牽制。作家在現實主義精神的驅使下，特別關注作品與社會之間的互動關係。尤其是在社會主義思潮的衝擊下，寫實主義文學更是集中於批判精神的宣揚。作家的使命感越大，他的美學選擇就越窄化，從而文學想像自然也跟著枯竭。毛澤東提倡的工農兵文學，等於是在謀殺作家的想像。欠缺想像力的作品，其文學生命終究要退化消亡。

現代主義思潮的崛起，使作家的想像再度找到出路。現代主義作家的思考，不再只是反映現實而已。他們轉向內心世界挖掘自我的靈魂，讓各種想像隨著情緒的起伏而升降。抽象的噩夢，邪惡的幻覺，傾斜的精神，在作品中逐漸變成重要的主題。對於現代主義美學而言，幻想不再是虛無飄渺，而是生命穿越的真實道路。焦慮、孤獨、苦悶、寂寥、荒謬的感覺，在客觀的事物中並不存在，但是在人們的內心裡則是洶湧澎湃地存在著。沒有什麼感覺比內心中的撞擊還來得真實。

那樣的真實，絕對不是任何道德、信仰能夠予以疆界化。這種突破世俗種種規範的想像，到了後現代主義時期又有了更為驚人的開拓。如果現代主義作家描寫的焦點集中在內心世界，則後現代主義作家則在潛藏的情緒之外，再進一步開發情色欲望與及皮膚感覺。作家一旦能夠觸探官能世界時，想像的奔馳又迎向一片更為開闊的天地。

想像不是誇張，也不是矯飾，而是每個人恰如其分的生命空間。在現實世界中看不到的欲望，在想像中一定能夠發現。在倫理道德裡所譴責的情色，在想像中也一定可以找到容納的空間。一位作家若是過於執著民族主義、國家意識、政治立場、歷史任務，則他的想像禁區就會廣大無比。越是負有使命感的作家，越是懷抱教誨任務的作家，他的想像就會越顯得乾澀。道德論者，意識形態論者，只會為文學創造死亡。

想像是無辜的，也是無罪的，更是無國界的。讓想像釋放出去，文學才能得到飛翔。

文學傳統

文學傳統猶如長河，匯集不同歷史階段的不同美學思考。重要的、次要的作家最後若是禁得起時間的考驗，必然都要注入傳統的大河之中。傳統並不等於保守，也不等於懷舊，而是新的文學生命之根源。所謂的新文學終究還是會被收編成為舊傳統。但是，每一世代的作家在崛起時，總會發出反傳統、批判傳統的聲音。他們企圖要與傳統劃清界線，便是為了亟欲建立自己獨特的美學思考。但是，歷史事實證明，反傳統、批判傳統的作家，無論其文學成就有多傑出，最後都要變成傳統的一部分。

新文學與舊傳統之間，充滿了辯證的關係。彼此似乎是相互對立衝突，但是實質上卻又密不可分。作家的矛盾位置就在這種關係上顯現出來，他既要悖離傳統，最後又要回歸傳統。對於台灣作家來說，面對傳統的問題時，心情往往是複褶多瓣的。這種複雜的態度，自然是與台灣歷史經驗牢牢相互聯繫。

台灣歷史經驗，是由三個不同性質的文化所構成，亦即原住民文化、移民文化與殖民文化。這三種相互歧異的文化，有各自的傳統：原住民固有的神話傳說與口語文學，移民社會所攜來的漢人文學，以及外來殖民者夾帶而來的東洋文學與西洋文學。在不同的歷史時期，各種文化力量都在島上匯聚，彼此激盪消長，最後都沉澱為日後台灣文學的傳統。這樣的傳統，有其延續性，也有其斷裂性。原住民文學與漢人文學，成為島上源遠流長的文化力量，而殖民者帶來的文學，則隨著殖民體制的瓦解而發生中斷。無論是連續的或斷裂的，這三種文學傳統之成為台灣歷史經驗的主要構成因素，乃是毋庸置疑。

在現階段，漢人作家已經成為台灣文學主流，這不僅是拜賜了優勢政治力量與經濟力量的支配，並且也是藉助了文字書寫傳播力量之無可抵擋。但是，在重新回顧文學傳統時，就不能只是以一部分作家的政治立場來評價。傳統既然已經注入台灣文學的血脈之中，稍有歷史意識的作家當會以多元的角度來接納。

目前討論台灣文學史的人，往往只是集中於新文學運動的考察。不過，初期新文學作家中，有許多是師承漢學遺產的。例如賴和、陳虛谷、楊守愚、周定山、施學習、張我軍、葉榮鐘、洪炎秋等人，都具備了厚實的漢詩涵養。如果要理解新文學的精神面貌，就不能忽略台灣的漢詩傳統。這樣的漢詩傳統，可以溯自清朝的移民社會。清代詩學與台灣漢詩之間的互動關係，到今天還未有任何研究者予以窺探挖掘，漢詩傳統在台灣文學史上代表何種意義，值得進一步去理解。

在漢詩傳統這條路線之外，台灣新文學作家與日本近代文學的關係，以及與中國五四文學的關係，也是認識歷史傳統的重要關鍵。長期以來，本土文學論者過於強調台灣文學的主體性，而不得不偏向於台灣語文的鑽研，卻避開龐大的傳統不談。似乎只要觸及日本近代文學或中國五四文學，就有可能傷害到主體性的重建。這種逃避式的歷史認識，不但暴露了作家自我信心的薄弱，也暴露了對文學傳統理解的欠缺。

尤其是越來越多的第三、四代外省作家投入台灣文學的巨流之後，文學主體的內容更形豐富，從而文學傳統的視野也逐漸必須採取突破的角度，才能看得清楚。何況，在八〇年代原住民作家的漢文書寫生產力越來越雄厚，他們夾帶而來的傳統也更加繁複。當我們重新評價傳統時，豈可採取單一的、壟斷的、狹義的本土歷史角度？

我們可以建立自主性的本土文學論，但不必因此就對歷史傳統做窄化的認識。台灣文學能夠自主，正是建基在穩固的傳統基礎之上。文學生命越旺盛，就越能夠吸收、消化、鎔鑄龐沛的傳統資源。文學傳統的再認識與再評價，當可再造台灣文學的健康體魄。

文學經典

經典（classic）有兩種意涵。一種是指上乘的、傑出的最佳作者與作品，在藝術上獲得尊崇的評價與地位，並且成為後人仿效或競爭的目標。一種則是純粹指希臘羅馬時期的文學、語言與藝術，具備了美學上的原創（originality）與原型（prototype）。前者在於強調藝術上的成就，後者則偏重於歷史的光澤與榮耀。不過，在一般文學史上談到經典時，並不專指希臘羅馬時期的輝煌作品，而是傾向於泛指不同歷史階段中個別作家的文學造詣及深遠影響。

古典時期產生的文學作品，並不必然就能成為經典。不過由於早期人類歷史遺留下來的文學著作並非豐碩，任何被發現的斷簡殘編，就成為後世窺探古代社會真相的稀有管道。希臘羅馬時期殘存的史詩、戲劇、對話錄、哲學語錄與歷史著作等等，往往很容易受到文學史家的注意。這是因為當時的藝術範疇並未有確切的界線與定義。早期作品的書寫方式與思維模式，散布在不同的文類裡。這些歧異的文本，可以協助後人去理解古典時期的藝術水平與美學營造。

經典之能夠成為經典，並非是作者本人可以決定的，也不是少數集團或權力機構就能左右。有些人寫詩一輩子，並不一定就是詩人；有些人一生都在寫小說，也不必然就可成為小說家。庸碌的表現，既不能得到社會的承認，也禁不起時間的檢驗。在歷史力量的沖刷之下，作者的身分是極其渺小的。作者的影像能夠放大，甚至能夠浮雕在歷史圓柱上，有賴他的作品受到不斷的討論、評析並定位。經典的誕生，猶似靈魂遭到鞭笞拷問，更似肉體受到烈火的炙燒。在嚴酷的試煉之下而重獲全新的生命，正是文學作品朝向經典化的必然過程。

杜甫作品之成為中國文學經典，乃是他的美學承受得起歷代批評家的挖掘、挑戰與質疑。莎士比亞的戲劇升格為世界文學的經典，就在於他的藝術營造在不同的地域、國度、種族獲得不同的承認。經典是一種歷史智慧的沉澱，以文學作品為基盤，不同世代、不同社會累積的審美意識建築於其上。

文學經典具備的震懾力量，恐怕不是來自作品本身，而是來自它所吸納的氣象萬千之詮釋、辯論、詰難。經典有時也會讓人產生爭議，而爭議的地方恰恰就是文學生命的裂變與繁殖；許多的辯論與詰難，正好反映了文學作品蘊藏的意義並不穩定牢固。這是經典散發迷人的魅力之處，因為毫不止息地開啟連綿不絕的想像。但是，這也是經典令人苦惱的所在，因為它無法使人立即撥雲見日。

經典的震懾力量，並非依賴後人的繁複詮釋而已，它還助長了後世創作者的模仿、變造、複製、剪貼等等的再創造。更確切地說，經典是一條龐大流域的源頭，沿河而下溢出太多的支流與細流。它的影響力可能不是連續不斷的，而可能是隔代遺傳，隔空傳染，從而發生跳躍式的侵蝕與滲透。稍有警覺的作者，為了避免受到經典的影響，而有意以誤讀方式進行文學思考。然而，無論如何迴避經典的感染，無論如何改造出與經典不同風貌的作品，終究還是無法擺脫經典的變相影響。

文學經典有其特殊的歷史系譜學（historical genealogy）。它不是以事件式、英雄式的姿態在歷史上展現其影響力，而是以細微的、斷裂的、瑣碎的方式，這裡那裡，這樣那樣，在某些作品上不經意地開花、出疹。它的血緣分布，有時易於辨識，有時難以察覺。它的影響力，只能用這樣庸俗的字句來形容：族繁不及備載。

第四輯

歷史手札

台灣歷史教育重建

——新編高中歷史教科書爭議

戰後成長起來的知識分子，都是中國歷史教育的受害者。思考不僅受到傷害，心靈也頗受重創。由於中國歷史教育的偏頗引導，台灣知識分子已養成積重難返的惡習，以為歷史就是帝王史，就是斷代政治史，就是朝代興亡史。令人不堪想像的是，接受中國歷史教育之後，人人輕啟鄙夷之心，蔑視台灣歷史的存在；更甚者，全然沒有台灣的歷史記憶。

歷史教育的最高目標，在於使知識分子對人類過去的事蹟有較為全面完整的認識，也使他們對自己所賴以生存的土地有較為深刻的同情與瞭解。但是，長達半世紀的中國史教育，卻在台灣製造了災難。凡是在台灣受教的結果，歷史記憶往往是支離破碎的，並且還徹底遺忘台灣曾經有過歷史的發生。

高中歷史教科書從八十八學年度開始將有重大的變革。教材內容以台灣為主軸，然後以同心圓的方式建立歷史視野，逐步認識中國史、亞洲史與世界史。同時，對於文化發展的歷史，也依族群、性別等等類別，全面重新編排。這項變革，值得歡迎；對整個歷史教育而言，不能不說是具有劃時代的意義。

如果我們不承認現存的中國歷史教育是一場災難，則下一代知識分子的心靈將淪為一片廢墟。在我上一代與同一世代知識分子的身上，我已看到太多與社會現實嚴重脫節的思考方式。他們永遠分不清楚政治領域與文化領域的界線，永遠以過時的、濫情的中華民族主義來思索歷史的問題，永遠害怕任何與台灣政治議題相關的討論。這種顛倒錯亂的思考，無疑是中國歷史教育的成功。正因為是太成功，以致受教出來的學生，往往對周遭正在發生的政治事件不知所措。

荒謬的現象於焉產生。許多歷史研究者，對於漢唐宋元明清的歷史，瞭若指掌。他們不在歷史現場，卻對每位歷史人物的政治信仰與政治立場分辨得清清楚楚。不僅如此，他們也能夠為每一政治事件提出合理的解釋，並且還能夠提出他們認為是合理的判斷與結論。同樣的這一批中國史學者，身處台灣歷史現場，竟然對於每日發生的政治事件漠不關心。他們還流露一種高貴的潔癖，表示他們從事的是歷史研究，台灣事務並不在他們的研究範圍之內。更不可思議的是，對於從事台灣歷史研究的學者，則不時予以批判或嘲弄，認為台灣的領域過於狹隘，欠缺寬闊的視野。尤有甚者，有的還認為投入台灣史研究的工作者，都是有政治企圖的。

中國歷史教育的支離破碎，尚不止於此。歷史研究，曾經是統治者落伍政治體制的延續。凡是涉及中國史的歷史解釋，或多或少都在為政治體制辯護。中國史學者往往謙稱自己不懂政治，不介入政治；但是，他們卻是守舊、保守的政治體制的獲利者。他們不管政治，但生產出來的歷史詮釋卻充滿政治。因此，他們的政治立場，成為台灣保守勢力的牢固磐石。他們拒絕改革，反對改革，害怕改革。

在中國歷史的政治解釋之下，台灣從不存在左翼史觀、女性史觀、階級史觀。由於中國史研究是帝王史不可分割的一部分，歷史教育延伸出來的解釋，充塞著片面的、霸權的沙文主義史觀。他們的守舊與保守，具體表現在史料的堆積與考據的鑽研。歷史成為靜態的、不具任何生機的學問。帝王已死，歷史學也相偕俱亡。

歷史教育的出路，必須在台灣的土地上尋找。沒有一個國家的歷史教學是從遙遠的、不曾存在的歷史教起。也沒有一個國家的歷史教育是在引導學生遺忘自己的土地。台灣的中國史教育，居然是先從神話人物談起，並且以虛無縹緲的神話人物作為整個歷史解釋的基礎。「我們都是炎黃子孫」的說法，就是以這樣的史觀為出發點。歷史越往近代發展，政治禁忌就越繁多。在這樣那樣的禁忌下，現代史消失了，台灣史也跟著消失了。

國民黨明明是被中國共產黨擊敗逃亡的。然而，在教科書上，竟然看不到馬克思主義思想在中國傳播的真相，看不到中國共產黨是如何崛起的，看不到中國人民是如何唾棄國民黨的。中國史學者耳提面命告訴學生必須汲取歷史教訓，但是教科書卻寫得一塵不染，既沒有歷史，也沒有教訓。同樣的，台灣史是如何發展的，原住民是如何受到掠奪，殖民政權是如何建立，教科書全然沒有隻字片語的交代。這種教育方式，嚴重戕害了學生的歷史想像，也嚴重妨礙了他們對世界歷史的理解。

歷史教育的誤用與濫用，已經到了需要全盤檢討的時候。高中歷史教科書的改編，終於回歸到以台灣為主軸，證明了台灣的教育體制還是有希望的。歷史並不是死的，而是與每位台灣住民的生活息息相關。以台灣為主軸的教學架構，在於喚醒台灣學生從虛構的史觀回歸到具體的現實。台灣的族群是如何發展的，台灣與整個世界歷史是如何銜接的。先從台灣出發，再擴及中國，最後及於亞洲與世界。這種不斷延伸擴充的史觀，當可使歷史教育復活過來。

沒有一種學問可以被指控是狹隘的，也沒有一種學問是可以脫離現實的。所有學問，都在瞭解人的問題，也在解決人的問題。台灣的歷史教育，就在於瞭解台灣全體住民的問題。不過，長期存在的歷史教科書問題，並非只存在高中階段而已。國小與國中的教科書內容，也已到了需要改造的時刻。至於大學的歷史教育，以及歷史系的專業課程設計，也必須嚴肅思考如何展開改革。二十世紀的教育問題，應該在二十世紀結束之前盡早解決，不必再拖到二十一世紀，禍延子孫。教材內容的架構獲得正確的改造，台灣歷史教育的重建就有希望。

歷史解釋權的復歸

故宮博物院與國史館的人事異動，被媒體形容為這是「改朝換代」的象徵。所謂改朝換代，指的是台灣史的研究者杜正勝與張炎憲分別被任命新政府的院長與館長。由於這兩個職位代表著歷史解釋權的官方指標，也意味著日後歷史研究可能發展的方向，這兩位學者的上任，自然就具有深刻的政治暗示。

從來沒有一個國家的歷史解釋，可以完全脫離它所賴以生存的土地與人民。過去五十年的歷史教育，基本上是以中華民國為主流；而這樣的中華民國又是以國民黨的史觀為主體。凡是不符合國民黨史觀者，往往受到排斥與壓抑。這說明了為什麼左翼史與台灣史的研究在學界始終是處於邊緣的位置。

近年來，台灣研究雖然開始被視為一門「顯學」，在整個歷史學界的資源分配上，其實還是沒有脫離「險學」的階段。無論是台灣歷史或是台灣文學，在學院裡的課程設計仍然還是停留在裝飾性的位置。中國歷史與中國文學的課程劃分得相當細緻，有關台灣歷史與台灣文學的課程則只是以一門簡單的科目來支撐。這種資源分配不均的現象，乃是國民黨史觀長期支配的一個結果。

對學界而言，改朝換代絕對不是壞事。這並不意味國民黨史觀從此以後就必須被民進黨史觀所取代，也並不意味所有中國歷史與中國文學的課程必須被台灣研究全面替換。而是說，長期存在於學界的偏頗心態，可能到了需要調整的時候。

其實我們現在應該建構的是另一個以台灣社會為主體的解釋，而不是國民黨史觀或共產黨史觀的看法。然而，無可否認的，部分中國史學者，遠赴上海、北京去開會時，往往都在呼應共產黨的觀點。同樣的，在國內的學術會議中，部分學者又往往以國民黨史觀為依歸，全然沒有台灣社會的主體。

台灣史研究的格局，在新政府成立後，當可預見會有顯著的改變。在新形勢的要求下，中國史研究的脾性似乎也應有所調整。讓歷史解釋權回歸到台灣社會，才是新世紀的新思維。站在台灣的土地上，重建台灣史的視野與中國史的格局，不能由政府來主導，而應由學者去覺悟。抗拒這樣的反省，必然被社會所遺忘。

台灣歷史記憶與文學研究重建的問題

跨世紀的新政府形成之際，台灣歷史記憶與文學研究的重建問題，需要更為深沉的思考。從一九八七年戒嚴體制的終結，到二〇〇〇年陳水扁政府的建立，這十餘年間有一個重要的人文發展趨勢是值得注意的。那就是隨著本土意識的日益高漲，有關台灣歷史與文學的研究漸漸獲得釋放的空間。這是相當典型的後殖民文化現象。

在終戰之前，一般史家都將之劃歸為殖民時期。因為，亞洲、非洲、拉丁美洲大部分淪為歐洲帝國主義的殖民地。戰爭結束，這些殖民地紛紛宣告獨立，重新建立自己的政治主權與文化主體。然而，台灣社會的殖民時期並不隨著戰爭的結束而終結。國民政府來台接收以後立即實施的戒嚴體制，無論就權力結構或文化支配而言，都與殖民體制無分軒輊。因此，當世界歷史在戰爭後開始進入後殖民的階段之際，台灣後殖民時期的到來，較諸世界史發展的速度還要遲到四十年。必須等到一九八七年戒嚴解除之後，台灣社會才獲得檢討殖民經驗的反思空間。

在高度的權力支配下，台灣知識分子通過長期的民主運動而蓄積旺盛的批判力量。這股批判力量是結合強烈的台灣／本土意識而展開的。幾乎可以說，民主運動的崛起以至蓬勃發展，全然是以台灣意識為基礎。為了達到去殖民的目標，民主運動似乎是集中在本土精神與外來政權之間對抗的脈絡上而進行的。從民主進步黨的建黨成功，就可得到印證。它一方面是中產階級強烈要求政治改革的產物，一方面也是長期潛藏於社會內部的悲情歷史意識之產物。也就是說，中產階級的主觀願望與歷史情境的客觀條件，促使民主運動成為戰後台灣社會的主流價值。

陳水扁政府的誕生，使台灣意識的發展臻於高峰。無論稱這樣的意識為命運共同體，或是民族主義，現階段的人文工作者顯然面對了一個非常嚴肅的問題：究竟是要繼續保持台灣意識的受難心態，還是要使之成為一種昇華的、包容的民族主義？這個問題牽涉到日後台灣歷史研究與文學研究的基本立場，而更重要的，也牽涉到整個台灣文化主體重建的基本態度。這篇報告的提出，在於迎接人文思考的新時期到來之際，以台灣文學研究者與歷史學者的身分表達個人的一些關切。

新政府時代的到來，文化主體重建的目標似乎已經在望。不過，這樣的期待不能過於樂觀。新政府的女性閣員較諸舊政權，在數量尚有了顯著的增加；性別議題能夠提上政治改革的日程表，但這並不意味台灣的人文思考也有了質的改變。這裡必須提醒的是，與三〇年代及七〇年代的人文思考對照下，現階段的知識分子相當欠缺階段議題與性別議題的思考。

資本主義在八〇年代的飛躍性發展，使台灣社會的右翼思考越來越鞏固。誠然，沒有資本主義的高度發展，就不可能孕育堅強的中產階級；沒有中產階級的改革要求，就不可能催生民主運動；沒有民主運動的持續追求，就不可能完成反對黨的建立；如果沒有反對黨的突破政治格局，就不可能迫使戒嚴體制宣告終結。這一連串連鎖性的歷史進程，都與資本主義的右翼思考有密不可分的關係。同樣的，反對運動中的中產階級幾乎都是由男性組成，父權文化經過政治運動的鍛鍊，也更形堅實頑固。右翼思考與男性思考，注入文化主體再建構的運動中，更潛藏了相當嚴重的人文危機。

右翼／男性的民主運動宣告勝利時，左翼的思考恐怕更將淡化衰弱。從前在反共時代，左翼運動是在強制性的威權宰制下被迫消逝的。如今，左翼的人文思考則是自然消亡的。欠缺「左」的思考，將會使社會內部的批判力量削弱。所謂左翼思考當不止於階級議題的提出而已，它關心不會只是停留在農民、工人的身分之上，而是擴及資本主義體制下所有的弱勢族群。因此，左翼思考應該是包括農工階級之外沒有發言權的島上住民，亦即原住民、老人、外省老兵、女性、殘障、同志，都容納在「左」的關切對象中。甚至是環保議題，也應該包括在左的批判精神之內。這些人沒有發言權的根源，乃在於中產階級在政治上的勝出，而與資本主義之優勢強化有了堅固的結合。

近二十年來，台灣社會已經遠離戒嚴的反共體制，但是左翼的史學研究與文學研究並未出現復甦的跡象。如此傾斜的學術風氣，並不能有助文化主體的重建。文化的再建構，必須在主體性（subjectivity）與整體性（totality）兩方面相互兼顧。整體性的照顧，便是涵蓋族群、性別、階級等之層面的議題。從這個角度來看，左的思考不但欠缺，性別的議題也有待加強。

自八〇年代以降，女性意識文學的大量崛起，正好可以說明台灣社會的性別議題已開始在文化主體重建的運動中受到應有的注意。女性文學的批判對象是父權文化，亦即所謂的男性中心論。除此之外，也可以看其他不同議題的文學，也在大量生產之中。同志文學的蓬勃現象，乃在於挑戰異性戀中心論。眷村文學的抬頭，則在於挑戰福佬文化中心論。原住民文學的發展，更在於批判漢人文化中心論。這種種文學思考的活動，指向一個共同的目標，便是挑戰權力的壟斷與支配。

對於這種去中心的解構思潮，有人將之命名為後現代文化現象。不過，台灣社會經過長期殖民與再殖民的統治，追求的當不止於權力的解構（deconstruction），而且也追求主體的再建構（reconstruction）。因此，八〇年代的文學批判運動，應該是屬於後殖民的文化現象。然而，無論是後現代或是後殖民，台灣社會之朝向開放與再開放，已是任何政治力量無法遏止的。

現階段這些議題的追求，應該是隨著新政府的形成而繼續發展下去。不過，在目前較為迫切的問題，乃在於研究環境必須要加速改善。十餘年來，台灣研究一直被冠以「顯學」的標籤。從這個標籤來看，彷彿台灣研究的地位已經穩固，在資源上也已經非常充沛。這種看法，與現實有很大的落差。事實上，台灣研究仍然停留在「險學」的階段。僅從學院的課程設計而言，當可理解目前台灣研究的處境。

台灣文學或台灣文學史的開設，在每個大專院校的中國文學系裡都已普遍化了。這種普遍現象，是「顯學」一詞的主要根源。從實際的研究經驗來看，這樣的課程設計是非常偏頗。中國古典文學的課程，劃分得相當細膩，從詩經、漢賦、唐詩、宋詞、元曲等等主題，各有專業的課程設計；其他像志怪、傳奇、戲曲、話本、小說等等，也是特定的研究領域。中國文學源遠流長，需要大量的課程才能完整容納，這是能夠理解的。但是，凡是涉及台灣文學的研究，卻只以一門「台灣文學」予以處理。原住民文學、古典漢詩文學、日據新文學、戰後現代文學，無論從族群或語言的內容來看，性質相互歧異。這些課程有必要以各自專業的領域去設計，而不是以含混的「台灣文學」或「台灣文學史」一詞概括。

台灣文學能夠進入大學殿堂，乃是台灣意識高漲以後的結果。然而，現階段台灣文學課程設計的方式，則是中國意識支配的殘餘。目前中文系的最大危機在於，中國古典文學的教授要找指導的學生，越來越困難；而台灣文學研究的學生，要找指導的教授，也越來越困難。這是中文系所面臨的危機，也是解嚴後台灣文化主體重建過程中所遭遇的一個困境。台灣文學的課程需要重新設計，不僅要照顧到歷史階段的不同性格，也要照顧到文學內容的不同議題。

跨世紀的台灣文化，將會因台灣民族主義的成熟而有全新的思維。一個具有主體性的文化，絕對不會發展出傷害性、排他性的民族主義。台灣社會內部的矛盾，必須在開放、多元的基礎上去解決。專斷式、壟斷式的權力支配，應該是轉化成為民主式、開放式的權力分配。從這樣的立場出發，曾經受害的台灣歷史，才有可能昇華成為受惠的文化遺產。

禁書經驗與禁書驚豔

尋找過許多禁書，也閱讀過許多禁書，我卻從未料想過，自己所寫的文字竟也一度列入禁林之列。閱讀會變成禁區，乃是畸形時代的畸形文化現象。如果我的生命成長史是一部閱讀的擴張史，則禁書應該是這段漫長過程中穿越無數思想禁區的碑石。我對禁書感到好奇，無非是想窺探我的時代與社會之所以受到囚禁的緣由。等到我的書也被查禁時，我才徹底領悟到閱讀原來是一種抗議，也是一種無言的批判。

禁書在台灣有過很長的歷史。無論是在日據的殖民體制，或在戰後的戒嚴體制，台灣的言論自由與出版自由都受到高壓的箝制。台灣人在二〇年代所發行的報紙《台灣民報》與《台灣新民報》，由於擔任當時政治運動喉舌的角色，始終都受到台灣總督府的監視與檢查。凡是翻閱過這兩份報紙的讀者，都會發現有好多版面都有抽離的空白痕跡。那是在日警的檢查制度下，一些批評時政的社論、雜文或文學創作，在付印之前臨時被迫抽版的。

台灣作家賴和在一九三〇年所寫的長詩〈南國哀歌〉，是紀念霧社事件泰雅族遭到種族屠殺的文學作品，最初發表時，讀者只能閱讀上半部，而下半部則呈空白狀態。必須等到七〇年代末期，李南衡先生編輯《賴和先生全集》時，才使後人得窺全貌。同樣的，抗日作家楊逵在一九三二年完成的小說〈送報伕〉，最具批判性的後半部也受到抽版查禁。非常諷刺的是這篇小說投寄日本《文學評論》的徵文比賽，竟然在一九三三年獲獎第二名。楊逵在一九三七年主編的《台灣新文學》，推出「漢文學創作特輯」，收入朱點人、楊守愚、王詩琅等人的小說，也遭到總督府的「發行禁止處分」。他們的小說，大多是牽涉到國家認同，或批評殖民體制，或表達左派意議形態。而更重要的是，全部都是使用漢文書寫，對於侵華前夕的日本軍閥來說，這個漢文特輯實具有豐富的政治意義。

我在一九八九年七月第一次從海外回來時，前衛出版社及時為我印行三冊書籍，亦即政論集《在美麗島的旗幟下》與《在時代分合的路口》，以及一冊稍具學術性的《二二八事件學術論文集》。當時，距離一九八七年的解嚴已經兩年，社會風氣已開始舒放明朗。這三冊書收集的文字，都已在國內的報章雜誌發表過。我私自認為，在一個已經解嚴的土地上出版這樣的言論，絕對不可能引起任何人的注意。何況，政論性的文字往往是屬於一種發酵性的或出疹式的思考，過了時效就不再發生作用。因此，新書問世時，我全然不以為意，而只是將之當作回歸家鄉的一種自我紀念。

不過，我那時候的身分，仍然還名列思想犯的榜單上，情治單位對我的一言一行保持神祕的過敏。就在被容許返鄉一個月屆滿之際，當時的官派台北市長吳伯雄突然下令新聞處查禁甫上市的三本書。離開台灣後，出版社傳來三份查禁的公文，理由不外是「挑撥政府與民間的情感」、

「散播分裂國土的言論」等等戒嚴時期一些相當熟悉的語言。我感到困惑的是，這些政論在報紙發表時，為何未遭到警告，卻在收集成書之後反而變成禁忌？更令我困惑的是，書被查禁之後，我也不能獲准再入境。在東京等待簽證一個月後，我才頹然折返美國。

我不免想到戒嚴時期偷閱禁書的滋味。在青春的高中時代，同學之間傳閱了許多黃色書籍。肉體欲望必須受到壓制，與當時緊張的政治氣氛有何密切關係，這是我一直不能理解的。不過，在各種流傳的春宮文學中，最令我難忘的是勞倫斯（D. H. Lawrence）所寫的《查泰萊夫人的情人》。在這冊翻譯的禁書裡，我第一次發現性愛場面也可以使用典雅的文字來描繪。許多挑逗的字眼，讓我血脈賁張，卻也讓我在十八歲的時光裡產生豐富的性幻想。之後，我又閱讀英國維多利亞時代的性愛文學中譯本，包括《我的私生活》（*My Secret Life*）、《我的性愛生活》（*My Love and My Life*）。作者都是匿名的，但後來我才知道，那都是維多利亞時期的經典之作。

透過政治權力的干涉，而直接對人的肉體進行控制，乃是威權體制國家的共同手法。學生運動理論大師馬庫色（Herbert Marcuse），遠在一九五五年就完成一部《愛慾與文明》（*Eros and Civilization*）的左翼心理學。書中指出，人類追求的快樂，原是經過文明的規範。越是自認為文明的社會，越會對人的七情六欲進行制裁（discipline）。內心的原欲一旦受到控制，人就不敢輕易破壞文明的秩序。具體而言，馬庫色認為人類的欲望習慣於馴服的狀態，就不敢對既存的社會發動革命。讀到這樣的理論時，我已長大成年，而且也已涉入海外的政治運動，自然能夠領會到戒嚴時期當權者控制社會情欲所暗藏的文化策略。

我真正對禁書開了眼界，已在進入輔大歷史系之後。一九六五年十二月《文星》雜誌最後一期被查禁時，我才真正注意到這份刊物的存在，從而也開始對於台灣政治產生敏感。現在回頭來看，《文星》停刊象徵台灣自由主義傳統的一個中挫。我對自由主義精神的理解，以及對其坎坷歷史的認識，都是從大學一年級時出發的。我會知道胡適、雷震、殷海光、李敖、彭明敏等人的名字，都是在追溯自由主義的發展軌跡之際獲得的。在輔大圖書館發現一冊二〇年代新月社出版的《人權論集》，我才領悟到早期台灣自由主義的傳統是從中國介紹過來的。透過那本書，我才瞭解自由與人權之間的關係；同時也瞭解原來新月社成員之一的徐志摩不只是一位浪漫主義者，同時也是一位自由主義者。

接觸了自由主義的相關書籍之後，我對雷震創辦的《自由中國》半月刊更有一種莫名的好奇。我的思想會進入啟蒙階段，對台灣政治、經濟、社會、文化等等層面的關心，都始於這個時期。因為，《自由中國》開啟了我太多的聯想，也讓我窺見了五〇年代我未曾認識的許多事件。從反對蔣介石連任，到組黨運動事件，使我清楚見證在那段政治封閉的時期，原來已有許多知識分子已經努力嘗試在尋找思想的出口。並且，我也體會到他們的用心良苦。為了尋找出路，有多少人因此而受到監視、被捕、判刑入獄。《自由中國》的創辦人雷震，在五〇年代就已反對蔣介石連任總統，就已主張台灣應該另組反對黨，使自由民主真正在島上實現。對他人格的景仰，是我大學時期的重要轉折。在圖書館借閱《自由中國》，竟然會引起館方人員的注意，全然出乎我的意料。我會積極尋找李敖的論戰作品，以及殷海光後來被查禁的《中國文化的展望》，無非都是為了認識自由主義在台灣發展的命運。

那是一個詭異、曖昧而危疑的年代。左派的社會主義者，在白色恐怖的高壓之下，已從社會內部被肅清淨盡。但非常諷刺的是，右派的自由主義者，也在戒嚴體制的權力干涉之下，同樣遭到心靈的囚禁。縱然他們沒有被槍決，言論與思想卻受到高度壓縮。雷震、殷海光、李敖等人的下場，正是當權者鎮壓自由主義者最為有力的證據。在整個六〇年代，他們書籍的流通一直成為地下的祕密，他們的自由主義思想，不斷被指控與美帝國主義有密切的勾結。就是在那種政治禁忌下，許多年輕讀書人對他們的作品保持了難以言喻的好奇。祕密流通，暗地購閱，使得禁書的傳播反而成為熱門的議題。

與日本殖民體制對照之下，戰後戒嚴體制下的書報檢查制度，可謂有過之而無不及。台灣戒嚴令的實施，始於一九五〇年的五月十七日，在此禁令下，台灣社會喪失了言論、出版、集會、結社的自由。在黨政軍特四合一的威權監控下，所有作家的任何一言一行都不能逃避官方的審查制度。尤其是一九五四年五月，國民黨透過御用團體「中國文藝協會」，發動前所未有的「文化清潔運動」，進行台灣文壇的掃毒工作，對象是「赤色的毒」、「黃色的害」與「黑色的罪」。在風聲鶴唳的緊張氣氛中，幾乎每位作家都負有撻伐的任務，也是幾乎每位作家都有可能被視為假想敵。

在文化清潔運動的衝擊下，當時受到停刊的雜誌竟達十份，包括《中國新聞》、《新聞觀察》、《紐司》、《聯合新聞》、《世界評論》、《新聞評論》、《自由亞洲》、《婦女生活》、《新希望》、《影劇雜誌》等等。根據當時的統計，除了雜誌之外，許多武俠小說、言情小說也遭到沒收查禁，達十餘萬冊。這種配合官方政策的行動，竟然是由作家主動呼應。文學心靈與想像受到的損害，無可估計。

寫下「反共文學第一聲」的作家孫陵，為國民黨寫下〈保衛大台灣〉的反共歌曲，是當時《民族晚報》的主編，也是首先提出反共文藝口號的作家。在國民黨的文藝政策裡，他是一位炙手可熱的作者。但是，在文化清潔運動的掃蕩之下，孫陵在一九五六年所寫的小說《大風雪》，竟然也被列名於「為匪宣傳」的出版品中。為此，他還遭到刑求逼供。這種顛倒是非的畸形現象，正是威權統治下禁書政策的典型例子。

由於主導禁書工作的，是國民黨的文工會主控。幾乎只要經過黨的決策，就足以造成羅織、誣陷的事實。從一九五〇年到一九七〇年，文學工會掌握著審查、宣傳、督導、停刊、獎懲等等的工作。禁令一旦決定，就可以透過民間社團如中國文藝協會、中國青年寫作協會、中國婦女寫作協會等等組織進行圍剿與批判。郭良蕙在一九六二年出版的長篇小說《心鎖》（高雄：大業書局），被指控違反善良風俗時，就是由中國婦女寫作協會領導輿論展開抨擊。郭良蕙被資深作家謝冰瑩公開批評，也被開除寫作協會的會員資格。

台灣社會在一九八七年宣布解嚴，乃是整個民間力量的崛起，已經超越國民黨掌控能力範圍之所及。在後戒嚴時期的台灣，潛藏在社會內部的智慧能量都徹底釋放出來。政治禁忌、社會禁忌、道德禁忌，都次第受到突破。幾乎可以說，在二十世紀與二十一世紀之交成長起來的青年，已經感受不到思想上、言論上的任何枷鎖。在過去封閉的年代，知識分子必須為自己寫下的一字一句負起政治責任，或被約談、監禁，甚至被刑求、處決。但是，在新世紀的台灣，這種束縛完全鬆綁了，不僅情欲的議題沒有疆界，即使是政治上的意識形態已完完全全拆除了鐵絲網。肉體與心靈的雙重解放，使得台灣文學及其研究獲得空前未有的自由空間，從而也使創造的力量獲得史無前例的提升。台灣史上最為放膽奔馳的時期，已然到來。

閱讀，最初並不具有高度的政治意義。然而，書籍被劃入禁區之後，閱讀行為自然而然就沾染了政治色彩；它既是在抗拒官方的權力干涉，也是在批判當權者的思想箝制。自由主義思想的傳播，並沒有因為禁書政策而受到遏阻；相反的，轉入地下的思想伏流竟變得更為洶湧、更為蔓延。自由主義在七〇年代開花，在八〇年代結果，絕對不是偶然。黨外民主運動的茁壯成長，無非是拜賜了早期自由主義者的播種。民主政治與多元價值的追求，能夠成為台灣社會向前邁進的不懈目標，都必須回溯到五〇、六〇年代的蒼白時期去理解。

禁書最猖獗的時期，是在八〇年代初期的組黨階段。那時我已在台灣缺席，正浮沉在海外的政治運動中。但是，正是由於主持一份異議刊物的機緣，我反而能夠源源不斷收到當時被查禁的黨外刊物。《自由時代》、《進步雜誌》、《鐘鼓樓》、《關懷》……等等，甚至當時李敖按月出版的《千秋萬歲評論叢書》，我都能夠定期收到。面對內容豐富的雜誌，並且也閱讀觸探政治禁區的文字，我似乎預見一個開放的社會即將到來。我夢想著有一天回到台灣，能夠閱讀自己喜歡閱讀的，能夠書寫自己喜歡書寫的。我確切知道，台灣正在進入一個陣痛的階段，一個新的生命正在孕育之中。

我開始執筆，為黨外雜誌撰寫政論文字，並且也把爭議性的文學批評寄回台灣。自八〇年代以後，各種論戰發生時，我不再宣告缺席，全然是因為體會到言論空間已充分受到開發了。就在那段期間，我結識了爭取百分之百言論自由的鄭南榕，他是《自由時代》政論雜誌的發行人。每當他的雜誌被查禁，我的文字也跟著被禁。與他共進退的滋味，於今想來，仍然生動鮮明。為了維護言論自由的空間，鄭南榕在一九八九年四月，選擇以自焚的行動，抗議警察的思想箝制。他的果敢自焚，等於是對長期的禁書政策予以反諷與嘲弄。在我追求知識的漫長路途中，鄭南榕留給我刻骨銘心的記憶。他的意志，他的理想，也成為我生命效法的對象。

到今天，我已數不清楚讀過多少禁書，又收集過多少禁書。只要是被劃入禁地的書籍，我會不懈地去追索。至少，在年輕歲月，禁書是我向危險邊境進犯的一種行動。但是，我希望禁書永遠不要再發生。知的權利，是基本人權不可分割的一環。我的自由主義的信念，乃是受到重重禁書的啟發。基於這樣的信念，我希望禁書的時代一去不復返。

對《台灣論》事件的回應

許文龍的慰安婦事件風波是無心的過錯，金美齡的阿扁總統下台論則是有意的挑釁。《台灣論》捲起的政治風潮，可謂波瀾萬丈。但是，從日本回來的台獨聯盟成員金美齡，卻又在政治風暴即將落幕之際再肇事端。許文龍的說法，欠缺歷史視野，固然難以接受，但畢竟是一種私人的談話。何況，他已發表聲明公開道歉。事件發展至此，應該可以告一段落。金美齡的四面出擊，到處樹敵，簡直是語無倫次，幾乎沒有人不感到憤怒。

焚旗燒書的行為，嚴重侵犯言論自由，國人當然不能容忍少數政客的蠻橫。禁止小林善紀入境，嚴重違背基本人權，國人當然也無法苟同內政部的決定。這些蔓延出來的風波背後，都有不同政治立場的主觀願望在流動。但是，無論事件內容再如何複雜，波及範圍再如何廣大，都還能夠一一釐清。金美齡專程從日本回來發表聲明，這個也錯，那個也錯，唯一沒有錯的竟然是小林善紀。不僅如此，她還升高姿態，要求中華民國政府向這位日本漫畫家道歉，內政部長、外交部長必須下台，否則阿扁總統應該親自下台。

金美齡是誰?國人並不清楚。但是她高舉國策顧問招牌的時候，說出的任何語言就不同凡響。如果是要為許文龍辯護緩頰，尚可理解。但如果是要為小林善紀說盡好話，則大可不必。說什麼必須向小林善紀道歉，他才會訪台。說什麼她代表台灣人，向小林善紀道歉。這樣那樣的說詞，早已逾越了國策顧問的身分。金美齡不能代表任何人，她只能代表粗暴的自己。

在海外曾經參與過獨立運動，在日本也曾經為台灣發言過，這都是個人心甘情願的選擇，但絕對不可拿來充作政治勳章，更不可拿來作為發言本錢。這幾天她表現出來的身段，令人刮目相看，既要代表台灣人，又要代表日本人。即使一些曾經欣賞金美齡作為的人，也不能不感到不可思議。

小林善紀是依賴漫畫維生的，既不是專業記者，也不是敬業的歷史家。他的《台灣論》可能是想為台灣說話，但他並不一定理解台灣的社會、文化、歷史。小林善紀最令人不能理解的是，所有的私人談話，他都全然予以曝光。這已違背了作家、史家、記者的基本原則。私人聚會的閒聊，不應該成為他個人賺錢的材料。與他說話，並不是要提供資料給他。交到這種朋友，簡直是誤上賊船。沒有經人同意，就公布談話內容，誰敢交這種朋友？

長期旅居日本的金美齡，與小林善紀惺惺相惜，這是東京僑界盡人皆知的事。為朋友撐腰說話，固無可厚非，但不能不顧及台灣的政治環境與基本原則。不要以為生在台灣，就一定瞭解台灣；不要以為住在日本，就一定瞭解日本。歷史的認識，需要一顆謙卑的心。金美齡研究台灣史的程度有多深，外人無法得知。如果對台灣的日本殖民經驗有所理解，她的發言不應該如此淺薄。

阿扁總統豈是金美齡個人隨便要求下台的？除非台灣沒有政治制度，除非島上沒有民意存在。身為國策顧問，絕對比一般人還更有機會接近總統。有任何意見或建議，可以直接向總統表示。毫無節制對外放話，足夠對總統府構成傷害，也足夠使台灣的尊嚴遭到重創。

如果小林說出中華民國政府必須認錯他才會訪台，則內政部把小林列為不受歡迎的人物，就應該獲得支持。這已不是人權的問題，而是國格的問題。現在情況變得如此糟糕，小林必須為他的強硬態度認錯，否則，他的訪台將遙遙無期。

樓外有燈

——盧修一的人文光影

閱讀修一的十七歲日記時，窗外突然傳來暴雨的聲音。我推窗察看雨勢，卻瞥見樓外有燈；光暈在潮溼的空氣裡散開，水霧茫茫一片。夏夜裡面對修一早年的字跡，急急的雨聲也使我突然覺得他的影像漫漶成茫茫一片。幾個月來，不斷閱讀他生前的手稿、日記、文件、書信，也不斷與他的靈魂進行對話。他的記憶，我逐漸可以分享。只是我越來越分不清楚，他的歷史與我的經驗之間的鮮明界線究竟何在？

陳郁秀把修一遺留下來的許多文字交給我時，我便決定要為他撰寫傳記。他燃燒起來的生命，自始就令人感到火燙。我能夠接觸的最早日記，便是寫於他生命中的第十七個夏天。青春的肉體，悲壯的理想，開落的夢幻，都充塞在他泛黃的日記之中。每翻開塵封的一頁，都是全新的、令人訝異的日子。我幾乎可以看見，一位成長時期的少男，是如何鍛鑄自己的意志，又是如何塑造自己的人生目標。

修一曾經有過燦爛的童年歲月，他的理想國就坐落在淡水三芝的北新莊。然而，家道中衰以後，他早熟地認識了人間的苦痛。一九五六年就讀於建國中學時，他便立志要使盧家中興。他勤奮讀書，追求知識。在族人的壓力下，他仍然決心投考大學。是什麼動力驅使他那麼專注而認真？翻閱過他浩瀚的文字之後，我終於理解到，修一始終把淡水歲月視為生命中最美好的時光。他希望，有一天能夠再度回到那藏有美麗靈魂的故鄉。

他在大學時期留下來的隨筆，在留學歐洲時期所寫的書信，在從政時期所寫的書法，無不流露出他對淡水故鄉的懷念與憧憬。他的鄉土之愛，發乎情，止乎禮，那是一種尊貴的昇華。他熱愛淡水，從而也熱愛整個台灣。那種近乎灼熱的關懷，尤其在他生命的後半段表現得更為清晰。

細讀他每一生命階段的文字，都可感受到淡水的召喚。然而，他並不矯情地停留在文字的描摹或口號的空想。他寧可化為實際的行動，使他的鄉土之愛變得具體而真切。修一鼓勵他的愛妻郁秀搜集台灣音樂史料，為台灣作曲家立傳。他也鼓勵鄉人以環保的行動來保護淡水的淨土；鼓勵他們培養歷史意識，以維護北台灣的古蹟。整個北台灣的藝術家工作室，修一幾乎都一一造訪，其中有畫家、攝影家、雕塑家與陶藝家。他走過的足跡，都留下了溫暖的人文關懷。

被稱為「政治頑童」的修一，內心深處其實距離政治是最為遙遠的。他留下的活動紀錄，焦點並不放在國會殿堂，而是集中在庶民文化。他似乎較諸凡人擁有兩倍以上的生命力。在政治活動之餘，修一總是深入民間去探訪台灣的祕密與傳說。

他這樣積極介入社會，絕對不是為了選票，而是為了實踐他早年所接觸的左翼思想。在荒蕪的台灣研究領域裡，最早從事台灣共產黨的歷史探索，可以說始自修一。為了這樣的思想，他還坐過政治牢獄。但是，修一從來不會把苦難寫在臉上。相反的，在文字中他很少談到這方面的經歷。這是他與同時代的受難者不一樣的地方，因為，他很清楚，身為一位左翼思想的信仰者，最重要的是實踐，而且是不斷的實踐。

透過他的文字紀錄，我常常拿來鑑照自己的生命。我也曾經流放過，也曾經投入政治運動，甚至也積極沉浸在學術研究。這些經驗，正是修一的生命歷程全然穿越過的。以我的生命與他對照，可以發現自己欠缺了修一所具有的豁達。他靈魂的抑揚頓挫，象徵著這個時代的起伏升降。

如今，我正積極撰寫修一的傳記。每在深夜之際，修一的靈魂就會來到書房，與我的寂寞同在。夜來的暴雨，中斷了我思維。但是，我可確定修一必定在什麼地方陪伴著，也許是窗外的那一盞燈，或是天外看不見的星。我關上玻璃窗，又回到修一的日記，開始他與我之間無盡止的對話。

雄辯的愛情
——謝雪紅為楊克煌寫的政治申訴書

歷史事件已經過去五十年了，但是台灣社會從未遺忘過二二八事件，更沒有遺忘事件中受害的先人。在整個事件中，最引人注意，並且也最使人難忘的人物之一，便是出身台中的傑出女性謝雪紅。她所領導的二七部隊，已經成為台灣的歷史傳說。在事件後，她逃亡到中國北京的事蹟，至今也是人們議論的焦點。

在事件五十週年的前夕，我忽然從中國獲得了謝雪紅手稿。這份手稿遺留在她的一冊深藍色封皮的小小筆記本，封面上有一幀燙金的毛澤東側面像。筆記的封面印有毛澤東的書法「學習」二字，顯然是中國百姓普遍使用的標準筆記本。小冊子記錄的內容，都是謝雪紅在一九五四年裡所寫的零星手札與政治心得。其中，涉及當時台灣民主自治同盟內部的人事糾葛與權力鬥爭的緊張關係。謝雪紅是自治同盟的創建者，在一九五四年時仍然擔任這個組織的主席；不過，她的權力已經被中共中央架空了。從筆記中的文字，強烈透露了謝雪紅在中國的苦悶與焦慮。

我研究謝雪紅，是從一九八〇年開始的，那時還在海外流放。我之所以會發現謝雪紅的存在，純粹是來自二二八事件史料的搜集。在翻閱索求事件史實的過程中，我覺悟到謝雪紅乃是一位見識獨到的台灣女性。當全島陷入混亂的抗議活動時，唯獨台中青年組成了武裝部隊，與蔣介石派遣的軍隊廿一師展開對抗。台中市在事件受到國民黨軍隊的屠殺與傷害，與別的城市相較之下，可以說比較輕微。其中最大原因，恐怕與謝雪紅領導二七部隊的牽制有密切關係。這個部隊後援有限，資源匱乏，終致被迫解散於南投埔里。謝雪紅從此成為人人議論的人物。

這份手稿有關二二八事件部分，未及敘述完整，全文便中斷了。不過，對於事件前夜的台灣青年楊克煌之介入政治運動，有相當清楚的交代。凡是要瞭解戰前、戰後交錯時期台灣知識青年的心理狀態，都不能不對這份手稿內容予以注意。

楊克煌是台中人，畢業於台中商業學校。一九二九年，謝雪紅成立國際書局時，楊克煌加入書店組織，終而成為她的愛人同志。國際書局，是日據時期台灣共產黨總部的祕密根據地。謝雪紅是愛情上的攜手者，也是政治上的結盟者。他們的積極活動，為台灣左派抗日運動開創前所未有的蓬勃局面。我在《謝雪紅評傳》中已有詳細敘述，這份手稿也有真切的描寫。

在事件結束後，謝雪紅與楊克煌連袂潛逃到香港，在那裡繼續反國民黨的運動。楊克煌一直扮演協助謝雪紅的角色，幾乎可以說，如果沒有楊克煌從旁襄助，就沒有謝雪紅的公開活動。許多講稿，出自楊的手筆，然後由謝發表。他們的相互支援，為台灣政治運動史寫下極為動人的一頁。謝雪紅擔任台灣民主自治同盟主席時，楊克煌在組織裡的職位就是祕書。

一九四九年毛澤東建國成功，邀請台盟主席謝雪紅前赴北京組成聯合政府。但是，謝雪紅被騙了，她只不過變成一位中共黨員而已，毛澤東只希望她成為黨的政治工具。因此，謝雪紅開始批判中共的對台政策，導致她在一九五二年的被整肅。也就是她參加中共組織的第三年，就失去了發言權。自此以後，中共中央不斷要求她寫自白書，楊克煌也不例外。

這份在一九五四年寫成的手稿，就是楊克煌繳了一份自白書之後，謝雪紅認為會對他構成不利的影響，遂寫了這份申訴，為其愛人同志辯護。謝雪紅在文稿中使用許多政治性的語言，但在字裡行間卻又透露無盡的關切。我是一位研究台灣史的人，看到這份史料時，不能不感嘆謝雪紅的勇敢與心酸。申辯書的對象是當年中共中央組織部長饒漱石，但饒在不久之後便被整肅下台。緊接著，謝雪紅與楊克煌也在一九五八年被整肅批鬥。這份申辯。顯然是多餘的話。然而，在多餘的話裡，卻讓我們看到台灣歷史波瀾壯闊的一面，也讓我們看到台灣人在中共統治下驚心動魄的一面。

藍明谷與五〇年代的台灣

台灣知識分子藍明谷，在戰後從北京回到故鄉時，見證了社會蕭條與經濟殘破。他懷抱著高度期待，準備迎接生命中的關鍵時刻。一九四六年到達台北時，他才發現整個城市都在沸騰之中。從來沒有發生過饑荒的台灣，竟然在國民黨政府接收不到一年之後，出現糧食短缺的嚴重情況。在那樣混亂的時代，藍明谷決定選擇教書的道路。這個選擇，改寫了他的命運。

藍明谷，台灣高雄岡山人，生於一九一九年。在日本殖民地社會裡，由於受到父親影響，特別喜歡漫畫。從五、六歲起，便陸續接觸《大學》、《論語》等書。凡瞭解台灣史者都知道，日本資本主義在一九二〇年代的台灣已是相當發達，現代化思潮與日語教育已極普遍。藍明谷在幼年時期接受漢學薰陶，不能不說是一項異數。

小學畢業後，他考上台南師範學校，他對文學、藝術之所以持有高度興趣，都是在這段時期孕育的。他擅長刻畫，也喜歡刻皮影人頭像，頗具才氣。到了十九歲之後，師範學校畢業，立即被分發到屏東枋寮公學校，擔任教員。時在一九三七年，正值日本開始積極進行對華侵略。這段時期的藍明谷，在思想上開始產生變化。他突然對客觀的政治現實有了高度關切，並且對日本殖民體制也漸漸表露不滿與批判的態度。

一、在北京結交鍾理和

任教期間，他曾帶領學生出外郊遊，竟發生了一位學生溺水的事件，受到學校當局的責備，並遭以減薪作為懲罰。藍明谷不能接受這樣的差別待遇，遂毅然辭職。隨即決定遠赴北京，進入日本人創設的東亞經濟學院進修。對他而言，這是生命的轉捩點，因為這是他有生以來的第一次中國經驗。更重要的是，一九四一年日本人開始在島上推行皇民化運動時，他正好身在北京，躲過了一場精神上、思想上的災難。

對於日本占領下的北京，藍明谷感到苦悶與困惑。他目擊中國人於戰爭期間的那種腐化墮落，使他覺得有一種深沉的悲哀。他在北京時期的一位好友，便是著名的台灣作家鍾理和。他們相交甚篤，鍾理和的北京日記，對兩人的過從記載頗多。鍾理和在北京時期撰寫的一篇小說〈夾竹桃〉，也深深透露了對中國經驗的苦悶。藍明谷的心情，想必也一併寫入這本短篇小說之中。

值得注意的是，這兩位台灣青年都同時對魯迅作品有了極為熱心的興趣。鍾理和寫過一篇〈故鄉〉，筆觸思路都受到魯迅〈故鄉〉的影響。藍明谷也不例外，熱心研讀魯迅作品，返台之後並把魯迅的〈故鄉〉譯成日文，作為高中國文課程的教材。

藍明谷與鍾理和都受到魯迅思想的啟發，對中國政治與民族性的認識極為深刻，從而也對於社會的種種不公不義現象保持強烈的批判精神。如果說魯迅思想對戰後台灣有任何衝擊的話，那麼，藍明谷和鍾理和應該是其中的重要傳播者。

二、被遺忘的台灣人

一九四五年日本投降時，藍、鍾欲回歸台灣，卻遭到困難。原因是台灣人曾經擁有日本籍，在日本投降後，其身分隸屬尚未確定。在時代夾縫中，中日兩國政府都未明白釐清台灣人的國籍問題。鍾理和為此而寫了一篇〈白薯的悲哀〉，凸顯台灣夾在中日兩國之間的尷尬立場，並且也寫出台灣人遭到遺忘的苦悶心情。藍明谷的這種體會，與鍾理和沒有兩樣。

藍明谷是在一九四六年回到台灣的。這時的他已經受到魯迅與社會主義思想的影響極深。他眼見台灣的戰後景象的蕭條混亂，不能不聯想到整個台灣的前途。這樣的思考，自然會對來台接收的國民黨陳儀政府感到不滿。

就在同一時期，鍾理和的同父異母兄弟鍾和鳴正擔任基隆中學的校長。透過鍾理和的介紹，藍明谷受邀到鍾和鳴的學校擔任國文老師。他所翻譯的魯迅《故鄉》日文版，就在一九四七年付梓印行，並且成為高中學生的教材。凡是研究魯迅思想的人都承認，藍明谷的這冊日譯《故鄉》教材，是戰後初期台灣出版的魯迅作品中，最好的一冊註解。

一九四七年，台灣爆發了「二二八事件」。台灣史上的最大屠殺行動，在國民黨清鄉的名義下展開，將近兩萬人的百姓在此行動下喪失性命。這項血腥事件，震撼了倖存的台灣知識分子。有的從此逃避政治，過著近乎精神流亡的生活。有的則開始介入社會運動，祕密參加政治團體，以表達對國民黨政府的不滿。藍明谷便是屬於第二類型的知識分子。

基隆中學校長鍾和鳴，也是在時代的要求下祕密參加了中共的地下組織。在「二二八事件」後，台灣知識分子積極尋找精神的出路。凡是有任何手段能夠對抗或推翻國民黨的統治，幾乎是每位稍具理想性的知識青年都願意嘗試的。鍾和鳴之參加地下黨，想必也是出於這樣的政治動機。當時，擔任基隆中學國文教師的藍明谷，戶籍與校長鍾和鳴同設一處，兩人相互討論政治的密切實況，自是可以想像。

究竟藍明谷在北京時就已經與中共人員有所接觸，或是在高中任教期間才被鍾和鳴吸收，至今似乎沒有定論。可以確信的是，藍明谷在這個時期積極介入地下黨的活動，同時也努力吸收學生入黨。

三、積極介入中共地下黨活動

國民黨的國家安全局的內部檔案《歷年辦理匪案彙編》第二輯中，「基隆中學事件」的記載於「匪基隆市工作委員會鍾浩東等叛亂案」的項目裡。鍾浩東，即鍾和鳴。官方的文字有如此的記錄：「三十八年（一九四九）五月正式成立「基隆市工作委員會」，鍾浩東任書記，李蒼降、藍明谷（已另案被捕）二匪為工委。下轄造船廠支部、汐止支部、婦女支部，並領導基隆要塞司令部、基隆市衛生院、水產公司等部門內之匪個別黨員，與外圍群眾。祕密展開陰謀活動，積極建立基層組織，企圖控制台灣之內外交通，並選派匪徒蒐集情報，及進行『兵運』工作。同時將匪在台之地下刊物《光明報》，交由張匪奕明（女）、鍾匪國員（均在基隆中學任職）等負責印刷出版，及傳遞轉送各地匪徒散發，以擴大反動宣傳。」

一位對台灣社會懷有熱情的台灣青年，在官方資料中竟然以「匪徒」的形象出現。國民黨在一九五〇年四月通過《動員戡亂時期懲治叛亂條例》之後，依其條文規定，幾乎每一位知識分子都隨時隨地可以套上罪名。藍明谷被標籤為匪徒，便是在整個環境氣氛的籠罩下而造成的。

基隆市工作委員會，乃是隸屬於中共駐台代表書記蔡孝乾所領導的「台灣省工作委員會」。省工委這個組織的領導階層，還包括副書記兼組織部長陳澤民、委員兼宣傳部長洪幼樵、委員兼武工部長張志忠。蔡孝乾的直接領導地區，大約集中國於北部地區。根據官方紀錄，他管轄的組織除基隆市工委會，另外還領導台灣學員工作委員會（李水井）、台灣省山地工作委員會（簡吉）、台灣省郵電職工工作會（計梅真）、蘭陽地區工委會（盧盛泉）、台北市工委會（郭琇琮等）、北峰地區工委會（徐懋德等）。

四、通緝・逃亡・被捕

可以理解的，基隆中學的組織，乃是由蔡孝乾指揮。藍明谷的主要工作並不在校內，而是成立基隆造船廠支部，負責與碼頭工人、漁船工人聯繫。據他的學生指出，藍明谷待人誠懇認真，學識豐富，在教學方面也特別熱心，頗受歡迎。他也負責散發《光明報》等宣傳刊物。這樣一位受到愛戴的老師，終於躲不過五〇年代白色恐怖政策的大逮捕。

蔡孝乾是在一九四九年十二月第一次被捕。緊接著於一九五〇年六月，情治單位把箭頭指向基隆中學。校長鍾和鳴與工委李蒼降同時被捕。藍明谷獲知消息後，立刻離家逃亡，藏匿山區。如果官方資料正確的話，他在逃亡期間似乎與日據時期的農民運動領袖簡吉有過接觸。但是，他藏匿最久的地方，恐怕是鍾理和的故鄉高雄美濃。

鍾理和的兒子鍾鐵民，現在也是一位知名作家，至今仍然記得幼年時期對藍明谷的印象。他回憶說，藍明谷在那段逃亡期間，常常與他下棋。有時，藍明谷也必須騎車出去做一點小買賣，以便維持生活。他那種獨立意志，即使在落難時也未嘗動搖。鍾鐵民說，那是他見過的一位難忘的慈祥長者。

然而，情治單位並未緊密追緝藍明谷，反而是到他岡山故居逮捕他的妻女與親戚。這種以連坐方式的逮捕伎倆，終於迫使藍明谷必須親自出面承擔罪名。一九五〇年冬天，為瞭解救家人，藍明谷自動投案。他與全家被捕的親人在監獄中會見時，情治人員不容許他們交談。藍明谷的妻子張阿冬女士，今年已八十歲，還清楚記得當時那種倉皇而淒涼的情景。從此夫妻二人音信全斷，張阿冬無故被判一年徒刑，並遣送綠島坐牢。藍明谷則輾轉於各監獄之間。

五、未經宣判而遭槍決

一九五一年四月，藍明谷的岳父到看守所探監，發現他已不在牢房。後來才獲知，數天前藍明谷已被執行槍決。他的亡故日期至今仍是一團謎，他的家人也未嘗接到任何隻字片語的判決書。藍明谷的遺體，是在國防醫學院的防腐池被發現的。如果稍遲一步，恐怕已淪為解剖枱上的無名男屍。張阿冬的弟弟回憶說，遺體被撈上時，他清楚看見藍明谷頸部有刺刀穿過，胸膛則有兩處子彈射過。死狀之慘非人間言語所能形容。

魯迅研究者藍明谷走過了兩個時代。他的夢，在社會轉型期中全然破碎。五〇年代初春的一個清晨，一位曾經對祖國有過憧憬的殖民地青年，終於在祖國的槍下，淌下鮮血。他死不瞑目，他沒有看見正義的到來。到今天，四十五年的時光已經過去，槍決他的政府仍然沒有合理的解釋。藍明谷走的時候，只有三十二歲。

簡吉：日治下左翼運動的實踐者

台灣農民運動發軔於一九二〇年代中期之後，簡吉（一九〇三—一九五一）就從未缺席過。在日治時期的抗日運動中，他不是空想派的知識分子，也不是烏托邦的社會主義者，而是在理論與行動之間做完美結合的領導者。簡吉與同世代左派分子最大不同之處，就在於他的實踐完全是走在理論之前。這位長期被史家所忽視的農民運動領導者，在殖民地社會扮演的角色，誠然具有深刻的歷史意義。

考察日治時期的左翼運動者，大約是由三個不同系統的知識分子所構成。第一個是屬日共系統，包括謝雪紅與林木順。第二個是中共系統，亦即坊間所說的「上大派」（上海大學派），包含蔡孝乾、潘欽信、翁澤生。第三個值得注意的就是土共系統，所謂土共係指本地的社會主義者，包括簡吉、趙港、陳崑崙、陳德興。在這三個系統中，最具有行動能力，當推農民運動的領導人物簡吉。在一九二八年台灣共產黨正式成立之前，台灣農民運動已如野火般在全島各地燃燒起來。而當時的左派知識分子，則仍然停留在祕密的讀書會階段。

簡吉之介入農民運動，基本上可以分成前後兩個階段。前期從一九二五至一九二八年，台灣農民運動與社會主義思想還未發生密切的聯繫，是屬於極為素樸的階級運動。到後期階段，一九二九至一九三一年，簡吉以領導人身分加入台共組織，使農民運動除了強化階級意識之外，背後還有革命的理論在指導。整個運動雖有不同的發展階段，對於簡吉的行動並未有任何差異。無論是飛揚時期或黯淡時期，在運動中簡吉都是靈魂人物。

一九二七年日人宮川次郎出版《台灣的農民運動》一書，提到簡吉時有如下的描述：「富有俠義心，具領袖氣質，素行善良，思想共產。」字句縱然簡潔，卻相當精確勾勒出簡吉的人格與風格；尤其這樣的形容筆法出自日本人的觀察，自然更顯得真切。他的領袖氣質，從組織並整合農民團體的能力就可獲得印證。

自一九二四年開始，農民就已零星展開各種不同形式的抗爭，而逐漸受到台灣總督府的注意。一九二五年，彰化二林的蔗農大規模與製糖會社抗爭，台灣歷史第一次見識到知識分子在階級運動中起了積極的作用。醫生李應章，正是這次事件的領導者。農民運動開始有策略，有方向，有階級意識，無疑是以二林事件為起點。這次的星火並未被撲滅，反而引起連鎖效應。高雄的簡吉，亦與同鄉前輩黃石順結盟，組成了鳳山農民組合，策動佃農向陳中和物產株式會社爭取權益。他們的抗爭宣告成功，並且也成為日後農民運動的典範。

由於簡吉的介入，農民運動提升到全面性與全島性的格局。就全面性而言，過去的農民抗爭僅限於佃農與蔗農而已。簡吉認為，凡是屬於農民階級的，都應該相互結盟，使得階級意識加速成熟。就全島性而言，各地農民都只是進行個別性的抗爭，力量難以彰顯，簡吉則認為全島性的結盟，可使農民運動的聯合陣線加速成立。在此觀點下，農民組合的勢力以鳳山為中心，許多支部紛紛成立，在短短一年之內就擴張到全島各地。台灣作家楊逵於一九二七年留日歸來，亦加入簡吉的鳳山農民組合。知識分子的理論實踐在農民運動中找到廣大的空間。

台灣共產黨領袖謝雪紅，在一九二八年認識簡吉時，農民組合本部已遷至台中。當年簡吉參加台共的動機，現在難以推測。不過，當整個運動到了飛躍階段，就必須在策略上、組織上有所突破，而台共正彌補此缺口。在農民總部的樓上，簡吉與謝雪紅成立了「社會科學研究部」，並邀集十一位核心幹部共同研讀《台灣農民運動》、《共產主義ABC》等書籍文件。農組的左傾化，當以此為轉折。簡吉在一九二八年十二月召開農民組合第二次全島大會，竟有一千多名農民參加，盛況空前。這次大會接受了台共提供的文件〈農民問題對策〉，使這個全島性的組織與當時國際性的共產運動銜接起來。

但歷史事實顯示，日本統治者絕對無法寬容農民運動的崛起，一九二九年二月十二日，日本警察對農組展開全島大搜捕。簡吉被判刑一年，卻仍然繼續指導農組的活動。從簡吉的獄中日記可知，他不僅未中止閱讀，而且還與獄外同志保持聯絡。農組在那段挫折時期能夠活潑化，無疑是因為有他在暗地指揮。

簡吉在一九三〇年十二月出獄，未嘗須臾退卻，就直接投入運動戰線。如果說革命者需要無畏的精神，簡吉的實踐正是最好的典範。簡吉展開農民組合的再建運動，調整組織的策略，他一方面檢討過往錯誤，一方面也堅持與台共結盟，使農民運動的階級目標更為清晰。從一九三一年二月到八月，簡吉投注所有心力於組織的再整編，並且發出許多指令對殖民統治者進行鬥爭。直到台共在一九三一年下半年遭到大逮捕時，簡吉再次入獄，判刑十年。

簡吉在日治時期的實踐，為左翼知識分子塑造了一個範式，那就是在行動之後，又繼之以行動。他並非盲目而又盲動的社會主義者，因此從未參加空論式的路線之爭，也從未介入冥想式的理論演繹，即使是加入派系鬥爭極為強烈的台共組織。簡吉唯一的回應，便是在農民運動中持續與日本資本家、地主、警察抗爭。他以真正的行動為殖民地知識分子定義並命名，他的具體實踐，證明了運動策略的正確。他的社會主義不是口號，而是親自與農民並肩站在一起。他的人道主義不是標籤，而是在挫折中伸以援手，給予溫暖。簡吉的投身介入，不能視為傳說，而是具有批判意義的經典人物。

鑄造史詩型的豐碑

——《珍藏美麗島》導論

一

驚濤駭浪的七〇年代，折損了多少知識分子的青春理想，但也創造了台灣民主運動的歷史契機。沒有穿越那十年的抑揚頓挫，掀起民主浪潮的夢想家，就不可能在台灣現代史築起一座輝煌的豐碑。二十年已經過去，許多記憶已呈模糊，而更多的影像紀錄也不免褪色。台灣社會迎接二十一世紀到來之際，這場波瀾壯闊的民主運動會不會淪為歷史的泡沫？不會的，當然不會。在一九七九年「美麗島事件」的歷史場景中出現的人影與身姿，堅持不會讓記憶遺忘。他們在世紀交會的關鍵時刻留下歷史證詞；而這些證詞，在時間激流中絕對經得起沖刷。這部雄辯的口述歷史留下來了，二十世紀民主運動的記憶也就跟著留下來了。

「美麗島事件」發生的前夜，我還在西雅圖的華盛頓大學撰寫博士論文。荒邈的海洋，並未隔離我對台灣民主運動的關切。我所參加的人權組織，一直與當時的黨外人士保持密切聯繫。如果從台灣送來的任何資訊到達手中，我都會協助翻譯成英文，然後再轉送其他的國際人權團體。那段時期的聯絡方式，都是透過越洋電話。有些重要的通話，都製成錄音帶。

在現存的錄音帶中，記憶最深刻的有兩個場景。第一個場景是一九七九年十二月十日「美麗島事件」正在高雄發生時，我們與艾琳達有一個簡短的通話。艾琳達說：「現在外面已有很多警察，氣氛非常緊張。」在電話的另一端，傳來許多嘈雜的聲音。即使不在現場，我們幾乎能夠感受到空氣中瀰漫著一種莫名的緊張與恐懼。艾琳達又說：「現在發生的事，對未來的歷史一定有很大的影響。」我的記憶裡，這段話常常在迴響著。

第二個場景在一九七九年十二月十三日，我們與從未謀面的姚嘉文通話。他在家裡接受我的訪問，語氣極為沉重。他說：「整個環境對我們不利，媒體有計畫地進行扭曲與攻擊。國民黨可能會採取逮捕的行動。」我問，在海外能夠幫你做什麼？姚嘉文說：「請你們告訴國際媒體，讓他們知道事實真相。」這是我與他僅有的一次通話，再過十餘小時，姚嘉文與其他美麗島人士果然就遭到逮捕了。

這兩卷錄音帶現仍存放在我的荷籍友人韋伽力（Gerrit Vander Wees）那邊，他是當年「台灣人權國際保護會」的負責人。時間彷彿變得渺茫而遙遠，但是，「美麗島事件」在我這一代知識分子的心靈上所造成的震撼，不僅沒有因距離的拉遠而淡化；相反的，它的歷史意義在台灣社會朝向開放的過程中變得越來越清晰。對我個人而言，若是沒有經過這個事件的洗禮，絕對不可能在日後捲入政治運動。就是因為受到事件的衝擊，我才真正認識了台灣政治的真相，從而也徹底領悟到，鎖在象牙塔裡的知識分子，是不可能解決台灣的現實問題。我的學術研究、文學態度與政治信仰，都在「美麗島事件」後有了前所未有的迴轉。倘然怯懦、退縮的讀書人如我者，都會在事件後產生劇烈的思想變化，則與我同一世代的其他知識分子，必然也會在他們的精神上、心靈上烙下了深刻的時代印記。

二

在戰後的台灣，七〇年代是一個完整的時期。洶湧澎湃的十年，始於一九七〇年代的「釣魚台事件」，終於一九七九年的「美麗島事件」，對於知識青年政治意識的啟發，極為重大。黨外民主運動能夠在一九七〇年萌芽抬頭，並不是因為當權者有意從事政治改革。最主要的原因，乃在於全球冷戰體制正逐步消解，使得以中國代表權自居的中華民國政府在國際上越來越不受歡迎。自七〇年代初期以降，與台灣斷交的國家日益增加，這種趨勢使得台灣的國際地位產生前所未有的危機。依賴戒嚴令而得以在台灣維繫生存空間的中國體制，便是在國際形勢的冷酷挑戰下開始出現鬆動的現象。處在政治潮流沖刷中的知識分子，不能不提出極為焦慮的問題：如果台灣不能繼續代表中國，則台灣是什麼？

一九七一年台灣被迫退出聯合國，一九七二年美國總統尼克森與中國總理周恩來簽訂上海公報，一九七九年美國與中國建交，這些接踵而來的政治危機，彷彿都在鞭笞台灣知識分子的思考。民間改革的聲音，逐漸在島上的各個角落次第傳開。政治上的民主運動，文學上的鄉土文學運動，社會上的環保運動、農民運動、工人運動與女權運動，校園裡普遍蔓延的民權運動，那種大規模、大格局的覺醒，在台灣歷史上是未曾見證過的。曾經被出賣、被遺忘的台灣，在這段時期受到深切的關注。如果說五〇、六〇年代的知識分子是屬於流亡漂泊的一代，那麼七〇年代的則應該是屬於回歸的一代。

從戰後全球歷史的視野來看，台灣社會的這種大轉彎其實並不令人驚訝。有過殖民地經驗的地區如非洲、拉丁美洲，在一九四五年大戰結束後，就開始著手進行政治改革與人文重建。縱然他們不能立即脫離戰前的帝國主義之權力支配，在歷史反省的工作上，他們逐步建立了文化的自主與自信。精神上遭到放逐的知識分子。最後都回歸到自己的土地面對歷史傷痕，從心靈廢墟重新構築夢與希望。通過民主運動與文學運動的方式，他們真正回到自己的土地。

較諸其他殖民地社會，台灣知識分子的覺醒不能不說是來得遲緩。這是因為戰後建立起來的戒嚴體制，在本質與性格上，與戰前殖民體制頗有相通之處。對於政治空間的壓縮，以及歷史記憶的壓制，戒嚴令帶來的傷害可謂至大且鉅。如果回顧五〇年代社會主義青年受到逮捕槍決的景象，並且也回顧六〇年代自由主義傳統受到摧殘、破壞的情況，幾乎可以想見當時的威權統治簡直與再殖民無異。必須等到七〇年代中國體制因為動搖而出現缺口裂痕，台灣知識分子才找到了一絲希望。

歷史給予台灣社會尋找出路的機會極為渺小，如果沒有好好把握，必然是稍縱即逝。政治運動、社會運動、文化運動會在七〇年代初期同時發軔，就在於當時知識分子以他們敏銳的嗅覺，判斷歷史不可能再給他們第二次機會；因此紛紛對各種長期累積的問題展開深沉的思考，並且從不同的議題層次對當時的國民黨政府進行挑戰。

以全球的規格來看，台灣社會的政治意識啟蒙可能是落後了。然而，從台灣歷史的權力支配傳統來看，這樣的覺醒不能不說是適時的；而且，一旦覺醒之後，就不再是遲到的了。當時以新生代自居的青年，從不同的族群、不同的性別、不同的階級，奮不顧身投入民主運動的洪流之中。無論他們關心的社會議題為何，最後都匯集到黨外運動的主流。因為他們深深覺悟到，要介入客觀社會現實之中，必然都會遭到戒嚴體制的干擾。時代要求他們要達成階段性的任務，就有必要嘗試超越族群、超越性別、超越階級的團結。

美麗島政團便是在階段性歷史條件之下所做的一次聯合陣線之嘗試。在此之前，黃信介、康寧祥創辦的《台灣政論》，張俊宏主持的《這一代》，蘇慶黎接掌的《夏潮》，以及康寧祥編輯的《八十年代》，都在為這樣的聯合陣線做鋪路工作。同樣的，呂秀蓮提倡的女性主義，黃順興關心的農民問題，楊青矗注意的工人困境……等等，都在七〇年代的台灣社會引起普遍迴響。然而，儘管他們關切的議題有何等落差，最後都還是投靠在美麗島旗幟下表達他們的意見。第一冊的《走向美麗島》，相當細緻地留下歷史見證，清楚描繪了這個政團是如何結合形成。縱然每位口述者的證詞都是從各自的觀點出發，不過全書拼貼出來的圖像，卻能夠讓人窺見一部驚心動魄的民主運動史是如何造成的。

三

《美麗島》雜誌，並不全然是一份雜誌。一九七九年八月十六日創刊的這份刊物，標誌著七〇年代民主理想追逐者的一個里程碑。這個聯合陣線能夠組成，在台灣史上是一個奇蹟。因為，結合在雜誌之下的成員是那樣的複雜，而政治要求卻又那樣分歧；其中包括本省人與外省人、獨派與統派、中產階級與農工階級、女性主義者與男性沙文主義、自由主義者與社會主義者。在意識形態的光譜上，從極左到極右都兼容並蓄。是什麼樣的力量，使他們有如此團結的覺悟？

跨越一九七五年的《台灣政論》之後，中產階級對於政治改革的期待越趨迫切。資本主義發展的日益成熟，造就了中小企業的經濟實力。特別是一九七〇年加工出口區的設立，使台灣被整編到國際垂直分工的世界經濟體系裡。中產階級需要一個更為廣闊的活動空間，才能使經濟力量繼續擴張。威權體制的存在，證明是台灣社會的絆腳石。一九七八年黨外助選團的成立，正是中產階級要求政治改革的一個延伸。張俊宏在這段時期創造一個「中智階級」的名詞，最能典型反映知識分子在那個歷史階段中所扮演的角色。

一九七七年，十三位黨外省議員與黨外縣長的當選，足以說明「中智階級」的歷史任務達成了第一步。值得注意的是，黨外的當選並不是那麼順利。「中壢事件」的爆發，已經預告了黨外與國民黨之間的對決。經過「中壢事件」的洗禮，許信良一躍成為黨外運動的領袖之一。翌年出版的《選舉萬歲》，對於整個事件始末有極其清楚的描繪。通過了事件及事件的書寫，更為年輕的新世代也跟著宣告誕生。許信良、施明德、姚嘉文、張俊宏、黃信介、呂秀蓮、林義雄等人的名字，幾乎已是當時媒體上的公眾人物，縱然是以負面的姿態出現居多。然而，不為人知的陳忠信、邱義仁、林濁水、張富忠、林正杰、陳婉真……，早已在黨外運動中有了豐富的翻滾起伏的經驗。兩個世代的銜接，全然是客觀環境造成的。

如果沒有美國的斷交事件，如果沒有一九七八年中央選舉的中止，就不會有黨外人士的再團結，更不會促成美麗島政團的結合。國民黨政府既阻撓政治改革於內，又欠缺國際競爭能力於外，終於迫使黨外運動不能不從事聯合陣線的工作。從一九七九年元月的橋頭示威遊行，到「余登發事件」的審判，一直到許信良被停職縣長，在在顯示那年的政治節奏特別緊湊明快。就在那氣氛詭譎的政治環境中，美麗島政團正式成立了，同時《美麗島》雜誌也付梓問世。

這是一個沒有政黨命名的組織，但是，隨著雜誌分社的普遍成立，形同一個黨的支部機構儼然在台灣各地出現，甚至遠在海外也有分社。如滾雪球一般，這股反對運動力量之壯大，是台灣史上空前所未見的。藉由雜誌社主辦的活動，美麗島政團的影響力在持續擴大之中，政府當權者也日益陷入警戒焦慮的深淵。

「高雄事件」的衝突爆發，似乎是反對運動者宿命的結局。從現在來回顧，可以斷定那是一場經過國民黨政府計畫周詳的圍捕。當權者非常成功地把美麗島人士在高雄的人權日活動轉化成為「叛亂行動」，並且成功地把民主運動者改造成「野心分子」。當時的電視、電台與報紙，全力配合政府的逮捕行動，終於使七〇年代馳騁縱橫的美麗島世代，無一倖免地接受逮捕、監禁、審判與坐牢。民主運動者在獄中遭到刑求審問時，浩浩蕩蕩的七〇年代也性急且悲劇地落幕了。第二冊《沒有黨名的黨》，第三冊《暴力與詩歌》，記載了每位歷史參與者的生動證詞，裡面充滿了夢想與幻滅、青春與死亡、希望與失落。唯一沒有動搖的，便是他們對民主政治的追逐意志。

四

《珍藏美麗島》是台灣歷史書寫中最為龐大的口述紀錄，也是投入最多人力的歷史記憶重建工作。從六百萬餘字的錄音帶訪問中，最後整理出如此眉目清楚的證詞。這部紀錄，必然成為台灣史研究者的重要史料。凡是欲認識七〇年代的民主運動者，這四大巨冊的史書，提供了第一手的見證。依照時間先後，列舉事件綱目，然後在每一重要記事之下，讓歷史現場的參與者發出聲音。目前坊間出版的口述歷史，往往只是打開錄音機，留下被訪者的聲音，並沒有做任何的編輯與組織工作。這部口述史書，在每一重要轉折的事件中，提供不同的見解與觀點。每位談及事件現場的當事人，從自己的角度回憶當年的故事始末。受難者、審判者、示威者、憲兵單位……各種聲音交織成為立體的歷史現場。

「美麗島事件」，是台灣社會從封閉朝向開放的一次重要的歷史儀式。通過了這場莊嚴的儀式，許多青春夢想竟然化為真實。昔日獄中的受難者，今日已躍為民進黨的領導者；當年的抗議者，如今則是民主的實踐者。然而，要讓這群為台灣民主犧牲過也奮鬥過的成員聚集在一起，已經是不可能了。唯一可能的，就是藉由口述歷史的工作，使他們全部的聲音並置放在一起。這是一次氣勢磅礴的聲音展現，也是一次多音交響的歷史再現。他們的聲音，配合著靜態寫真的演出，動人心弦的史詩於焉譜成。這部紀錄，帶來的絕對不只是歷史的記憶，其實還有更為深沉的文化反省。二十世紀的歷史巨幕即將落下，這部史書適時出版，預告著未來世紀的台灣歷史，就要拉開全新的巨幕。

二十世紀台灣的真與幻

——序《風雲台灣一百年》

世紀很長，長得可以使台灣社會揮別前近代並迎接後現代。世紀很短，短得足以讓時間長河壓縮在電腦鍵盤上的彈指之間。二十世紀的巨大的變化，是人類史上沒有任何一個時期能夠比擬的。歷史的力量挾泥沙俱下，沒有什麼是可以抵擋的。台灣也不能例外，經過時間激流的百年沖刷，島嶼的面貌全然兩樣。

在二十世紀的起點，改變台灣的原始動力，莫過於資本主義的到來。一九〇〇年，中國北京發生義和團事件之際，日本殖民者已決定在台灣設立台灣銀行與台灣糖業株式會社。現代金融與現代產業的引進，迫使台灣社會必須朝向現代化方向前進。資本主義對傳統社會的最大衝擊，表現在整個滯緩的農村經濟逐漸沒落，從而使得依賴封建文化而生存的士紳階級也宣告消逝。代之而起的，是新興知識分子的抬頭，以及城市文明的崛起。到了一九二〇年代左右，在殖民體制支配下，台北已儼然具有國際都會的規模。台中、台南、高雄也在三〇年代開始呈露現代都市的風貌。

伴隨著嘉南大圳的完成，以及縱貫鐵路的竣工，日本資本主義在台灣的開發，猶如水銀之滲透人體，幾乎沒有一個角落不發生變化。然而，物質的改造，也使台灣的人文心靈產生深遠的波動。首先是留學生的出現，在一九二〇年代，他們彷彿是台灣社會伸出的觸鬚，探向世界思潮的動脈。分別在東京與上海讀書的台灣留學生，由於受到右派民族自決與左派殖民地革命這兩種思潮的影響，他們開始意識到自己所扮演的歷史角色。籌組政治團體，創辦文學雜誌，推廣演講活動，就變成二〇年代以降台灣知識分子的主要關切。他們在城市裡散布反殖民的思想，與被剝削的農民遙相呼應。城鄉差距越來越大，卻割裂不斷台灣知識分子與農民之間的精神結盟。

資本主義之臻於高峰，反映在台灣總督府於一九三五年舉辦台灣博覽會的事實。透過博覽會的華麗展示，日本殖民者向全世界宣稱他們是如何使台灣接受現代化的改造。基隆港、台北街道、製糖會社等等寫真都印刷在明信片上，向國際社會廣泛傳遞。帝國眼睛凝視下的台灣，呈現在世人之前。然而，就在日本人誇耀現代化台灣之餘，本土的作家如王詩琅、呂赫若、朱點人等則分別寫出富於現實主義精神的小說，揭穿殖民者的假面。文學的證詞可能是衰弱的，卻足以暴露現代化對台灣住民造成的災難。

現代化的腳步，誠然是無法遏阻的。日本殖民政府及其挫敗的軍國主義在一九四五年一起陪葬時，台灣全島已全然接受了現代化的洗禮。都會生活逐漸在島北島南普及，電影院、咖啡室、百貨店、舶來品成為庶民歲月不可分割的一環。這種都會生活，與一九四五年國府接收後的上海繁華生活自然而然結合起來。東洋風與西洋風的並存，成為戰後初期台灣資本主義文化的全新現象。特別是在五〇年代以後，美國資本主義隨著軍事援助接踵而來，台灣住民迎接了前所未有的歷史階段。

從亞洲的政局來看，內戰的氣氛低沉地籠罩全島。從全球的政局來看，台灣則被捲入冷戰的漩渦之中。內戰與冷戰的陰影，使台灣的命運看來是那樣飄搖不定。然而資本主義在島上卻是篤定而穩健地成長。工業化與城市化的節奏，比起日本殖民時期還來得迅速。土地放領政策，三七五減租，一方面改變了農村的面貌，一方面則助長了資本主義的擴張。

六〇年代獎勵外人投資的政策，帶動了工業的起飛。七〇年代的加工出口區，則進一步使台灣被整編到全球的垂直分工體系。自清朝移民社會就流行的一句話，「台灣錢淹腳目」，再次又在一九七〇年以後瀰漫全島。台灣社會累積財富之後，反而使自己的土地付出很大的代價。公害與污染的擴大，幾乎使台灣找不到一條潔淨的河流。不過，資本主義的向前躍進，卻又為台灣歷史帶來了政治奇蹟。這項政治奇蹟，便是由新興的中產階級來印證。

發達的經濟造就了戰後中產階級的崛起。在日據時期，反殖民運動是由菁英式的知識分子來領導。然而，戰後的民主運動則是由日益激增的中產階級來推展。憑恃著他們對台灣經濟發展的貢獻，他們開始要求在政治上擁有發言權。隨著內戰體制與冷戰體制在六〇、七〇年代的式微，中產階級提出的政治改革要求已逐漸變成社會上的主流價值。這是一場寧靜中帶有風雨的和平演變，其中有知識分子的理想與幻滅，卻有更多中產階級的憧憬與傲慢。

雷震在六〇年代初期推動的組黨風潮，在慘烈聲中挫敗，未嘗引起社會的強烈回應。那是因為當時中產階級的力量還未形成。雷震及其《自由中國》變成台灣文化與政治改造過程中的一則傳說。七〇年代的美麗島政團之形成，背後已有雄厚的中產階級力量在支撐。縱然發生了高雄事件，美麗島人士大量被捕，卻未能阻止民主運動之前進於萬一。中產階級的改革要求，顯然不是國民黨能夠阻擋的。台灣社會邁入八〇年代時，工業園區的高科技產業宣告成熟，足以在全球市場具備飛揚的競爭力。也就在這個重要關頭，民主運動也有了重大轉折。

經濟發展與政治實力在八〇年代齊頭並進，把台灣引領到一個前所未有的開放境界。反對黨宣布成立，戒嚴令被迫解除，台灣的財力也同時到達了一個顛峰。從來沒有一個歷史階段，能夠像八〇年代那樣，充滿了動力與想像。人文心靈的解放，讓台灣所有的藝術、思想工作者釋出空前的智慧能量。從解嚴到二十世紀的終端，人文的生產力，無論在質與量方面，都遠遠超過戒嚴將近四十年期間的總和。

二十世紀的台灣，很難用一本書或一部影片予以概括。各種文化的發展是那樣千頭萬緒，絕對不能全面去掌握。站在世紀的前端，回顧百年來的台灣，簡直令人有茫然之嘆。現在能夠做的，便是嘗試從一個細微的人與事，去窺探其中的巨大變化。從一句話或是一幀照片，理解變化的來龍去脈。《風雲台灣一百年》這部書的起源，是從島嶼的邊緣出發。從台東、花蓮、澎湖、金門，然後從島南至島北，從最偏僻的角落，到最繁華的都會，見證了各地的風土人情與時光流轉。不同的訪問者，在不同的時空接觸不同的人物。不同的感覺，不同的語言，不同的情緒，不同的思考，卻都在形構共同的台灣。注視著現在，卻讓人想像著過去。這部紀錄，既有島嶼的表情，也有民眾的心情。動人而迷人的台灣百年，能夠如此乾淨俐落呈現出來，誠屬罕見。穿越多少浩劫與災難，台灣島嶼仍然還是雍容有度地在北半球的海洋泅泳。這部書是最好的證詞，所有的幻滅都寫進歷史，一切的真實就藉此留給後世。

投向壯麗的青春浪潮
——左翼運動與日據時期台灣文學

有過一群懷抱壯麗理想的青年，拉開了上個世紀三〇年代的歷史巨幕。充滿自信的勇敢之姿，為殖民地台灣投射了令人難以忘懷的身影。他們承諾要改造生命，改造國家，而且義無反顧地揮別友情、親情與愛情。只是絕情的年代，並未容許他們有實踐的空間。迎向政治浪潮的他們，最後都受到沉重的打擊。他們的青春夢想被擊得支離破碎，終至無聲無息。他們是台灣的左派青年，夢想被席捲而去，卻留下供人議論的傳說。

馬克思主義的傳播，在二〇年代是透過兩個管道引進台灣；一個管道是透過日本的台灣留學生，另一個管道是留學中國的台灣知識分子。第一批留學浪潮大致始於一九二〇年左右，也正是資本主義在台灣日益鞏固生根之際。他們分別到達日本與中國時，左派思想仍然還處在活潑的階段。尤其是一九二四至一九二七年之間，日本社會正浸淫在「大正民主」的自由空氣裡，而中國政治也還停留於「國共合作」的和諧氣氛中。由於左翼書籍與雜誌並未受到檢查與禁止，幾乎每位留學生都或多或少與馬克思主義有所接觸。

所謂「進步青年」，在那個時代是一個時髦的名詞。在知識青年之間，對話裡如果沒有夾帶一些諸如「階級」、「革命」、「鬥爭」、「普羅」、「布爾喬亞」之類的術語，就有可能被視為落伍者。左翼思想經由留學生轉運回到台灣之後，通常會有讀書會的小團體進行更為細緻的傳播。這種小團體，大多命名為「青年會」或「科學研究會」，甚至是「體育青年會」。成員以二十歲青年為主體，人數大約在五位至十位左右。這股力量看似渺小，但是一旦介入群眾運動時，通常都能發揮很大的影響力。

自一九二一年「台灣文化協會」成立之後，左右兩派知識分子都同時得到了發展的根據地。不過，意識形態的相互對峙並不明顯。必須在一九二六年「台灣農民組合」建立之後，農民反抗的力量抬頭，從而階級意識也在文化運動中崛起。這種發展，導致一九二七年文協的分裂，使左派青年掌握了文協的領導權。到了一九二八年「台灣共產黨」成立後，基本上普羅階級運動進入初步成熟的階段。台共與左傾文協這兩個團體的行動，不宜過分誇大其抗日成果。但是，不可否認的，由於左派團體的存在，使得馬克思主義的傳播更形蔓延擴大。在二〇年代成長起來的知識青年，包括賴和、王詩琅、楊守愚、吳新榮都曾經參加過讀書會，也介入文化協會與農民組合的活動，並且也在一定程度上與台共人士有過往來。這些熱血青年，到了三〇年代，都一躍成為做左翼文學運動的重要參與者。

一九三一年九一八事變與一九三七年七七事變之間，正是台灣左翼文學最為蓬勃發展的階段。日本統治者為了全力對中國發動侵略戰爭，遂於一九三一年全面解散政治團體，同時也逮捕參與台共的成員。左翼政治運動至此遭到重大挫折，馬克思主義的傳播也因此而稍稍緩和下來。

許多知識青年逐漸把活動重心轉移到文學運動之上，帶有濃厚左派色彩的作品便不斷浮現於三〇年代的文壇。在這個時期，左翼文學大約有兩種類型：一種是以農民、工人等普羅階級的關懷為主，一種是以左派知識青年的形象為主。就農工議題的小說來說，包括賴和的〈一桿秤仔〉、楊逵的〈送報伕〉、楊守愚〈一群失業的人〉、蔡秋桐〈放屎百姓〉、朱點人〈島都〉，以及呂赫若的〈牛車〉。這種文學作品的重要奠基者，無疑應推「台灣新文學之父」賴和。不過，批判力最強悍，階級立場最鮮明的作家，則非楊逵莫屬。

有關左派知識青年形象的描繪，大多具有自我調侃與自我反省的意味。這些作品包括賴和〈赴會〉、楊逵的〈萌芽〉與〈水牛〉、王詩琅的〈沒落〉與〈十字路〉、呂赫若的〈婚約奇譚〉，以及龍瑛宗的〈植有木瓜樹的小鎮〉。

左翼文學的遺產，並不能視為文學史的傳說，應放置於殖民地社會的抵抗文化傳統中來評價。他們燦爛的青春與絢麗的理想，都濃縮在這些稀有的書寫裡。以他們的作品為見證，後人足以窺探日本統治時期無可洗刷的罪惡，也足以測知台灣知識分子無可動搖的意志。

昭和記憶．民國顏色

——從公會堂到中山堂

一、一九三五年的台灣博覽會

台北中山堂是三個不同時代的權力輻輳地點，一是晚清的撫台衙，一是日據的公會堂，一是戰後的中山堂。時間的推移與空間的轉換，都沒有改變中山堂作為權力象徵的事實。在今天中山堂正要改變成為市民文化活動空間之際，回首瞭望這座西班牙式的回教建築，幾乎可以窺見台灣在近代史演變過程的縮影。

撫台衙是十九世紀末期台北城建立之後，清朝政府設立布政使司的所在地。紅磚城牆把台北圍繞起來之後，官方權力與庶民生活之間便劃出了一條鮮明的界線。城郭外北邊的太平町與大稻埕，以及西南邊的艋舺，就是一般的市民作息空間。禁錮在城牆內部的現代都市建築，則是官僚生活與權力運籌的重心。官民生活的界線，並沒有因為城牆的拆除而化於無形。即使到今天為止，城內的觀念仍然存在於市民生活之中。

日本殖民政府為了現代化台北，在二〇年代開始拆除城牆的磚石，只剩下今天依稀可辨的北門、南門與東門。清朝統治的歷史記憶，就是在都市計畫的重建下日益淡忘消逝。代之而起的，是日本殖民權力在台北的渲染與擴張。一九三五年改建撫台衙而成的公會堂，事實上是台灣總督府戮力推展現代化建設工程中所遺留下來的歷史地標。

對於殖民地台灣而言，公會堂的改建代表一個新時期的到來。因為，它不僅改造了台灣人歷史記憶的景觀，也是改變台灣人生活方式的象徵。一九三五年，殖民政府為了慶祝「始政四十周年」，遂決定舉辦一次規模空前的「台灣博覽會」。這次博覽會所要展現的，一方面是日本政府如何使台灣社會臻於現代化的境界，一方面也是要使國際上感受到日本帝國的輝煌成就。公會堂的落成，全然是為了配合這次台灣博覽會的舉行。

台灣博覽會的展出時間是從一九三五年十月十日開始，前後共舉辦長達近兩個月之久。公會堂正是作為博覽會中儀式大會場的所在。總督府把撫台衙的舊式建築遷移到植物園，而在原址另起高樓建築，以便顯示殖民者的榮耀治績。博覽會展現出來的氣象，除了對帝國內部的住民產生召喚的作用之外，也對於其他亞洲國家如中國、菲律賓、印尼、越南等國家放射了帝國的魅力。參觀人數達到將近三百萬的博覽會，誠然是引人矚目的重大歷史事件。

當時代表中國國民政府來參觀博覽會的，是福建省主席陳儀。他還在事後派遣福建省官員組成的考察團，對台灣現代化的成果特別讚譽有加。陳儀受邀在台北致詞時，曾經公開表示，台灣人民很幸福，能夠受到日本人的統治，才得以享受到現代化的生活，福建考察團也在一九三七年出版《台灣考察報告》，肯定日人改造台灣社會之成功，足以作為福建施政的借鏡。

因此，公會堂在三〇年代的歷史意義，可以從總督府的台灣博覽會與福建省的《台灣考察報告》反映出來。當日本與中國官方都異口同聲強調現代化的正面價值時，似乎整個歷史論述已經不容台灣人民挑戰。然而，就在一九三五年，台灣作家所寫的小說，卻恰恰可以揭穿日本現代化的假象。

呂赫若（一九一四—一九五一）在一九三五年發表的小說〈牛車〉，正是點出現代化為台灣社會帶來了災難。日本人鋪設鐵路、開闢公路，彷彿使島上的運輸交通更為方便。呂赫若的小說戳破了這種現代化的神話。當日本人越誇耀進步的時候，台灣人的傳統產業與傳統勞力卻往往被犧牲掉，反而陷入生不如死的境地。另外一位小說家朱點人（一九〇三—一九四九）也在一九三六年發表〈秋信〉，更是直接批判所謂的現代化神話。這篇小說中的主角發現清朝的撫台衙被拆遷，而改建成公會堂時，竟然產生了無比的挫折與失落。目睹著日本人在台灣博覽會誇張寫著「台灣產業的躍進」的標語時，內心竟然湧出無限悲憤。他腦中所想的並不是什麼躍進，而是台灣社會的大退步。

日據時期的台灣知識分子並未掌握有任何的歷史撰寫權，面對滔滔的官方現代化論述，唯一能對抗的武器便是從事文學創作。公會堂在三〇年代所標誌的，是日本人的現代化成就。台灣作家以現代化的題材寫進小說，在當時可能沒有產生顯著的影響力。但是，他們的小說在殖民政府崩解之後，反而變成了重要的歷史敘述。通過呂赫若與朱點人的描寫，後人竟然能夠發現歷史縫隙，窺探了現代化的騙局。公會堂究竟是屬於殖民者的，還是被殖民者的？現代化到底是帶來了進步，還是災難？台灣小說家的作品，已提供了極為鮮明的答案。他們的歷史證詞，無可搖撼。

二、陳儀與中山堂

公會堂改名為中山堂，是在戰後的一九四五年十月。代表國民政府來台灣接收的官員，正是曾經來台慶祝日本始政四十周年的陳儀。他在中山堂舉行受降儀式時，內心恐怕是感受極其複雜。遠在十年前，他還曾首肯過日本人對台灣的現代化改造。倘然他能預知日後會來台灣擔任行政長官，也許就不可能會讚美日本人的治績。但是，歷史常常是如此嘲弄，而且嘲弄得非常刻骨銘心。

陳儀在台的統治權力是從中山堂出發的。自日本最後一任台灣總督手中接下投降印信後，陳儀立即宣稱受過現代化洗禮的台灣住民，其實是受日本的「奴化教育」。官方與民間的緊張關係，自此拉開序幕。陳儀顯然並不清楚台灣人抵抗並批判過日本殖民體制的歷史事實，他以為已經習慣日語思考的台灣人完全受到日本文化的支配。因此，陳儀的文化政策完全把重點放在國語的強制推行之上。當時來台接收的官員，都是持同樣的觀點，以為只要台灣人會說國語，就能夠全然接受行政長官公署所帶來的價值觀念與民族主義。

官民之間的文化差距，終於導致一九四七年二二八事件的爆發。距離陳儀抵達台灣的日期，僅一年四個月。歷史發展的急轉直下，在台灣史上可謂絕無僅有。在衝突事件蔓延之際，台北市的民意代表與知識分子，齊集於中山堂成立「二二八事件處理委員會」。這是陳儀權力的歷史根源，現在反而變成對他進行批判的據點。處理委員會自三月二日至八日，連續不停舉行會議協商，希望能夠獲得和平解決之道。在那段危疑時期，中山堂頓時成為全台的政治焦點。其中最值得注意的是，處理委員會在三月六日提出四十二條政治要求，主要精神在於強調台灣自治與民主政治的實踐。他們要求言論、集會、結社的自由，也要求撤廢專賣制度的經濟政策。這種地方自治精神的追求，正是後來民主運動所繼承並發揚的。

然而，發自中山堂的地方自治主張，並未獲得長官公署善意回應。三月九日，國軍廿一師分別在基隆港、高雄港登陸之後，一場血腥屠殺於焉展開。參與中山堂集會的代表，在這場地毯式的武裝搜索行動中，幾乎無一倖免。經過殘酷的威嚇與處決，台灣戰後初期的民主希望遂被捻熄。

陳儀在事件後，並未受到懲罰，反而高升調任浙江省省主席。然而，中山堂的政治象徵也從此確立。它代表了集權與分權的分水嶺，也是獨裁與民主的分界線。公會堂當初設立時，也是為了使台北市民擁有一個文化活動的空間。歷史並沒有依照最初的設計去發展。戰後的中山堂，變成中央集權的一個投射。

在整個戒嚴時期，中山堂始終都是國民大會集會的所在。雖然在這期間，曾經有過舞蹈與音樂的演出，卻由於中山堂是國民大會的辦公場所，一直都未能擺脫森嚴的官方氣息。

三、市民文化空間的復歸

中山堂的荒廢與沒落，與國民大會的遷移有密切關係。自八〇年代以後，國民大會移往陽明山召開之後，中山堂的維修就逐漸遭到遺忘。在這段時期，台灣民間力量日益釋放出來。無論是社會運動與藝文活動，在每一層面都展現了潛藏於民間的旺盛生命力。

雲門舞集在一九七三年首演時，便是以中山堂為出發點。事實上，台灣民間社會的想像力與創造力，都不斷在改變官民之間的從屬關係。中山堂的文化意義，也開始在緊張的社會發展過程中慢慢受到注意。對於閒置空間的再開發與再利用，正是民間社會蓬勃崛起之後的全新構想。

從一九三五年作為現代化里程碑的公會堂，到今日中山堂轉化成為市民文化的象徵，可以反映出台灣空間政治的微妙。政治控制越為嚴密的時期，文化活動受到的箝制就越為嚴苛。

當中央集權的路線日益式微時，文化活動才會充滿蓬勃的生機。中山堂的改建與轉換，正是這種空間政治的最好印證。昭和記憶與民國顏色，都在市民社會崛起之際而呈黯淡。中山堂的磚石再度在陽光下閃爍時，政治干涉文化的年代從此不再復返。

碑文完成後

我所寫的二二八事件碑文底稿，完成於兩年前（一九九五）。當時，應二二八關懷協會林宗義先生的邀請，撰寫了一篇短稿。這是因為受難者家屬對於官方版的碑文內容頗表不滿，遂委由我也擬定一份。這份草稿送到行政院之後，官方人士也表示難以接受。在雙方的堅持之下而成僵持之局，因而產生了坊間所謂「有碑無文」的現象。

這份底稿在封藏兩年之後，行政院碑文小組又重新拿出來回頭討論。他們一邊爭論，一邊修改，終於完成了今天所公布的面貌。行政院版的碑文，與我最初的草稿已全然不同。身為草稿的撰寫人，對於碑文的完成，自然也有意見。不過，在現階段要完成一份相當周延的碑文，而且又能符合各種不同政治立場的期待，無疑是一種奢望。我的看法是，在客觀環境極為錯綜複雜的條件下，能夠有一篇這樣的碑文誕生，可謂相當不易。

一、二二八悲劇的發生，蔣介石難辭其咎

倘然要我表示意見，我還是認為碑文內容過分為蔣介石辯護。我的理由可以分成兩個方面來談，一是派兵的動機，一是善後的處理。蔣介石決定派兵來台灣，一定有他的認知。一個權力在握的領導人，在認知上發生判斷錯誤的情況時，他就應該負起責任。根據一九四七年三月十日他在中樞國父紀念週，關於台灣事件的報告詞，蔣介石認為台灣事件中，處理委員會在三月七日提出的三十二條政治要求，已經背叛中央。問題在於，委員會還未提出政治改革要求之前的五天，亦即三月二日，陳儀就已經要求派兵鎮壓。而蔣介石也在三月五日拍祕密電報給陳儀，表示已派遣廿一師來台進行武裝行動。命令動武的蔣介石，完全不理會台灣發生何種狀況，便做了動武的決策。這項政治責任，自然應由蔣介石承擔。

在善後處理方面，蔣介石也萬萬不能辭其咎。首先是他對於事件中的禍首不僅沒有懲罰，反而還給予晉陞。陳儀被調回浙江省，亦即蔣介石的故鄉擔任省主席。浙江是蔣的故鄉，為免在內戰中落入中共手中，他需要親信來守衛。陳儀調任浙江省主席，無疑是畀以重責大任。在事件中有「高雄屠夫」之稱的彭孟緝，日後擔任了參謀總長。揚言對台灣民眾施以「寧可錯殺一萬，也不可放過一人」的報復政策的柯遠芬，事後也升任了國防部司令。在白崇禧眼中，柯遠芬是相當殘暴的人，蔣介石未嘗一語譴責。升官是一種嘉勉，也是一種默許，善於政治鬥爭的蔣介石，不可能不知道他所做每一行動的意義。這項政治責任，蔣介石是無可推卸的。

從另一個善後的事實來看，台灣行政長官公署與台灣警備總司令部發出的通緝名單，扣除重疊的部分之外，大約不會超過四十名。一個需要通緝人犯僅及四十名的政治事件，竟然需要派遣一個師與一個憲兵團來進行血洗鎮壓，甚至還必須進行長達一個月以上的綏靖與清鄉。從通緝名單來看，大部分的人士都是無辜的。即使他們不是證據確鑿的罪犯，其規模也不及今日掃黑的範圍那樣大，為何竟訴諸於慘烈的軍事掃蕩？把二二八事件形容為暴亂，全然是蔣介石及其部屬誇大的政治事件。這項政治責任，豈可輕易予以辯護？

二、「暴亂」是史實？還是當權者的解釋？

李敖說：「地方發生暴亂，蔣介石不派部隊怎麼辦？行政手續必須這麼做」（《人本》第九十二期，頁一三）。這樣的看法，我持相當保留的態度。「暴亂」的定義，究竟是根據史實，還是根據蔣介石的解釋？倘然行政手續必須這麼做，則蔣介石的任何迫害行為與違背人權的政策，都可得到合理化了。在二二八事件之後，蔣介石在五〇年代又繼之以施行高度的白色恐怖政策，不都是先把知識分子戴上「叛亂」的帽子，然後在行政手續上予以逮捕、判決、監禁、槍決嗎？

我同意李敖的另一個說法，蔣介石的錯誤，在於一方面派陳儀治理台灣，一方面又派陳立夫系統的人馬牽制陳儀。這項國民黨的內部政治鬥爭，竟然殃及無辜的台灣百姓。從這個角度來看，蔣介石更是萬萬不能辭其咎。

在碑文中指出蔣介石的錯誤，才能提醒當權者不得犯錯。因為，錯誤的決策，往往使千萬人淪於災難。權力越大，犯錯時造成的災難也就越大。我相信，這是為什麼台灣社會期待把蔣介石的名字列入碑文之中的主要原因。這次碑文的修改，我並未參與；不過，我與一般民眾的心情與期待，應該是一樣的。

三、文字之外，更需實際的行動

對於碑文的內容，我的要求並不嚴苛。誠如我說過的，在現階段能促使碑文誕生，是相當不容易的事。至少，它反映了一個事實，台灣社會已具備了足夠的勇氣面對巨大的歷史創傷。與戒嚴時期相較之下，台灣社會已不再逃避自己所創造出來的歷史，已不再刻意消除不應該忽視的歷史記憶。

碑文內容要寫得周延，寫得面面俱到，可能牽涉到整個社會的智慧與能力，也牽涉到整個政治生態的條件與限制。我的看法是，碑文能夠催生，它本身就已代表了相當積極的意義。寫得再好的文字，還需要以真正的行動去實踐。碑文完成後，我期待台灣社會能更認真、更嚴肅去看待歷史，更落實、更具體去研究歷史。

時代轉彎的時候

——序陳佳宏《海外台獨運動史》

海外的台灣獨立運動史，至今還沒有成為學界的研究議題。這個領域仍然呈現荒蕪狀態的原因，並不難理解。一個最簡單的理由，便是台灣的政治發展變化得過於迅速。許多全新的議題不斷產生，致使發生在十年前、二十年前的政治運動，都還沒有機會得到恰當的空間與時間來檢討。尤其是海外的台獨運動，從播種萌芽到開花結果，全然都是在遠離台灣千里之外的異域進行的。在某種程度上，它是台灣政情的一個支流，而不是主導的力量。因此，時代面貌改變時，歷史性格也受到改造，台獨運動的邊緣地位至此也凸顯出來。在熱潮迭起的台灣政局裡，海外政治運動的事實終於受到忽視，似乎並不令人感到過分意外。

一個政治運動暫時沒有受到注意，並不等於沒有具備任何歷史意義。海外台獨運動者，在整個歷史發展過程中，從未嚐到成功的滋味，但也從沒有遭逢失敗的結局。因為，這個運動自始至終都未曾在台灣島上實踐過。以成敗的觀點來檢驗海外運動，是不可能得到結論的。然而，台灣學界長期以來，已經習慣「以成敗論英雄」的治學方式。在這種心態的支配之下，海外運動的研究，就顯得更加荒蕪了。

我與海外運動的接觸，始於七○年代的中期。最初是從雜誌期刊開始的，然後才漸漸與政治運動者有所過往。到了八○年代初期，我才真正投入了這個運動。對於這段歷程，我並不認為是人生的歧路，而毋寧是一段迂迴的道路。由於有親身介入的經驗，我對危疑年代的海外知識分子才有深刻的理解，從而對於當時台灣社會的性質也才有較為清楚的認識。我慶幸自己選擇了那一條孤寂卻又充實的迂迴道路，否則我今天的思考方式恐怕還是停留在不切實際的空幻階段吧。走過了那條道路，我對整個海外的政治生態雖不能說瞭若指掌，卻是相當熟悉的了。

一九八○年夏天，許信良邀請我參加在洛杉磯創辦的《美麗島週報》。那是我與海外運動正式發生直接關係的起點，從此我就不斷保持密切的觀察，直到返回台灣為止。在那段時期，海外各個流派的領導者都各據一方，而我也因為主持一份刊物，才有機會與他們有所往來。從極右的台獨聯盟到極左的獨立台灣會，從公開的台獨盟員到祕密的左派知識分子，都曾經與我有過非常深入的對話。這些經驗讓我體會到，台灣歷史其實不是沉寂無聲，遠在台灣的土地之外，還有許多人在思索政治的前途與出路。

參與辦報期間，我使用了不下三十個的筆名。不過，其中較為固定而廣泛流通的名字是「施敏輝」。每過一段時候，總會有人好奇問起這個筆名的含義。我曾經說過，這個名字影射三位父執輩的長者。施，係來自左派領導者史明的本名施朝暉；敏，則是取自右派領導者彭明敏；輝，則是我的父親陳隆輝。我並不表示這個筆名很重要，而只是想說當年海外不同流派的路線，代表著一定的時代意義。我所使用的筆名，只不過是那個時代的反映而已。參加運動之初，我並沒有特定的意識形態，因此對於左右二派的路線，採取了兼容並蓄的態度。我漸漸向左傾斜，那是後來的事。但是，我必須強調的是，海外運動中所存在的社會主義路線與自由主義路線，是今後研究者有必要去考察的一個重要議題。

社會主義與自由主義的兩條路線，只是一種方便而概括的說法。在兩個各自的陣營之內，事實上還活躍著許多不同意見的宗派與思考。恰恰就是如此，海外運動時常浮現著結盟與分裂的緊張關係。不過，在總的路線來說，社會主義陣營的代表人物，應是以史明為首；自由主義陣營的領導者，則是以彭明敏為首。這兩位運動者，都為各自的路線提供了一些理論基礎。彭明敏的著作相當稀少，他的思想基本上都已在其回憶錄《自由的滋味》表現出來。不過，他的活動力很強。在海外各個城市，都有他的演說行蹤，因此思想散播的影響力也來得大。史明的著作則非常豐碩，除了政治刊物《獨立台灣》的文字之外，他還完成了一部鉅著《台灣人四百年史》，既有日文版，也有漢文版，影響範圍之大，超出一般人的想像。

我與彭明敏的初識，是一九七五年冬天在西雅圖的祕密會面。五年之後，我與史明才在洛杉磯相逢。他們的年紀都與我父親相仿，自始我就認他們為我的長輩。對於他們的人生歷練與政治經驗，我抱持學習的態度。所以，我能夠分辨左右兩派思維方式的異同，也是從他們的身教言教體會出來。我能夠更進一步釐清海外運動各個派別的消長浮沉，也有很多信息是得自他們的言談。不過，最重要的，還是他們對台灣政局的觀察與分析。

史明與彭明敏都是被台灣當權者通緝的政治人物。這不僅是因為他們的政治理念與當權者的政策違背，也是因為他們真正採取了行動反抗既有的統治體制。我從彭明敏的話語中，窺見了國民政府腐化與墮落的幽暗面。我從史明的書籍，獲得了豐富的台灣史知識，從而開啟了我歷史研究的全新視野。他們在從事反對與批判工作時，未曾偏廢人文的思考。我不能不承認的是，他們的台灣關懷，無論是透過政治的，或歷史的，對於我政治信仰的形塑可以說產生很大影響。

到今天為止，有關史明與彭明敏的研究，仍然還是一片空白。就我所知，成功大學歷史所的梁明勇，有一篇碩士論文是討論史明的「台灣民族」史觀。除此之外，國內尚未有深刻的考察。因此，當我獲知輔仁大學的陳佳宏完成碩士論文〈海外台灣獨立運動史〉時，內心不覺有一種驚喜。我的驚喜是有理由的。到今天為止，「台灣獨立運動」這個名詞，在學界還被視為高度的禁忌，它仍然被置放在偏僻的邊緣位置。年輕一代的研究者，對於這種學術禁忌雖然已沒有從前那麼敏感，卻也相當清楚這是一個不容易討好的議題。陳佳宏選擇這個題目進行研究，誠然有他的膽識。他所做的研究，其實就是一種突破，並且也預告了一種學術上的可能。

閱讀他的論文時，喚起了許多已經失落的記憶。海外台灣獨立運動開始變成了一個有組織、有系統的影響力時，應該是發軔於七〇年代初期。就在這個運動漸臻成熟之際，我也到達海外求學。我見證這個運動的發展與分合，因此與我壯年之後的生命歷程有著密切的關係。這篇論文聚焦在台灣獨立聯盟的軸線上來考察整個海外運動，其中的利害得失也由於偏向這個軸線而暴露出來。海外運動的主導力量固然獨盟是最大宗，但是一個運動的形成，絕對不是一個團體就能塑造完成。同時，海外運動也並不是局限在北美地區而已，更不是只有右派的運動者而已。

我認為，要觀察海外運動，應該深入蒐集更多的第一手史料。五〇年代初期廖文毅時期的《台灣民報》，七〇年代發行的左派刊物如史明的《獨立台灣》，以及北美地區的《台灣革命》與《台灣時代》都有必要參考。至於右派的台獨聯盟，則發行了一百餘期的《台獨》，以及至今還在發行的日文版《台灣青年》，都是不可遺漏的重要文件。陳佳宏在台灣寫海外，受制於有限的客觀環境，所以他完成的只是海外運動史的一個側影而已。我期待他能夠到海外繼續尋訪重要文獻，並且也希望他能進行一些口述訪問與田野調查。

整個大環境正在改變，海外運動的一些思考已經被整編到台灣民主運動之中。因此，它的歷史意義也在一定程度上被台灣的政治變革消化掉了。沒有一種政治運動可以在本土之外進行，而可以解決本土的問題。時代轉彎的時候，所有的政治運動者都必須回到自己的土地繼續投入獻身。陳佳宏的研究，提出了一份歷史見證。他的研究成果本身，就已具備歷史的意義。從他的論文，我看到自己的從前，也看到海外運動的過去。我深深相信，陳佳宏不會以這篇論文作為關懷的終點，他才正要出發而已。

我們需要另一個十年

——為解嚴十周年而寫

對戰後台灣史而言，一九九七年是一個重要的門檻，這一年，正是台灣社會提升到憲改境界的一年，是台灣二二八事件的第五十週年，是鄉土文學論戰的第二十週年，是解除戒嚴令的第十週年。就在這一年，台灣住民也見證了香港被北京收回。九七年，可能是世紀末的象徵，但也恰恰是開創新紀元的契機。對於曾經走過蒼白威權時代的台灣人來說，今年誠然充滿豐富的政治暗示。

如果世紀末的意義，代表一種歷史的終結，那麼這樣的終結並非發生在九七年，而應該向前推溯十年，亦即八七年的解嚴。正因為有戒嚴體制的崩解，潛藏在台灣社會底層的各種能量，才能獲得充分釋放的空間。從歷史的角度來看，解嚴十年，無疑形成了台灣戰後史上的一個重要時期。這段時期的重要性，表現在政治方面的從禁錮到開放，表現在社會方面的從緩滯到流動，也表現在文化方面的從單一到多元。

一、台灣走到憲改境界，十年前簡直不敢想像

解嚴以降，台灣社會立即從一個貌似安定的井然有序狀態，驟然躍入一個近乎無政府式的混亂階段。在凌亂的漩渦裡，開始出現一種無可言喻的懷舊病。有人情不自禁流露出對舊秩序的懷念，甚至對曾經製造社會安定的威權體制，也表達了高度的孺慕與憧憬。這種懷舊的心理，相當可以理解。然而，歷史的發展並不依照人的主觀意志在進行。往後看的情緒，在每一時代都有過騷動，但那樣的情緒更加證明歷史的一去不復返。

台灣的歷史時間表，能夠走到憲政改革的層次，在十年前，簡直是一個不敢想像的議題。僅僅是為了爭取言論自由，戰後台灣知識分子可以說付出了極為慘重的代價。即使不談五〇年代因觸及思想禁區而被誣、被捕、被殺的知識分子，只要觀察自由主義傳統在六〇年代的嚴重挫敗，就足夠說明今天憲政改革的討論是如何代表歷史改造力量之強悍與巨大。

在人類史上最長的戒嚴期間，任何與統治利益發生抵觸的思想，都可被視為異端。就左翼政治主張而言，社會主義的信仰在反共政策的名義下悉數遭到肅清；就右翼政治主張而言，自由主義的思想在戒嚴體制的禁制下也完全受到封鎖。那種高度權力支配下的法西斯性格，成功地把台灣社會徹底消毒成為一塵不染的思想無菌室。左派青年的絕望與右翼知識分子的迷惘，構成了空前未有的荒涼時期。

二、草根性民主運動蘊藏無限生機

從最卑微的階級平等之要求，到最廣泛的言論自由之呼籲，都可顯示當年左、右兩種政治運動力量之薄弱。然而，在野蠻政治權力的干預下，這兩種運動根本毫無生存的空間。相較之下，七〇年代開始出現的草根性民主運動，以及伴隨此運動而湧現的中央民意代表全面改選的主張，都證明了無菌室的台灣社會終究還是蘊藏了無限生機。

帶來這種生機的主要關鍵，在於戒嚴文化所支撐的中國體制開始在國際上遭逢挑戰。自一九七〇年以後，釣魚台事件、退出聯合國、上海公報、台日斷交、台美斷交等等一連串的政治衝擊，正好暴露「代表中國」的欺罔與虛偽。這些衝擊為禁錮的政治環境創造一個缺口，草根式的民主運動便是利用這個缺口順勢崛起。

七〇年代的民主運動，首度對動員戡亂體制的本質提出挑戰，從而對長期存在於台灣的中國體制也提出質疑。縱然本土的民主運動在七九年的美麗島事件大逮捕行動後嚴重受挫，整個社會對戒嚴體制的不滿與批判，並未因此而稍緩。

在七〇年代民主運動的基礎上，台灣社會在八〇年代出現更為有力的批判聲音。組黨運動的思考，取代爭取言論自由的主張，把民主運動又推到另一層次。這種組黨的要求，較諸六〇年代雷震提倡的組黨理念還更具成熟性格。雷震的組黨運動，基本上仍停留在知識分子理想主義式的熱情表達。但是，八〇年代的組黨運動卻有現實的客觀基礎，而且有新生代力量的大規模投入。

配合著國民黨統治的日益動搖，緊跟著江南事件、十信風暴之後蔣經國強人政治的衰微，八六年九月民主進步黨的誕生，等於是宣告戒嚴體制終結的第一個先聲。果然在八七年，國民黨便被迫解除戒嚴令，歷史的發展從此急轉直下。

三、頑固保守勢力式微是解嚴十年最顯著成就

解嚴十年的最顯著成就，便是使頑固的保守政治勢力終於不能不走向式微的道路。這股戴著中國面具的保守力量，堅決拒絕台灣實現民主政治，堅決壟斷經濟資源，堅決壓制台灣本土文化的生機。他們使用這樣那樣的語言，有時是道統的，有時是道德的，建立了一個讓台灣人不易窺探的權力核心。隨著戒嚴體制的瓦解，保守勢力所賴以生存的霸權文化也不能不跟著分崩離析。國民黨的分裂與反對勢力的抬頭，恰可證明中國概念的保守價值觀已經很難生存於台灣。

在政治方面，言論範圍不再拘囿於自由、開放的要求，而是更進一步，對於政府組織、國家認同與主權地位提出具體的主張。這種從地方自治到中央體制徹底改造的思考，在戒嚴時期是不容於當道的，如今卻已成為社會各階層能夠普遍接受的議題。民間政治意識的覺醒，也反映在選舉投票的行動上。執政的國民黨在九〇年代得票率在逐年遞減中。這種趨勢雄辯地證明，台灣選民多元取向的時代已然到來。

政治變革的事實，不僅出現在立院、國大結構的調整，同時也在九四年省長選舉與九六年總

統選舉獲得印證。尤其是總統民選制度的確立，既展示台灣民意力量的凝聚，也象徵了一個歷史新時期的到來。在北京飛彈試射陰影下進行的這場選舉，足夠證明台灣在國際上的自主地位越來越無可動搖。

緊接總統選舉結束後而來的憲政改革，再一次顯示台灣社會改寫歷史的決心。結束舊時代，追求新紀元，是這場憲改大戲的主調。無論是成是敗，台灣歷史已經到了一個不能再走回頭路的分合點。「凍省」或「廢省」的主張，「總統制」、「內閣制」，或「雙首長制」之間的爭衡，豐富而深刻地呈現了蘊藏於社會內部的政治智慧，已經到達全面釋放的時機。

在社會方面，曾經處於邊緣的弱勢族群，也開始向各種權力中心進行批判與挑戰。其中最值得注意的，莫過於原住民族群向漢人沙文主義的質疑，以及女性主義者向男性沙文主義的宣戰。這些都意味著，傳統的霸權論述已經到了必須徹底反省的階段。至於在錯誤政策引導下所遺留的省籍問題與統獨抗衡等等歷史包袱，也在這最近十年得到寬闊而縱深的討論。省籍問題淡化之後，國籍問題漸漸取代其地位，這個事實說明了歷史發展誠然是向更高的層次邁進。

四、十年文化成就超過戒嚴四十年總和

在經濟方面，國民黨全面壟斷的時代已注定是走向沒落的命運。曾經代表歷史羞恥印記的黨國資本主義結構，長期姿意掠奪剝削島上的經濟資源。這種較諸殖民體制毫無遜色的吸血機器，

在民間力量與政治意識的崛起之後，已經不能延續它予取予求的優勢地位了。

台灣經濟力量的蓬勃發展，有人稱之為資本主義全球化的一個迸發現象，也有人說這是新殖民主義在台灣延伸的一個具體事實。不過，不能否認的是，解嚴所帶來的政治鬆綁，確實使台灣的社會生產力獲得高度提升的機會。雄厚的經濟實力，開始改造社會內部的環境。同樣的，這股力量也是改造台灣國際環境的重要關鍵因素。

在文化方面，解嚴十年中台灣生命創造力具體而微的百花齊放現象，都呈現在生動而活潑的人文活動之上。自我呈現（self-representation），是台灣文化走向多元主義的主要特徵。自我呈現的文化，可以視為後現代主義的一個趨向，也可以視為後殖民主義的一個追求。每位文化工作者都在尋找自己的主體位置，審美觀念從顛覆到重建，閱讀方式從依賴到自主，創作技巧從因循到變革，橫跨了文字、藝術、影像等等的領域。這十年的文化成就，已遠遠超越戒嚴四十年的總和。

九七年代表了深刻而繁複的文化象徵。這個象徵並不全然都屬於正面的價值，由於政治枷鎖的解除，一些亂象也跟著繁殖蔓延，黑金政治的普遍化，地方派系的中央化，都不能不說是解嚴後帶來的後遺症。

我們需要另一個十年。「七年之病，求三年之艾」，這句話正好可以印證台灣歷史的演進。曾經生過百年大病的社會，不可能在短短十年之間就得到治療。這十年來的諸種成就，絕非過去百年的累積所能比擬，然而，十年畢竟還是屬於短暫的時間，還不足以徹底袪除歷史殘存的巫魅。

這裡要追問的是，如果社會命運可以抉擇的話，我們寧可回到安定無聲的戒嚴年代，還是迎接一個噪音喧嘩的解嚴時期？讓壓抑的得到解放，讓流亡的得到回歸，恐怕才是台灣歷史所期待的方向。戴著安定面具的危機時代，就容許它死亡消失。

文學需要歷史的深度

台灣新文學的發展，如果從一九二〇年代算起，至今應該有八十年的歷史。相對於其他國家的文學傳統來說，台灣新文學的歷史記憶可能稍嫌太短。不過，若是考量到台灣社會所穿越過的複雜歷史經驗，則又不能不令人訝異於它的文學之豐碩與多變。面對這樣的文學遺產，有些人會過分膨脹，認為那是最好的藝術成就；也有些人會過於貶抑，認為台灣作家很難登上世界文學的舞台。

無論是對膨脹者或貶抑者來說，可能都會發展出一套合理的解釋。但是，他們的思考裡其實存在著一個焦慮，台灣文學何時能夠獲得國際的承認？這樣的焦慮，在一年一度的諾貝爾文學獎宣布時，總會定期發作一次。台灣每年都要出一次諾貝爾痲疹，這種現象一方面顯示這個社會對傑出的文學藝術成就懷有無比敬重，一方面也暗示了台灣作家對文學生產在全球的能見度懷有嚴重的憂心。稱之為焦慮也好，視之為痲疹也好，對於台灣文學的提升，終究是一種動力。

就文學生產力而言，台灣並不遜於其他國度。特別是自八〇年代以降，繁花盛開的季節便長駐在島上。在幅員有限的土地上，竟然能夠誕生如此眾多的作家，這是相當罕見的景觀。文學生產力的釋放，自然是拜賜於威權體制的崩解。女性文學、原住民文學、同志文學能夠蓬勃發展，正是因為作家接納了一個大環境的改造。這種盛況，在台灣文學史上是極為稀有的。相較於日據時期在殖民體制下的文學活動，或是戰後戒嚴體制下的文學思考，解嚴後作家表現出來的生命力，可謂生動而活潑。

不過在如此蓬勃的現象裡，有一個事實也不能不受到注意。那就是在戒嚴體制瓦解後，越來越多作家專注於文字技藝的經營，而對於自己所賴以生存的社會及其背後所孕育的歷史脈絡漸漸出現一種疏離。作家越來越酷嗜對「當下」（actuality），對「欲望」（desire），對「情欲」（eros）相關的議題進行挖掘與想像。這種書寫方式，在一定程度上突破了傳統規範的創作方式，使文學探索與人的主體緊密銜接起來。然而，這種趨勢繼續發展下去，文學的營造可能會停留在表面的感覺，人的主體背後所支撐的社會主體或歷史主體就無可避免會逐漸消亡。

這裡提出的看法，並不在於否定後現代或後結構式的文學書寫所帶來的衝擊。對照過去那種以集體意識或國族神話強加在個人的思考之上，或對照過去以政治權力或思想干涉來支配作家的創作行為，現階段的解放誠然有其正面的成就。不過，有必要指出的，當沒有深度，或是去歷史化的文學蔚為風氣時，另外一種變相的歷史失憶症可能就會出現。在威權時代，由於受到政治的洗腦，台灣社會曾經患有嚴重的歷史失憶症。歷史教育與文學教育，原是為了使知識分子獲得啟蒙，但台灣威權體制下的教育卻在於引導知識分子如何達到遺忘的境界。在失憶症的氛圍中，個人主體遭到壓抑與支配，就變得輕而易舉。

現在威權體制瓦解後，個人才有新的空間重新建構自己的主體。這種主體的建構，必須與社會、歷史、文化聯繫起來，才有可能重新自我定位。但是，解嚴後的台灣社會，也同時迎接了一個高度發展的資本主義，跨越國界的後現代主義思潮伴隨著消費社會的形成，滲透到島上的人文思考之中。後現代主義在一定的意義上顯然帶來了前所未有的解放，從前的審美標準或意識形態也因此而遭逢巨大挑戰。作家開始傾向於自我的徹底解放，這也說明了為什麼「當下」與「情欲」的想像在創作中會變得如此活潑的原因。這樣的個人徹底解放，乃是對威權體制所採取的最大抗議與抗拒。恰恰就是因為過於偏向個人的感覺，歷史意識遂漸趨淡化。解嚴後的一個奇異現象便發生了。在過去，歷史失憶症是被迫接受的；在現階段，歷史失憶症反而是主動追求的。

在任何曾經有過威權體制經驗的社會，往往解放後會出現大規模的歷史反思。對台灣而言，這種威權既可指日據殖民文化，也可指戰後戒嚴文化。從後殖民的觀點來看，文學作品應該有深刻的歷史檢討。只追求個人主體的重建，並不代表整個社會的主體也獲得重建。事實上，今天台灣社會已進入後戒嚴時期，並不意味從前的戒嚴文化就已經受到剷除。恰恰相反，許多戒嚴時期殘留下來的問題，現在才正要著手去處理。

性別議題、階級議題、族群議題，在過去封閉的年代曾經受到遮蔽。對於作家而言，如何在歷史上尋找這些議題的根源，可能是相當重要的工作。以族群議題為例，最為顯著的焦慮就表現在省籍衝突之上。省籍差異原是屬於文化的議題，但在威權時代卻是政治上所製造出來的爭議性問題。欠缺歷史意識的作家，在處理省籍問題時，可能並不在意這種族群焦慮之由來。一些作家較感興趣的是，在已經發生省籍衝突的結果上繼續塑造衝突。具體而言，為了個人情緒的不滿，或是為了個人政治的信仰，文學創作並沒有把歷史遺留下來的焦慮予以沉澱過濾，反而把一些現象當作本質來看待。於是，在文學思考中有意無意對特定族群視為假想敵，刻意宣洩受難意識與報復情緒。正是偏離了歷史脈絡的考察，作家遂喪失了恰當的同情與寬容。在焦慮中，本省作家有強烈的危機感，外省作家也有強烈的危機感。當危機意識在文學思考中交互投射時，歷史反省的機會便受到放逐了。

個人主體的重新建構，個人解放的徹底追求，絕對不能只是建基在當下的感覺之上。文學需要歷史的深度，作家需要思想的質感。情緒與情感當然是構成文學作品的重要一環，但是，如果不能禁得起歷史意識的檢驗，也只是情緒與情感而已。在具有後殖民思考的作家中，高行健對文化大革命的反思，奈波爾（V. S. Naipaul）對英國殖民經驗的檢討，他們的作品總是能夠在尋常的感覺中發現歷史的縱深。他們強調個人解放，卻也同時追求社會解放。他們崇尚個人主體重建，卻也沒有放棄社會主體重建。其中最主要的關鍵，乃在於他們從未失去歷史記憶。作家並不是史家，絕對不在從事歷史紀錄的保存；然而，作家應該要有深層的歷史感，文學的質感才有可能變得厚實。在文字、符號、想像之間，讀者可以傾聽歷史的召喚，也可以朝向歷史的放射回音。